KW-481-977

Der Mann stand am Fenster und hatte seine Gedanken. Gedanken, die weniger mit dem Fenster, sondern mit dem zusammenhingen, was er vom Fenster aus sehen konnte. Er sah auf eine Kirche und den Platz davor.

Seine Bekannten konnten nicht umhin, von einer Ironie des Schicksals zu sprechen, wenn sie an das Fenster traten und die Aussicht betrachteten. Die Kirche war ein häßlicher Klinkerbau mit byzantinischen Anklängen, durch Baumaterial und Form doppelt fremd in dieser Stadt. Wäre nicht die Kirche dagestanden, hätte der Mann das gehabt, was man eine schöne Aussicht nennt. Nicht allzu ferne Hügel im Westen, Weinberge und dahinter bei besonders klarem Wetter die bewaldeten Züge des Mittelgebirges. Die Kirche verdeckte das alles, wie sie zuweilen ein poesievolles Abendrot vermauerte, den aufglimmenden Abendstern, und im Winter den Schnee auf den Bergen.

Sie bot dafür weitere Nachteile. Jeden Morgen um sechs wurde unser Mann am Fenster vom Klang ihrer Glocken erbarmungslos aus dem Schlaf gerissen. Die Scheiben seiner Fenster klirrten, und das ererbte Porzellan im Biedermeierschrank begann zu tanzen. Er haßte diese Glocken und hatte eine tiefe Abneigung gegen sie gefaßt. Diese Abneigung rührte zumindest von dem Zeitpunkt her, da er erfahren hatte, daß die Glocken nicht wie üblich aus Bronze, sondern aus Stahl gegossen waren, und zudem aus einer Stadt stammten, die durch den Bau von Kanonen berühmter geworden war als durch das Gießen von Glocken. Kein Wunder also, daß er diese Glocken mit dem Grauen betrachtete, mit dem Pazifisten eine Waffe ansehen. Ja, daß er in ihnen tatsächlich eine Waffe sah, dazu bestimmt, den unfreiwilligen Anhörer mürbe zu läuten und in die Kirche oder zum Gebet zu zwingen.

Dem Vernehmen nach – unser Mann am Fenster konnte das nicht aus eigener Erfahrung bestätigen – sollten die Glocken in der ganzen Umgebung zu hören sein, kaum aber in der Kirche selbst.

Er wurde oft gefragt, warum er sich keine andere Wohnung suche, zumal seine jetzige besonders von älteren Damen heiß begehrt war. Ließen sich doch von einem Fenster, wie wir es beschrieben haben, und er hatte davon fünf, vielerlei Geschehnisse beobachten. Etwa die Leute, die zur Kirche gingen, wodurch alle jene herauszufinden waren, die nicht die Kirche besuchten. Nichts wäre für alte Damen so kurzweilig wie ein Samstagnachmittag an diesem Fenster gewesen, denn an den Samstagnachmittagen fand eine Trauung nach der anderen statt. Und die Erwägungen, welche Braut zu Recht Kranz und Schleier trug und welche zu Unrecht, die ganze Gedankenkette, die man an diese Erwägungen anknüpfen konnte, die Vermutungen und Kombinationen, hätten bestimmt eine Woche durch bis zum nächsten Samstagnachmittag gereicht.

Der Platz vor dem Fenster war außerdem der Ausgangs- und Endpunkt sämtlicher kirchlicher Prozessionen. Welch buntes Bild boten sie an Fahnen und Uniformen! Und wie schneidig marschierten besonders die Studenten in ihren immer zu groß geratenen Lackstiefeln, in denen sie Kanalräumern in Gala ähnelten, zur höheren Ehre Gottes!

Wie glücklich hätten jene Damen an solchen Tagen sein können, hätten sie doch ganz gewiß nicht die grimmigen Blicke seelisch verarbeiten müssen, die unserem Mann zugesandt wurden, weil sein Fenster bei den erwähnten Anlässen die einzigen im Haus blieben, die weder mit brennenden Kerzen noch mit Blumen oder Heiligenbildern der untersten Geschmacksgrenze geschmückt waren.

Der Mann wurde, wie man sich leicht vorstellen können wird, mit Verachtung gestraft. Er bekam jenen gläubigen Eifer zu spüren, der vermeint, man könne die Menschen in die ewige Seligkeit hineinboxen, jenen Eifer, der – wie könnte es anders sein – mit Toleranz nicht gerade innig vermählt ist.

Trotzdem behielt unser Mann seine alte Wohnung. Sie hatte nämlich einen großen Vorteil, der sich besonders bei Damenbesuchen, und die hatte er nicht selten, auswirkte. Er hatte kein Gegenüber.

Er gab das selbst unumwunden zu, daß dies von großem Wert für ihn war, denn sein Leben verlief, um es mit einem einzigen Wort zu umschreiben, abwechslungsreich.

Vielleicht war er, und das könnte man hier flüchtig in Betracht ziehen, selbst derjenige, der am wenigsten darüber glücklich war. – Seine Mutter war eine fromme Frau gewesen. Sie hatte damit seinem Vater das Leben bestimmt nicht schöner oder auch nur leichter oder gar lebenswerter gemacht. Dies schien sie nicht für ihre Aufgabe zu halten. Ihre Aufgabe war es vielmehr, für ein Wiedersehen im

Othmar Franz Lang wurde 1921 in Wien geboren. Er lebt heute mit seiner Frau, der Autorin und Übersetzerin Elisabeth Malcolm, und einem Sohn in Oberbayern. 1953 erschien sein erstes Jugendbuch, 1955 sein erster Roman. Seitdem sind über vierzig Bücher von ihm erschienen, die in siebzehn Sprachen übersetzt wurden. Othmar Franz Lang erhielt zahlreiche Auszeichnungen, u. a. den Theodor-Körner-Preis, den Jugendbuchpreis der Stadt Wien, den Österreichischen Staatspreis für Jugendliteratur und einen Platz auf der Ehrenliste zum Hans-Christian-Andersen-Preis.

Von Othmar Franz Lang sind außerdem als Knaur-Taschenbücher erschienen:

»Vom Glück verfolgt« (Band 1155)
»Müssen Schwiegermütter so sein?« (Band 1201)

sowie die Jugendbücher

»Ein Haus unterm Baum« (Band 2207)
»Wo gibt's heute noch Gespenster?« (Band 2259)
»Flattertiere wie Vampire« (Band 2263)

Vollständige Taschenbuchausgabe
Droemersche Verlagsanstalt Th. Knaur Nachf. München
Lizenzausgabe mit freundlicher Genehmigung
des Ehrenwirth Verlags GmbH, München
© 1964 by Franz Ehrenwirth GmbH & Co. KG, München
Umschlaggestaltung Adolf Bachmann
Umschlagfoto Michael Rose
Satz IBV Satz- und Datentechnik, Berlin
Druck und Bindung Clausen & Bosse, Leck
Printed in Germany · 1 · 9 · 685
ISBN 3-426-01296-0

1. Auflage

Othmar Franz Lang:
Alle Schafe meiner Herde

Roman

ISBN 3-426-01296-0   680

Jenseits auch mit ihrem Manne vorzusorgen, der in den späteren Jahren seiner Ehe, wahrscheinlich aus Furcht vor diesem Wiedersehen, Sündenfall auf Sündenfall häufte, um nicht in das bessere, wo seine Frau ganz bestimmt hinkam, sondern in das schlechtere Jenseits zu gelangen.

Mag seine Mutter also nicht eine ideale Frau gewesen sein, eine ideale Mutter war sie gewiß. Seine Kindheit war von Schutzengeln und dem Jesuskind geistig und auch bildlich umstellt gewesen, und besonders der so reichlich befiederten Schutzengel, deren Spezialität Felswände, schmale Brücken, reißende Gebirgsbäche, hohe Obstbäume und stillgelegte Fabrikschlote waren, bedurfte er oft.

Er ging damals gerne in die Kirche und streute bei Prozessionen mit Begeisterung Blumen aus einem Körbchen auf die eigens dafür sauber gefegten Straßen. Daheim hatte er einen kleinen Spielzeugaltar, ja sogar ein kindliches Meßgewand mit vielen Goldlitzen darauf, und er veranstaltete in der geräumigen Wohnung seiner Eltern mit gleichaltrigen Kindern Prozessionen. Heilige in Vierfarbendruck, aus katholischen Zeitschriften geschnitten und auf bunte Frottiertücher geklebt, diese wiederum an verschiedenen Stangen befestigt, ersetzten die Kirchenfahnen, und ein gemeinsamer Singsang, den sie für Latein hielten, weil er ihnen selbst unverständlich war, hob sie in eine Art von Verzückung.

In der Volksschule wurde er dann zum erstenmal systematisch in Religion unterrichtet. Der Katechet war ein nahezu heiligmäßiger Mann, was schon daran zu erkennen war, daß er den Kopf stets stark nach rechts geneigt, die Augen nach links oben gedreht, trug, und nicht einmal imstande war, die Kleinsten, die er zu unterrichten hatte, in Güte oder Härte zu bändigen.

Wenn unser Mann heute von der Warte seiner vierundvierzig Jahre zurückblickte, so waren es zwei Forderungen, die ihm aus diesem Unterricht in der Erinnerung haften geblieben waren. Die erste war zumindest damals für ihn ein wenig zu früh erhoben: Du sollst nicht Unkeuschheit treiben.

Mit der zweiten wußte er seinerzeit ebensowenig anzufangen, da seine Gedanken damals tatsächlich nicht mit solchen Dingen befaßt waren. Sie trug ihm auf, nie ein andersgläubiges Mädchen zu heiraten.

Mit zehn Jahren kam er dann unbefragt, ob er wolle oder nicht, an das Gymnasium. Dort hatte er als Religionslehrer einen schmallippigen, stark kurzsichtigen Mann, der eine randlose Brille trug. Er benützte den Zeigestock, um damit rhythmisch auf den Boden zu stampfen, wenn sie sogenannte Merksätze, etwa die Gottesbeweise, im Chor wiederholen sollten. Das befremdete den jungen Mann nicht, denn in Mathematik wurde das von einem anderen Lehrer auch so geübt. Da hieß einer der Merksätze: Meter mal Meter ist Meter hoch zwei. Daß dies der einzige Merksatz war, dessen sich unser Mann entsinnen konnte, lag sicher nicht daran, daß er ein überdurchschnittlicher Mathematiker war, sondern eher daran, daß er diesen Merksatz damals für sich als richtig akzeptieren konnte.

Es mag in der Fünften gewesen sein, als er in der Religionsstunde geprüft werden sollte und nicht vorbereitet war. Da es Brauch an seiner Schule war, daß man sich einmal von der Prüfung zurückstellen lassen konnte, bat er den Religionsprofessor, ihn das nächste Mal zu prüfen, da er nicht vorbereitet sei. Der Religionsprofessor lehnte dieses Ansinnen mit zwei Sätzen ab. Der erste war: »Ein Christ muß immer und zu jeder Prüfung bereit sein.« Der zweite Satz hatte verheerendere Folgen. Er lautete: »Religion ist ein Unterrichtsgegenstand wie jeder andere.«

Dies war eine Antwort, die eine tiefe Wirkung auf den Jungen hatte. Daß Religion ein Unterrichtsgegenstand wie jeder andere sei, hatte er bisher nicht zu denken gewagt. Er hatte vielmehr gehofft, Religion sei etwas ganz anderes als ein Unterrichtsgegenstand, sei etwas, was Flügel, was Adel verleihe. Diese Antwort nahm ihm beides, Flügel und Adel, und machte ihn stumpf. Als er zu einem späteren Zeitpunkt bei einer Prüfung vom selben Professor gefragt wurde, was Religion nun eigentlich sei, antwortete er mit der Kaltschnäuzigkeit seiner Jugend: »Ein Unterrichtsgegenstand wie jeder andere.«

Er hätte die Worte seines Lehrers nicht wiederholen sollen, denn sie trugen ihm Karzer und eine schlechte Note in »Betragen« ein, obwohl er sämtliche Klassenkameraden als Zeugen hatte, daß er nur seinen Lehrer zitierte.

Seine nächste religiöse Erfahrung machte ihn nicht frommer. Es war ein Wehrmachtspfarrer in Offiziersuniform und blankgewichsten Stiefeln. Er gab heute selber zu, daß ihn vielleicht die Uniform nicht sonderlich für den geistlichen Herrn einnahm, vielleicht beneidete er den Geistlichen auch nur um seine erstklassigen, blanken Stiefel. Vielleicht störte ihn der etwas zu feiste Bauch, der den Lederriemen vor die Frage zu stellen schien, ob er nach oben oder nach unten ausweichen sollte. Vielleicht aber kamen sie auch nicht zusammen, weil unser Mann am Fenster mit dem Geistlichen über das fünfte Gebot sprechen wollte, der Geistliche hingegen mit ihm nur über das sechste, zu dem dem Infanteristen damals völlig Gelegenheit und Anreiz fehlten. Seine Gedanken, ja sogar seine Träume waren frei davon. Frei hingegen waren sie nicht von den Toten, die er auf dem Gewissen hatte. Damals und heute noch.

Und es wunderte ihn immer wieder, wie leichthändig Pfarrer diese Bedrückung von ihm wegwischten, als wäre alles nur ein Staubkörnchen auf einem polierten Möbel. Wie sie aber andererseits ihm hartnäckig und ausdauernd tiefe Schuldgefühle dort einreden wollten, wo sie ihm gänzlich abgingen. Sie betrafen seinen Umgang mit dem anderen Geschlecht.

Einmal wollte unser Mann heiraten, ein Mädchen, taufrisch und fröhlich, mit Wissen und Kunst begabt, schön wie der Morgen, unberührt und mit vielen anderen Vorzügen ausgestattet. Das Mädchen hatte nur einen schweren Fehler: Es war evangelisch. Als er dies seinem Pfarrer gestand, war der voller Entrüstung, einer Entrüstung, die für die Vorkommnisse in Konzentrationslagern durchaus angemessen wäre.

Es blieb jedoch dem geistlichen Herrn erspart, ihn zu trauen. Ein Bombenangriff genügte, und von seiner Braut, diesem schönen, gescheiten, gebildeten Geschöpf, wurde nichts mehr gefunden.

Als er von der Front auf Urlaub kam, glaubte der gute Seelenhirte ihn besuchen und trösten zu müssen. Er machte ihm Hoffnung, daß er nun gewiß ein ebenso nettes, gescheites und hübsches, eben nur katholisches Mädchen wie seine Braut finden werde. Und er gab ihm zu bedenken, daß er doch einen Fingerzeig erhalten habe und daß ihm Gott damit sagen wollte, daß er diese Ehe nicht gewünscht habe.

Unser Mann war damals nicht reif genug für solche Ansichten. Strenggenommen war er es auch heute noch nicht. Er hatte nur keine religiöse Überzeugung mehr. Er beschwerte sich nicht darüber, war weder traurig noch glücklich deshalb. Er rief nicht Halleluja über diesen Fortschritt, denn ein Fortschritt in irgendeiner Richtung mußte es doch sein. Die einzige Überzeugung, die ihm geblieben war, war die, aus Überzeugung unüberzeugt zu bleiben. Er brachte nicht mehr viel Energie für diesen Bereich auf. Er strengte sich nicht mehr an, und er wehrte sich dagegen, wenn man ihn einen Atheisten nannte. Denn glauben ist die eine Anstrengung und nicht glauben die andere. Es war ihm zu mühsam, zu glauben oder nicht zu glauben. Er mochte einfach beides nicht mehr.

Dabei, er räumte das öfters ein, hätte er gern einen Katecheten gehabt, der von der Wichtigkeit der Liebe gesprochen hätte, einen Religionsprofessor, der zu ihm gesagt hätte: *Weil* Religion nicht nur ein Unterrichtsgegenstand wie jeder andere ist, sage mir, warum du nicht vorbereitet bist. Sind es Sorgen? Hast du Schwierigkeiten? – Er hätte damals genug von beiden gehabt. Er hätte auch gern einen anderen Wehrmachtsseelsorger gehabt als den, der damals auf Blitzbesuch an die Front kam, und einen anderen Pfarrer daheim angetroffen. Einen Wehrmachtsseelsorger, der darüber erschüttert war, daß Getaufte Getaufte töteten, und einen Pfarrer, dessen Gott keine Bomben brauchte, um eine Mischehe zu verhindern.

Der Pfarrer hatte nämlich bei seiner Argumentation vergessen, daß damals nicht nur die evangelische Braut, sondern noch achtzehn andere Mädchen im Universitätsinstitut getötet worden waren. Achtzehn katholische Mädchen. Der Pfarrer wußte es. Und der Mann wüßte heute gern, wie ihn der Pfarrer getröstet hätte, wäre er mit einem dieser achtzehn katholischen Mädchen verlobt gewesen. Es war müßig, darüber nachzudenken. Ihm war das alles herzlich gleichgültig geworden. Er sprach nur mehr selten von diesen Dingen. In seinen Augen hatten sie Gott zu einem kleinlichen und parteiischen Bezirksrichter gemacht, ihn mit der Unnachsichtigkeit eines Steuereintreibers ausgestattet. Sie hatten ihn reduziert und verstümmelt, damit er Platz fände in geschrumpften Herzen.

Der kurze Lebenslauf unseres Mannes wäre gewiß nicht erwähnt worden, wären ihm heute nicht all diese Gedanken durch den Kopf gegangen, wäre der Platz vor der Kirche leer geblieben. Aber dem war nicht so.

Unten auf dem Platz hatte sich nämlich jene Gesellschaft versammelt, die den Pegelstand seiner Magensäure ebenso mühelos anhob wie sicherlich auch seinen Blutdruck. Von der Tätigkeit seiner Galle ganz zu schweigen. Die Gesellschaft erwartete etwas.

Sie erwartete den neuen Pfarrer.

Alle guten Katholiken, und nur die sind gut, die zur Kirche gehen, waren auf den Beinen.

Das waren: Die meisten Gewerbetreibenden der Pfarre.

Die meisten Geschäftsleute der Pfarre.

Ein großer Teil der Staatsbeamten der Pfarre.

Und das waren vor allem die vielen Witwen der Pfarre.

Das waren außerdem einige Lehrer, die sich von den paar Akademikern, und die paar Akademiker, die sich von den Lehrern distanzierten.

Das war jenes halbe Dutzend lackbestiefelter Studenten, deren Gesichter für ihre Uniformen vorherbestimmt zu sein scheinen.

Das war das anderthalb Dutzend männlicher Pfarrjugend, und das waren jene dreißig Mädchen, die das Dirndlkleid so penetrant demonstrativ trugen, daß man anzunehmen bereit war, sie seien davon überzeugt, mit dem geblümten Stoff allein schon ein Glaubensbekenntnis abzulegen.

Und zum Schluß waren vor allem jene zehn, zwölf Männer, die ziel- und planlos wie schwarze Hühner, aber mit weißgelber Armbinde ausgestattet, die sie als Ordner auswies, auf dem Platz umherschossen, um mit ihren widersprechenden Anweisungen die Menge in Unruhe und Zweifel zu versetzen. In Zweifel vor allem darüber, ob es noch einen Gott geben könne, wenn er zuließ, daß seine Herde so diktatorisch und so gekonnt militärisch sinnlos hin- und hergeschubst werde. Diese zwölf Männer waren in den Augen unseres Mannes zwölf vor Eifer glühende Subalterne, aussichtslos bemüht, mit widersprechenden, aber lauten Befehlen so etwas wie militärische Ordnung in den wirren Knäuel von Vereinen der verschiedensten christlichen Interessengebiete, streng nach Geschlechtern getrennt, zu bringen.

Die Gesichter, die jene Ordner zu sehen bekamen, waren ihnen vertraut, wie die Fahnen, um deren Standplatz immer hitzige Geplänkel aufkamen.

Sie grüßten da und dort besonders herzlich, aber immer in Eile hin, denn die Eile war ihr eigentliches Element. Die Eile allein wies ihre Wichtigkeit aus, und nur selten nahmen sie sich Zeit, Glanz in den Augen zu sammeln oder eine Bemerkung wie etwa diese zu formulieren: »Der anwesende Polizeioffizier schätzt die Menge (man hörte es an der Betonung, daß sie das Wort ›Menge‹ in diesem Zusammenhang liebten) auf sechshundert.« Zweifelnden Blicken gegenüber waren sie bereit, hundert abzustreichen und auf fünfhundert zu beharren.

Sie alle mitsammen aber genossen wieder einmal das Gefühl, daß sie unter sich waren. Kein fremdes Gesicht störte diesen Genuß. Wenn sie ihren Blick um sich schweifen ließen, fanden sie es bestätigt. Ihre Kirche war noch immer eine Art Naturschutzgebiet des Bürgertums, so wie sie vor einigen Jahrzehnten das Naturschutzgebiet des Adels war. Zugegeben, sie liebten zwar auch die Zahl, und im Pfarrblatt würde demnächst zu lesen sein, daß der Empfang des Pfarrers eine machtvolle Demonstration gewesen sei, die wieder einmal bewiesen habe, daß wir in einem christlich-katholischen Lande lebten. Sie liebten die Zahl, gewiß. Und doch mochten sie die Schar, der sie angehörten, um keinen erweitert wissen, der nicht dazugehörte, der ihnen den Platz in der angestammten Reihe streitig machen könnte oder gar den vor ihnen.

Sie alle da unten – der Mann am Fenster dachte sich »vielleicht mit wenigen Ausnahmen« – erwarteten von ihrem neuen Pfarrer, daß er sich mit ihnen begnügen werde, daß er vor allem nicht ungewohntes Neuland beschreite, wodurch sie sich gezwungen sehen könnten, nach- beziehungsweise umzudenken. Sie erwarteten von dem neuen Pfarrer auch, daß er politisch völlig mit ihnen übereinstimme, und sie beherrschten die Klaviatur, mit denen man Pfarrern, die nicht so wollten, wie sie es wollten, das Leben auf christliche Weise sauer machte.

Sie wußten, wie man Briefe an das Erzbischöfliche Ordinariat abfaßte, vielleicht nicht einmal anonym, oder doch nur mit der Unterschrift »ein Besorgter« oder »im Dienste der guten Sache«.

Sie wußten, sollte das nichts fruchten, wie man dann aus der Anonymität heraustrat und Unterschriften sammelte, Delegationen zusammenstellte und beim Bischof vorstellig wurde.

Einen jungen schüchternen Bauernburschen, Pfarrprovisor mit schwachen Nerven, hatten sie vor Jahren solcherart aus der Pfarre hinausgenächstenliebt. Der Pfarrer, der nachher kam, war für sie gerade richtig. Er flüchtete vor ihnen in ein Theaterabonnement, in das Anhören von Beethoven-Schallplatten, in die Betrachtung von Kunstbüchern. Er war ein guter Pfarrer in ihren Augen, er änderte nichts, und wenn er von einem eisernen Muß sprach, meinte er nur die Begleichung der Kirchensteuer. Er ging am Parteilokal der Sozialistischen Partei vorüber und führte kein verlorenes Schaf in die Herde zurück. Der jenseitige Futterplatz blieb unbedroht, da ihre diesseitige Tugend um so heller strahlte, je weniger Menschen ein Leben führten, das dem ihren ähnelte.

An die Stelle des Glaubens war bei ihnen der Eifer getreten, an die Stelle der Liebe für andere die Verachtung oder Herablassung. Von öffentlichen Auftritten und Ansammlungen, wie den eben geschilderten, ließen sie sich mit Befriedigung einlullen. Sie zählten die paar hundert, die gekommen, und ignorierten die tausend, die ferngeblieben waren. Sie waren sich nicht bewußt, daß sie sich zu einer hoffnungslosen Minderheit entwickelt hatten, redeten sich ein, daß Elite immer in der Minorität sei, und waren genug eingebildet, sich zur Elite zu zählen. Sie hielten den Tischtennistisch im Pfarrheim für den Inbegriff der Modernität ihres Christentums, und sie waren stolz darauf, daß die katholische Jugend auch imstande war, Pingpong zu spielen, wie sie in früheren Zeiten stolz darauf gewesen waren, daß auch ein katholischer Junge die Hacken zusammenschlagen konnte, und in noch früheren Zeiten, daß ganze Scharen katholischer Mädchen mühelos den inhaltslosen Ausdruck einer Gipsfigur nachahmen konnten, weil man damals annahm, die religiöse Sammlung wäre, wenn überhaupt, nur so auszudrücken.

Die da unten hatten den Weg ins Getto angetreten. Mehr noch, sie befanden sich schon darin.

Und was das schlimmste war: Sie merkten es nicht.

Unser Mann am Fenster beneidete den neuen Pfarrer keineswegs.

Es gibt gewiß amüsantere Dinge zu schildern als die Gedanken eines Pfarrers, wenn er nach der anstrengenden Installation und allen anschließenden mehr weltlichen Feiern nachzudenken beginnt.

Solche Gedanken können den Schlaf rauben, die Nacht ausdehnen und Angst schaffen, wo anfangs keine war. Daun hatte gedacht, eine Pfarre von vierzehntausend Seelen zu übernehmen, von vierzehntausend getauften Christen, nun schien es ihm, als hätte er nur ein Bündel Vereine und Vereinchen übernommen, die zum Teil in wütendem Gegensatz zueinander standen und sich insgesamt gegenüber den anderen herausnahmen, näher bei Gott zu sein als eben diese anderen. Da waren Männer- und Frauenrunden, zwei Wallfahrtsvereine – welche Wallfahrt versprach mehr Erfolg? –, diverse Bünde und Jugendgruppierungen, da waren Gesellen- und Meistergrüppchen mit naturgemäß widerstrebenden Interessen, da waren die Kaufleute und unter ihnen die Gastwirte, und ihnen gegenüber standen die katholischen Abstinenzler, die einen schweren Stand hatten, weil das Wort Wein aus dem Neuen Testament nun einmal nicht zu streichen war.

Unausgeschlafen feierte Michael Daun die erste Frühmesse, die von Husten und Schnauben begleitet wurde und von dem etwas eigenartigen Orgelspiel einer Klosterfrau, die über niederen Blutdruck verfügte und erst später zu erwachen begann. Er hatte große Pläne. Wenn er sich aber zu seinem betenden Volk wandte, zu dem Dutzend alter Frauen und zu den drei, vier alten Männern, dann sah er die steinige, die erschütternde Wirklichkeit.

Er hatte keinen Kaplan, mit dem er über seine Sorgen hätte sprechen können. Er hatte niemanden, mit dem er über seine Sorgen sprechen konnte, auch nicht seinen Bischof, denn der Bischof galt weit über seine Diözese hinaus als ein führender Mann innerhalb der katholischen Kirche und war oft auf Vortragsreisen unterwegs. Einige jüngere Kanonici waren sich noch nicht ganz klargeworden, ob der Bischof diese Vortragsreisen unternahm, um Ehrendoktorate einzusammeln, oder Ehrendoktorate einsammelte, um Vorträge halten zu können.

Was macht ein Mann, der allein ist und Sorgen hat? Er spricht mit Gott und führt ein Tagebuch.

Daun kannte zwar geistliche Brüder, die nichts von Tagebüchern und alles von Karteien hielten. Er sträubte sich dagegen, pro Seele ein Karteiblatt anzulegen. Und wir ersparen uns jede weitere Schilderung seiner Person, seiner Ansichten und Anlagen, wenn wir einen Blick in sein Tagebuch werfen, denn da schrieb er am Abend des ersten Tages nach seiner Einsetzung folgendes:

»Ich habe es den ganzen Tag über versucht, aber es gelingt mir noch immer nicht, die Kirche schön oder auch nur als nicht störend zu empfinden. Sie ist vielmehr ein architektonisches Ungeheuer, viel zu groß für den kleinen, dörflich angelegten Platz, der jetzt von der Stadt eingeholt wurde. Sie stellt eine verheerende Mischung von Backsteingotik und Hagia Sophia dar, ist eine Monstrosität innen wie außen. Ein typisches Produkt der Jahrhundertwende, deren Menschen ich ihren guten Glauben nicht glauben kann, wenn sie es fertiggebracht haben, solch einen Bau aufzurichten.

Es ist mir nicht ganz klar, welche Weisheit damals gewaltet hat, wie mir nach wie vor unklar ist, welcher Geist im Ordinariat wehte, als man mir sehr deutlich nahelegte, daß es der Wunsch nicht zuletzt auch des Bischofs sei, daß ich diese Pfarre übernehme, während man meinen Freund R., der alles Moderne mit dem gleichen Eifer ablehnt wie die Werke des Teufels, in ein Betonachteck mit malerischen Lichtreflexen und einem Betonzuckerhut als Kampanile einwies. Sollte wirklich ein Geist dahinter wehen? Oder sollte es nur ein Versehen gewesen sein, eine Verwechslung durch Nachlässigkeit?

Oder war es am Ende eine liebe christliche Bosheit?

Ich mußte immer wieder meine Zuckergußheiligen in der Kirche betrachten. Ich konnte mir nicht helfen, mein Grauen wurde sowohl ihrer Zahl als auch ihrer Ausführung wegen immer größer. Wie haben wir unsere Gläubigen erzogen, daß sie nicht beide Hände vor die Augen schlagen, wenn sie solcher Figuren ansichtig werden? Wieso brauchen wir keine Sanität, wenn der forcierte Kitsch der elektrischen Beleuchtung um den Hochaltar herum eingeschaltet wird? Warum konnte sich in den dunklen Seitenschiffen dieser Wust von religiösen Bildern ansammeln?

Sie alle waren der Kirche vermacht worden.

Wie sie hereinkamen, weiß ich nun. Aber wie bringe ich sie wieder hinaus?

Wie viele werde ich gegen mich haben, wenn ich es versuche, und wie viele werden diese fremden, schlechten Bilder für wichtiger halten als ein persönliches gutes Werk? Meinem Freund B. haben wohlmeinende Bauern ein gotisches Juwel angezündet, als er den Industriegips aus der Kirche verbannte und die gotischen Figuren vom Speicher wieder in die Kirche holte. Die Bauern hatten eine gute Verantwortung. Sie sagten, die Gipsheiligen seien wenigstens ganz gewesen, die alten Heiligen hingegen seien unbrauchbar, da dem einen eine Hand, dem anderen eine Nase, eine Locke oder ein Ohr fehlte.

Mein Vorgänger hier soll ein Schöngeist gewesen sein. Wie hat er das ausgehalten? Oder betrachtete er nur deshalb stundenlang die Kunstbände, um seine Kirche zu vergessen?

Das Gewölbe hinter dem Hochaltar ist knallblau, und die Gestirne darin sind knallgelb. Wie viele Delegationen kunstbeflissener Katholiken werden ins Erzbischöfliche Ordinariat wallen, wenn ich den abwegigen Gedanken fassen sollte, dieses Gewölbe weiß zu tünchen?

Die erste Bank ist etwa fünfzehn Meter vom Altar entfernt. Welche

Revolution wird ausbrechen, wenn ich sie näher an den Altar heran-
rücke?

Das Kommuniongitter gleicht einem Drahtverhau, einer Barrikade,
als gäbe es einen Stellungskrieg zwischen Gott und den Menschen.
Wie viele werden sich bedroht fühlen, wenn ich diese Barrikade ab-
trage?

Gott nicht.

Die Sakristei ist eine dunkle Höhle. Jeder geöffnete Schrank riecht
nach Keller, mehr noch, nach Moder. Die Fenster sind hoch und
blind und starren vor Schmutz. Niemand schien auf den Gedanken
gekommen zu sein, sie zu putzen. Wie soll auch nur einem Mini-
stranten hier ein Lachen auf die Lippen kommen?

Der Mesner ist ein pensionierter Polizist. Seinem Gehaben nach
scheint er nie ein Freund und Helfer gewesen zu sein. Er benimmt
sich seinen gläubigen Brüdern und Schwestern gegenüber, als wäre
er nicht ein Diener Gottes, sondern der Büttel eines Despoten.

Das Gute an der Sakristei ist, daß sie auch eine Tür hat. Und durch
diese Tür kann man sie verlassen. Als ich aus ihr hinaus auf den
Pfarrplatz trat, flatterten Tauben hoch. Das tröstete mich. Ich
konnte mir sagen, es gibt immerhin etwas im Umkreis meiner Kirche, das lebendig ist. Und als ich zum Pfarrhof hinübersah, war auch
dieses Bild tröstlich. Das Gebäude ist zwar halb verfallen, aber immerhin war es früher einmal ein kleines Jagdschloß weit außerhalb
der Stadt, als es im Umkreis noch Flußarme und Auwälder gab.
Seine Proportionen sind ausgewogen, und der Torbogen so hübsch
daneben gesetzt, daß es gar nichts ausmacht, daß das Tor fehlt.

Jetzt ist die Umgebung des ehemaligen Schlößchens Vorstadt geworden, noch nicht ganz Stadt und nicht mehr ganz Land, mit Gärtnereien, einigen kleinen Erzeugungswerkstätten, deren Besitzer
sich stolz Fabrikanten nennen, mit ein paar Läden, die sich großstäd-
tisch geben, mit vielen Siedlungshäusern und einigen neuen großen
Wohnbauten, die wohl jünger als meine Kirche sind, die ihr aber in
punkto Häßlichkeit in nichts nachstehen.

Was mich nach dem Anblick des Schlößchens wiederum weniger be-
glückte, war die Wildnis hinter dem Schlößchen. Dieser Dschungel
aus Brennesseln, Franzosenkraut, Schafgarbe, Goldrute, Weiden-
und Pappelgestrüpp soll einmal ein Garten gewesen sein. Der
Schloßgarten zunächst und dann der Pfarrgarten. Ich habe es zwar
versucht, konnte aber nicht zur hinteren Grenze des Gartens gelan-

gen, weil ich kein Buschmesser zur Hand hatte. Hier werde ich roden müssen, und zwar bald. Diese Wildnis deprimiert mich. Wer Gärten vernachlässigt, pflegt auch den Menschen nicht.
Nachschrift zum heutigen Tag.
Ich irrte mich übrigens. Nicht alles ist so vernachlässigt wie der Garten. Die Pfarrbibliothek ist's noch mehr.
Zuerst ließ sich kein Schlüssel zu ihrem Türschloß finden, und als ich den Schlüssel endlich gefunden hatte, konnte ich ihn im Schloß nicht umdrehen. Erst als der Mesner das Schloß mit einer beträchtlichen Menge Öl behandelt hatte, bekamen wir die Tür auf. Niemand konnte mir den Namen des letzten Bibliothekars sagen. Ebensowenig konnte ich erkunden, wann das letzte Buch neu eingestellt oder verliehen worden war. Die Bücher rochen wie die Sakristei, nach Keller und Moder. Zwischen den Seiten hatten sich Stockflecke angesammelt, die oberen Schnittflächen waren meist der Nährboden ganzer Schimmelpilzkulturen. Dies wäre jedoch noch immer nicht das schlimmste gewesen. Gehalt und Inhalt eines Buches geben auch heute noch den Ausschlag. Beide aber waren so bedrückend tief, so rettungslos veraltet, und es handelte sich ausschließlich um religiöse Erbauungsliteratur. Mit einem Wort, meine Pfarrbibliothek konnte im jetzigen Zustand an Niveau und Aktualität von jeder Gefängnisbibliothek leicht überboten werden.
In den meisten Büchern waren die Nichtkatholiken nicht ganz so gut wie die Katholiken, die Kapläne immer klüger als auch die erfahrensten und klügsten Laien, die Pfarrer klüger als die Kapläne und die Bischöfe wieder klüger als die Pfarrer.
Die Bibliothek enthielt auch ein von einem Pfarrer verfaßtes ›praktisches Kräuterbüchlein‹ aus dem Jahr 1914. Ich stieß in ihm auf folgende Stelle: ›Noch schlimmer ist jede Art *Schokolade*. Sie ist ein gelindes Gift, verhindert die Ausscheidung verhockter Stoffe aus dem Leib, verschleimt allmählich Magen und Gedärme und bewirkt so *Ausschläge, Säuren, Flechten, Magengeschwüre* und schließlich *Magenkrebs* und Tod. Das gleiche gilt von jeder Art *Kakao*.‹
Stimmte es in allen katholischen Büchern meiner Bibliothek so wenig wie hier? Das konnte nicht sein. Aber woran lag es, daß die übrige religiöse Literatur so schnell veraltete?
Mir fiel ein, daß ich vor etwa sechs Wochen einem jungen Burschen zugesehen hatte, der seine Bibliothek ausmusterte und die ausgemusterten Bücher seinem jüngeren Bruder überließ. Ich habe mir

diese Bücher genau angesehen, und ich hatte richtig vermutet. Es waren in der Hauptsache religiöse Jugendbücher, die er abschob, und er schob sie nicht ab, etwa, weil sie auch Jugendbücher waren. Ich kenne diesen jungen Mann. Es ist unmöglich, daß es nur seine Schuld ist, daß er sich von diesen Büchern trennte. Es mußte auch an den Büchern liegen, an ihrem Inhalt, am Gehalt ihrer Wahrheit. Ich hatte gehofft, eine vorhandene Bibliothek wenigstens zur Hälfte übernehmen zu können. Aber wir werden eine neue Bibliothek brauchen, eine offene, weite, denn der Kindergarten hört mit sechs Jahren auf, und das Leben beginnt nicht erst nach ihm.«

Man ahnt im allgemeinen nicht, wie schnell ein Pfarrer in seiner neuen Pfarre bekannt wird. Die Rolle des Bekanntmachens übernehmen dabei meist ältere Damen, die manchmal nicht einmal sich selbst ein Vergnügen, den meisten anderen aber ein Ärgernis sind. Ja, es gilt sogar die Wette, sollten sie je diese Zeilen lesen, daß sie dabei hämisch lächelnd an andere und nicht an sich selbst denken werden.

Alle diese Damen aber, so spezialisiert ihre Beobachtungen im einzelnen sein mögen, haben ein Objekt, das sie mit gleicher Intensität und unaufhörlichem Interesse umlauern: die Wirtschafterin des Pfarrers. Sie wird nach Alter, Figur, Kleidung und Verwandtschaftsgrad genauestens untersucht, und besonders, falls es sich um eine Verwandte handelt, achten besagte Damen peinlichst darauf, daß sie den Verwandtschaftsgrad immer wie unter Anführungszeichen aussprechen.

Ein Pfarrer kann diesen Damen viele Enttäuschungen bereiten. Er kann mit ausgetretenen Schuhen gehen, eine speckige, abgeschabte Soutane haben, ausgefranste Hosenenden, ja, man verzeiht ihm einen Sprach- oder Augenfehler, oder auch eine Glatze. Man nimmt es hin, wenn er in den Predigten nur donnert. Nur eines ist ihm schwer zu verzeihen: Wenn er keine Wirtschafterin hat. Was gibt es über einen Pfarrer ohne Wirtschafterin zu reden?

So gut wie nichts.

Michael Daun hatte keine Wirtschafterin, und er gedachte auch nicht, eine aufzunehmen. Es war eines seiner Prinzipien. Und er selbst konnte nicht ahnen, wie schnell sich dies herumsprechen würde und welche Auswirkungen es haben könnte. Schon am ersten

Abend nach seiner Amtseinführung läutete die Glocke an seiner Tür. Er sprang erfreut auf, hoffend, zu irgendeiner seelsorgerischen Tätigkeit gerufen zu werden, um dann an der Tür enttäuscht vor einer Dame mittleren Alters zu stehen, aus deren mit einem Geschirrtuch abgedeckten Einkaufstasche es verheißungsvoll duftete.

»Ja?« fragte er noch, immer hoffend, daß das Essen nicht für ihn bestimmt sei.

Die Dame versuchte, ihre Verlegenheit wegzulächeln, und entschuldigte ihr Kommen damit, daß das Fleisch wirklich ganz mager sei.

Nun war Michael Daun keineswegs ein asketischer Typ. Er schätzte durchaus ein gutes Essen, aber der zusammenfließende Speichel in seinem Mund trübte ihm den Blick nicht dafür, daß er, einmal überredet, auch schon verloren sei. Er sah vor seinem geistigen Auge ganze Scharen alleinstehender Damen, alle mit der gleichen undurchsichtigen und mit einem Geschirrtuch abgedeckten Einkaufstasche, die zwischen Kirche und Pfarrhof zu streiten begannen, wer heute dem Pfarrer das Essen bringen dürfe. Seine Aufgabe war kompliziert genug, und er wollte sie nicht noch mehr komplizieren. Er gebrauchte deshalb, was ihm Gott sicher verzeihen wird, eine Lüge. »Ich muß strenge Diät halten«, sagte er, »leider.« Und er schickte die Frau fort. Um sie aber nicht ganz ungetröstet gehen zu lassen, rief er ihr noch nach, sie möge das Essen irgendeinem Armen oder Kranken bringen, was Gott sicher gern sähe. Als er die Tür schloß, war es ihm jedoch klar, daß weder ein Armer noch ein Kranker je das Essen sehen würde, das er verschmäht hatte.

Es gibt Menschen, die gute Werke nur an geistlichen Herren vollbringen wollen, in der unausgesprochenen Hoffnung, daß sie dann schneller zur Kenntnis Gottes gelangten als sonst. Und es gibt geistliche Herren, die solche Leute für gute Menschen halten.

Kaum hatte Michael Daun an seinem Tisch Platz genommen, klingelte es wieder. Es war die zweite Dame. Und um es kurz zu machen: Es klingelte noch viermal, und jedesmal wurde ihm mageres, zartestes Fleisch versprochen, manchmal das frischeste Gemüse, jedesmal wässerte ihm der Mund und jedesmal log der neue Herr Pfarrer mit nunmehr schon knurrendem Magen, er müsse ganz strenge Diät halten, die er sich allein zubereite, weil sie sehr schwierig sei.

Später ging er dann noch etwas aus, um Milch, Brot und Käse zu erstehen. Und da er ein Mann war, der sich auch über kleine Dinge freuen konnte, freute er sich, daß es unweit seiner Kirche ein Geschäft gab, das seine Wünsche zu befriedigen imstande war.

Das ist sehr angenehm für dich, sagte er zu sich selbst, daß das Milchgeschäft so nahe ist, du kannst jeden Morgen nach der Messe die paar Schritte gehen, bekommst alles frisch, das Gebäck vielleicht noch warm. Das war doch immerhin etwas, an das er sich klammern konnte. Mochte die Kirche scheußlich sein, der Pfarrhof verfallen, der Garten verwahrlost, die Pfarrbibliothek unbrauchbar, er hatte es wenigstens nicht weit, wenn er Milch, Brot und Käse wollte. Er ersparte sich Zeit, und Zeit brauchte er, um all die aufgezählten und unaufgezählten Übel abzustellen.

Noch mehr freute er sich, als sich herausstellte, daß der Laden, wie es sich für ein Milchgeschäft auch gehört, sauber war. Die zwei Frauen hinter dem Verkaufspult hatten jenen gesunden frischen Teint, den man häufiger bei Verkäuferinnen in Milchgeschäften als in Parfümerien findet. Ihr Gruß war zunächst auch durchaus freundlich, machte aber in der letzten Silbe des »Guten Abend« einer erschreckten Betretenheit Platz, als wäre mit Michael Daun nicht ein Pfarrer, sondern ein gehobener Funktionär des Molkereiverbandes eingetreten, um die Flüssigkeit der Milch oder der Kasse zu überprüfen.

Auch die anwesende Kundschaft musterte Daun irritiert. Er selbst dachte zunächst, die sehen mich alle nur so an, weil sie noch nie einen Pfarrer gesehen haben, der Milch kaufen möchte. Aber er spürte es, daß das nicht der alleinige Grund sein könne. Ein Rest von Betretenheit blieb, nicht etwas unbedingt Feindliches, aber ein Unbehagen, das er weiterhin wahrnahm und dessen Grund ihm nach wie vor unklar blieb. Man rückte von ihm ab, als wollte man ihm zeigen, daß er am falschen Platz sei, und das alles bewirkte, daß Michael Daun ganz gegen seine Gewohnheit allmählich ein wenig verlegen wurde. Ja, hätte er nicht die Milchflaschen im Kühlregal, daneben die Butterpäckchen und auf den Brettern der Stellage nicht die Brotwecken und Käselaibe und sogar die Löcher im Käse gesehen, wäre er noch einmal vor das Geschäft getreten, um sich zu vergewissern, ob wirklich das Wort *Milch* über dem Laden stand.

Da ihn seine Wahrnehmungen dieses Schrittes enthoben, versuchte er, so gut es ging, ganz so zu tun, als bemerke er nicht die Reaktion, die sein Erscheinen ausgelöst hatte. Er faßte eine in Aluminiumfolie verpackte Käsesorte fest ins Auge, als wäre diese Erscheinung ganz neu für ihn, und übte sich ansonsten in Geduld. Es dauerte nicht lange, da war er an der Reihe, um bedient zu werden. Er hatte sich auch schon die Worte »einen halben Liter Milch, bitte, ein Viertel Tilsiter und einen kleinen Wecken Brot« sorgfältig zurechtgelegt und begann so heiter und gelassen wie möglich seinen Wunsch aufzusagen, da wurde er von der älteren Verkäuferin unterbrochen.

»Entschuldigen, Herr Pfarrer«, sagte sie und stockte. Ihre Augen waren unruhig, und sie wagte nicht, ihn direkt anzusehen. »Es ist mir sehr peinlich«, murmelte sie vor sich hin.

Daun räusperte sich. »Ist die Milch, die Sie noch da haben, bestellt?«

»Nein, nein, wir haben genug Milch, nur...«

Sie starrte hilflos auf seinen weißen Kragen oder genauer gesagt auf den Adamsapfel, der sich darüber befand. Aber dort schien sich das erlösende Wort nicht finden zu lassen. Sie wurde rot wie ein Edamer, schlug die Augen nieder, um dann hilfesuchend ihre etwas beweglicher wirkende jüngere Schwester anzustarren.

»Sie meint«, kommentierte die Jüngere und war damit auch schon am Ende. »Nämlich, es ist uns wirklich sehr peinlich«, erklärte sie noch einmal.

Daun war irritiert. Er merkte nicht, daß neue Kundschaft das Geschäft betrat, und sagte: »Es würde Ihre und meine Situation sehr erleichtern, wenn Sie sich nur ein bißchen klarer ausdrücken könnten.«

»Sie meint«, sagte die Jüngere wieder, »sie möchte sagen, vom Pfarrhof wurde nie die Milch bei uns gekauft.«

»Ach deshalb«, rief Daun. »Das braucht Ihnen durchaus nicht peinlich zu sein. Und ich sehe nicht ein, warum ich deshalb nicht doch Milch bei Ihnen kaufen sollte. Sie haben mir kein Fenster eingeschlagen, ich habe Ihnen kein böses Wort gesagt. Ihr Geschäft ist sauber, und ich stehe nicht im Ruf, Falschgeld unter die Leute zu bringen, und habe vor, bar zu bezahlen.«

»Das ist es ja nicht«, unterbrach ihn die Ältere wieder und starrte nun den Geldteller an, auf dem eine Margarinemarke angepriesen wurde. »Das es ist nicht«, wiederholte sie, »und wir waren nie böse deswegen. Wir haben immer eingesehen, daß man vom Pfarrhof bei uns gar nicht einkaufen kann.«

»Ich bin geduldig«, sagte Daun, »ob Sie es glauben oder nicht, und

Sie werden mich sicher noch aufklären, warum ich nicht Milch bei Ihnen kaufen kann.«

Nun drängte die jüngere die ältere Schwester zur Seite, stellte sich genau gegenüber Daun auf und bekannte: »Wir halten es für unsere Pflicht, Sie aufmerksam zu machen. Wir sind Protestanten!«

Daun lächelte, er schien nicht im geringsten betroffen zu sein, im Gegenteil, die Aufklärung des seltsamen Gebarens der beiden Schwestern schien ihn zu belustigen. »Hat das, was Sie mir da eben sagten, einen negativen oder auch nur irgendeinen anderen Einfluß auf Ihre Milch?« fragte er die jüngere Schwester.

Die Schwestern schienen verblüfft. Die Ältere wußte nichts anderes zu erwidern als: »Unsere Milch ist immer frisch.«

»Dann ist es ja gut«, rief Daun, »dann geben Sie mir doch bitte einen halben Liter Milch, ein Viertel Tilsiter und einen kleinen Wecken Brot, möglichst nicht frisches Brot.«

»Altes ist leider nur von vorgestern da«, sagte die Jüngere.

»Dann das von vorgestern«, sagte Daun, nahm seine Sachen, bezahlte, grüßte und verließ belehrt und reicher geworden den Laden.

Er hatte noch nicht die Tür geschlossen, da sagte eine Frau mit einer borstigen Warze auf dem Kinn: »Der wird euch noch katholisch machen.«

Spontan öffnete Daun wieder die Tür und sagte: »Sie irren sich, das will ich nicht.« Er ließ die verblüffte Frau stehen und ging zurück zum Pfarrhof. Es dämmerte. »Katholisch machen«, brummte Daun, denn er hatte die Art, mit sich zu reden, wie alle Leute, die viel allein sind. »Katholisch machen«, wiederholte er, »als ob es nicht schwierig genug wäre, die Katholiken dazu zu bewegen, katholisch zu sein.«

Daun war nicht der Typ des Pfarrhofpfarrers, der in seiner Kanzlei sitzend auf den Ruf wartete. Er hatte sehr eigene Vorstellungen davon gehabt, wie eine Pfarre zu führen sei, und war nun schon in den ersten Tagen – fast peinlich berührt – darauf gekommen, daß der Tag nach wie vor nur vierundzwanzig Stunden zu sechzig Minuten hatte. Er war darauf gekommen, daß er das, was er an dem einen Tag nicht erreichte, am anderen nicht einholen konnte, weil der neue Tag genug Aufgaben hatte. Er schleppte, so jung er als Pfarrer noch war, bereits ein Defizit mit sich. Ein Defizit an unerledigten Dingen, aber er war Gott sei Dank zu beschäftigt, um dies als bedrückend zu empfinden.

Langsam nur, Schritt für Schritt, fand er sich in seiner Pfarre zurecht, lernte er alles kennen, was wichtig war, machte er die Besuche, die er sich vorgenommen hatte. Er stellte sich in den Schulen, bei deren Leitern und Lehrern vor und ließ bei solchen, die ihm versicherten, daß sie gute Katholiken seien, durchblicken, daß er die Pfarrbibliothek neu aufziehen und sich dabei der Mithilfe von Lehrern bedienen wolle. Wenn sich, so gab er zu bedenken, zwei oder drei Lehrer meldeten, käme sicherlich jeder einzelne mit einem halben Nachmittag in der Woche durch.

Die katholischen Lehrkräfte, darunter auch solche, die sich als Mitglieder katholischer Vereinigungen bezeichneten, hörten ihm mit jenem angespannten Interesse zu, das man nur dann aufbringt, wenn man eine Bitte um Mitarbeit abschlägig bescheiden will. Sie bestätigten ihm um so eifriger, welch gute Wirkung ein gutes Buch auf einen guten Menschen im allgemeinen und auf einen guten Katholiken im besonderen haben könne, um so weniger sie gesonnen waren, ihm mit der Tat zur Seite zu stehen. Sie boten sich beinahe überschwenglich an, ihm, besonders was die Jugendliteratur anbelangte, mit ihrem Rat zur Seite zu stehen. Sie wußten genau, welche Bücher ihnen das Lehren und den Schülern das Lernen erleichterten, und sie alle hatten irgendwo Listen, die sie ihm übrigens gern zur Verfügung stellen würden, und auf denen chemisch reine, aufbauende, erzieherisch wertvolle und lebensbejahende Jugendbücher angeführt waren.

Daun begann, nachdem er mit den Lehrern zu Ende gesprochen hatte, im Geiste Abstriche zu machen. Er versuchte es mit den Lehrerinnen, und er versuchte es nicht nur mit der Autorität, die ihm diese zubilligten, sondern auch mit allem Charme, der ihm im reichen Maße verblieben war. Um allem Gerede von vornherein den Wind aus den Segeln zu nehmen, konzentrierte er zunächst sein Bemühen auf Lehrerinnen älteren Semesters, die gerade noch genug aufgeschlossen schienen, eine moderne Bibliothek, wie sie ihm vorschwebte, in Ordnung zu halten. Aber auch hier stieß er auf taube Ohren oder er wurde absichtlich so weit mißverstanden, daß man ihm versprach, die eigene Bibliothek daheim einmal durchzusehen und ihm Passendes zukommen zu lassen.

Daun hätte kein Prophet sein müssen, um zu erraten, welche Bücher man für seine Bibliothek erübrigt hätte. Er hatte das untrügliche Gefühl, daß sie sich von den Büchern seiner Pfarrbibliothek nur in Äußerlichkeiten unterscheiden würden. Er dankte daher für die Spenden im vorhinein und ging fröhlich, als wäre ihm kein Plan danebengegangen. Er hatte noch Zeit, und da er sich gerade an einem Platz befand, an dem sich Bank- und Sparkassenfilialen niedergelassen hatten, besuchte er diese. Er verband damit keine besonderen Absichten, er betrat nur die Zweigstellen, die in Aufmachung und Einrichtung bestätigten, wie gut es sich vom Geld anderer leben ließ, und stellte sich zunächst dem Filialleiter und dann den anderen Angestellten vor.

Die Filiale einer ganz bestimmten Bank hatte er sich bis zum Schluß aufgehoben. Als er sie betrat, konnte er nicht umhin, sich zuzugeben, daß sein Herz klopfte. Er war nicht umsonst über zehn Jahre lang in dieser Bank tätig, und er war gerne Bankangestellter gewesen. Er hatte das Rasseln seiner Rechenmaschine in der Devisenabteilung genauso geliebt wie später die Betreuung gehobener Kunden in der Kreditabteilung. Noch heute erinnerte er sich nicht ohne ein gewisses Behagen an das Gesicht seines Generaldirektors, als er ihm kündigte. Zunächst dachte der weltgewandte Mann, Dauns Absichten ließen sich durch Geld beheben oder ändern, als er jedoch den wahren Kündigungsgrund erfuhr, hielt er Daun reif für den Psychiater.

Mit dem Leiter der Zweigstelle hatte Daun früher des öfteren, jedoch nur telefonisch, zu tun gehabt, so daß ihn der Mann nicht gleich erkannte. Nachdem sie jedoch eine Weile miteinander gesprochen hatten, kniff der Filialdirektor die Augen zusammen, betrachtete Daun aufmerksam und sagte: »Ihre Stimme kommt mir so bekannt vor.«

Daun lächelte und eröffnete ihm, woher er seine Stimme kennen müsse.

»Jetzt erinnere ich mich«, sagte der Mann, »ich erinnere mich ganz genau. Wir alle sprachen damals viel über Sie. Vor allem, Sie hätten doch noch so viel erreichen können.«

Daun wehrte verlegen ab. »Nun ja«, sagte er, »so viel war es auch wieder nicht.«

»Sie wären gewiß einmal Direktor geworden«, sagte sein ehemaliger Kollege. »Alle haben gedacht, daß Sie das würden.«

»Direktor«, sagte Daun und schämte sich.

Sein ehemaliger Kollege stand eine Weile ratlos und wie erstarrt. Er machte den Eindruck, als dächte er an etwas sehr Entlegenes, sehr Fremdes und Unvertrautes. Einen Augenblick dachte Daun, der Mann hätte vergessen, wo er war, und daß er ihm gegenüberstand. Gerade als er ihn mit einem beiläufigen Satz wieder an das Pult in seiner Bankfiliale zurückholen wollte, schüttelte sich der Mann, sein entspanntes Gesicht ordnete sich wieder zu einem firmenmäßigen Lächeln, und dann fragte er etwas hektisch, als wolle er andere Gedanken hiermit verdrängen: »Können Sie Kalender brauchen? Ich denke mir, Sie können so etwas brauchen. Einen Tischkalender und einen Taschenkalender, einen Vormerkkalender für die Wand...« Der Mann zögerte. »Falls es Sie nicht stört, an unsere Bank erinnert zu werden«, fügte er dann hinzu.

»Warum sollte es mich stören«, gab Daun zurück. »Die Jahre dort waren sehr schön und eigentlich durch nichts getrübt.«

Der Filialdirektor nickte, grüßte dann einige Kunden, und Daun blieb stehen, weil er das Gefühl hatte, daß der Mann noch etwas fragen wollte. »Werden Sie den Leuten behilflich sein«, fragte er so nebenbei, »falls ich in die Lage kommen sollte, einen zu Ihnen zu schicken?«

»Natürlich, ein Anruf von Ihnen genügt, und wir werden tun, was wir können.«

»Das ist schön«, sagte Daun nachdenklich, »vielleicht kann ich jemandem auf diese Art einmal helfen. Ich hätte gern, wenn die Leute mit allen Sorgen zu mir kämen.«

»Sie kamen ja auch im Büro zu Ihnen«, sagte der Filialleiter, »besonders die Kolleginnen. Meine Frau, entschuldigen Sie, wenn ich das so sage, aber sie schwärmt noch heute von Ihnen.«

»Schwärmen«, sagte Daun und lächelte.

Der Mann hinter dem Pult war wieder abwesend. Sein berufsmäßiges Lächeln war entflohen, er sah durch Daun hindurch, durch die große Glasscheibe und sicher auch durch die gegenüberliegende Häuserfront, und Daun hätte gerne gewußt, was er sah. »Wie hieß denn Ihre Frau als Mädchen?« fragte er.

»Marold«, sagte der Mann und änderte seinen Blick nicht.

»Da haben Sie Elisabeth geheiratet?« fragte Daun.

»Ja.«

»Haben Sie Kinder?«

»Zwei«, sagte der Mann wie in Trance.

»Und sind Sie glücklich?«

»Sehr.«

»Und woran denken Sie nun?«

Nun erst kehrte der Mann wieder zurück. Er begann wieder zu lächeln, diesmal etwas persönlicher. So, wie er etwa daheim lächeln mochte, wenn die Atmosphäre friedlich war. »Entschuldigung«, sagte er da, »bitte um Entschuldigung, Herr Kollege, Verzeihung, Hochwürden, Sie werden sicherlich oft diese dumme Frage zu hören bekommen haben, aber andererseits, wir haben damals sehr viel über Sie gesprochen, im Büro, und dann noch Elisabeth und ich. Wir haben über Sie, das heißt, über Ihren Schritt nachgedacht.«

»Ja?« fragte Daun.

Der Filialdirektor sah ihn nun fest an. Er richtete sich gewissermaßen ganz und gar auf das Kommende ein, denn er hatte vor, Daun zu fragen, und als er Daun, wie er meinte, fest in seinem Blick hatte, so daß ihm nichts entgehen würde, fragte er. Er sagte ein einziges Wort, aber das enthielt alle Fragen, die möglich waren, Er fragte: »*Warum?*«

Daun legte seine Hände auf das Pult und lächelte. Er wußte nicht recht, warum. Vielleicht, weil dieses »warum« etwas zu pathetisch geklungen hatte. »Das hat mehrere Gründe«, antwortete er. »Der erste: Ein Generaldirektor als Vorgesetzter und höchste Instanz war mir eines Tages, es kam ganz plötzlich, zu wenig. Das ist aber durchaus nicht der wichtigste Grund.«

»Und was war der wichtigste?«

Daun beugte sich vor. »Der wichtigste«, lächelte er, »der wichtigste Grund war, daß ich durch verschiedene Umstände wieder mit dem Christentum in Berührung gekommen war, und...«, Daun überlegte eine Weile, bevor er weitersprach, »um es ehrlich zu sagen, mir wuchs das Christentum, so wie ich es, um auch da ehrlich zu sein, nach Jahren religiöser Enthaltsamkeit predigen hörte, und so, wie ich es gelebt sah, zum Hals heraus. Was ich gesehen habe und zu hören bekam, konnte man gerade noch mit einem Börsenwort bezeichnen: ›Tendenz lustlos‹. Mit wenigen Ausnahmen hörte ich überall eine traurige Botschaft und nicht eine frohe. Wenn Sie es ganz genau wissen wollen, ich hatte mir damals vorgenommen, das Christentum ein wenig lustiger zu machen.«

»Und Sie glauben, daß Sie das auch erreichen werden?«

Nun wirkte Daun wie abwesend. Es schien, als betrachte er den Panzerschrank, der eben geöffnet worden war. Die Wahrheit aber war, daß er den Panzerschrank überhaupt nicht sah. »Emigranten ändern nichts«, sagte er dann. »Die Welt wird nicht durch Emigranten, sondern durch Partisanen verändert.« Er begann zu lächeln. »Und jeder gut geschulte Partisan weiß, daß vier Prozent genügen, um die anderen sechsundneunzig unruhig zu machen.«

Der Filialdirektor räusperte sich. »Ich will nicht überpessimistisch sein«, entschuldigte er sich im vorhinein, »aber glauben Sie an diese vier Prozent?«

Nun grinste Daun sogar, ehe er antwortete: »Jetzt vergessen Sie aber wirklich, Kollege, daß ich in dieser Bank«, er klopfte auf das Pult, das in diesem Augenblick symbolisch die Bank darzustellen hatte, »daß ich in dieser Bank hier Prozentrechnen gelernt habe.«

Dauns Pfarre zeichnete sich unter anderem auch dadurch aus, daß in ihrem Bereich eine Feuerwache lag. Da Daun sich fest vorgenommen hatte, alles, was nur irgendwie zu seiner Pfarre gehörte, zu besuchen, und er mit den amtlichen oder halbamtlichen Institutionen beginnen wollte, suchte er auch die Feuerwache auf.

Er wurde, nachdem er seinen Wunsch dem Telefonisten mitgeteilt hatte, auch sofort durch einige Türen hindurch zum diensthabenden Brandrat, oder was der Herr wohl war, geführt. Dieser war ob der Abwechslung sehr aufgeräumt, versicherte dem neuen Pfarrer, daß es mit der Brandbekämpfung in seiner Pfarre bestens stehe, führte ihn in den Hof und die Garagen, zeigte ihm die verschiedensten Geräte und erklärte sie des längeren.

Daun konnte ihm eine kleine Freude bereiten, denn er hatte als Junge einmal einen Fabrikbrand entdeckt und die Feuerwehr umgehend alarmiert. Die Schilderung des Brandes und des Einsatzes der Feuerwehr schien den Brandrat geradezu zu faszinieren. Als er dann weiter über seine teuren und modernen, zum Teil aus dem Ausland angeschafften Geräte berichtete, glaubte Daun, die Enttäuschung und Betrübnis darüber herauszuhören, daß sie in letzter Zeit nicht allzu oft eingesetzt werden mußten. Ja, das zuletzt angeschaffte Gerät war im Ernstfall überhaupt noch nie erprobt worden.

»Das müßten Sie sehen«, sagte der Brandrat, »ich habe das Gerät auf einer internationalen Vorführung gesehen, die Firma ließ von Fachleuten der Feuerwehr ein altes Gebäude in Brand setzen, und es brannte wirklich lichterloh. Im Nu hatte es aber der Löschtrupp der Erzeugerfirma gelöscht.«

»Nicht zu glauben«, sagte Daun fassungslos.

»Doch«, bestätigte der Brandrat, »Sie können übrigens gern einmal einer unserer Übungen beiwohnen. Wir werden trachten, ein schönes Feuer zusammenzubekommen. Und eine solche Übung ist für den Laien«, der Brandrat lächelte, weil ihm bei dieser Gelegenheit ein kleiner Witz einfiel, »in diesem Fall sind nämlich Sie der Laie und nicht ich, äußerst interessant.«

Daun lachte über diesen Scherz fast soviel wie der Brandrat und meinte dann, daß er ja auch eine Art Feuerwehr sei, wenn man es ganz grob vergleiche. Was sie in der Hauptsache verbinde, sei die ständige Bereitschaft.

»Ein schöner Gedanke«, lobte der Brandrat und gab sich chevaleresk. Er hielt den Kopf dazu etwas schief, so lässig, wie er es bei ausländischen Feuerwehrgeneralen gesehen hatte. Genauso schief, daß Daun denken mußte, der Brandrat hätte auch einen guten Monsignore abgegeben.

»Ein wirklich schöner Gedanke, Hochwürden«, delektierte sich der Brandrat noch einmal an den Worten Dauns. »Ein, ich möchte beinahe sagen, erhabener Gedanke, den Sie da in Worte faßten.«

»Sagen Sie bitte nicht Hochwürden, sondern nur Pfarrer zu mir«, bat Daun, »ich muß zugeben, das Hochwürden stört mich ein wenig, Herr Brandrat.«

»Oh«, gab der sich ebenso bescheiden, »dann nennen Sie mich doch auch ruhig nur Herr Tobisch.« Er legte seine Hand jovial auf die Schulter Dauns und sagte: »Unter Gleichgestellten bedarf es keiner Titel. Haben Sie noch irgendeinen Wunsch, Pfarrer?«

»Sie dürfen nicht glauben, daß ich zu Ihnen komme, Herr Tobisch, um Sie zu bitten: Lassen Sie die Mannschaft zur Bekehrung antreten. Ich habe jedoch einen Wunsch.«

Herr Tobisch betrachtete Daun plötzlich mit einer gewissen Furcht und einem nur schwer unterdrückten Mißtrauen, als hätte ihn der gebeten, ihm einen Löschwagen leihweise zu überlassen.

Daun merkte die Veränderung im Gesicht seines Gegenübers und beeilte sich zu versichern: »Haben Sie keine Angst, das einzige, worum ich Sie bitte, ist, daß Sie mich, sollte es in meiner Pfarre brennen, ganz kurz telefonisch verständigen.«

Der Brandrat tat, als hätte er nie etwas anderes erwartet, klopfte Daun wieder auf die Schulter und rief, als stünde er auf einer Opernbühne: »Aber mit dem allergrößten Vergnügen, Herr Pfarrer.«

»Sollte ich gerade nicht zu erreichen sein und die vom Brand Betroffenen ihre Wohnung eingebüßt oder Hab und Gut verloren haben und darüber hinaus nicht wissen, wohin sie gehen sollen, ließe es sich einrichten, daß diese Leute dann gleich von der Löschmannschaft zu mir geschickt werden?«

»Ich werde heute noch eine schriftliche Instruktion herausgeben.«

An der Art, wie er das Wort »schriftliche Instruktion« aussprach, merkte man, wie er diese liebte und daß er viel zu wenig Gelegenheit hatte, solche herauszugeben. Er rieb sich die Hände und beteuerte immer wieder, indem er sich knapp verbeugte: »Es freut mich sehr, wirklich, ich bin außerordentlich erfreut, Herr Pfarrer, daß Sie den Weg zu uns gefunden haben.«

Daun lächelte. »Nun können Sie sich vorstellen, wie ich mich freue, wenn einer den Weg zu mir findet.«

»Glauben Sie mir«, sagte Herr Tobisch pathetisch, »Ihre Aufgeschlossenheit gegenüber der Feuerwehr wird sich auf meine Mannschaft irgendwie auswirken. Es ist doch so: Interessieren Sie sich für uns, werden wir uns für Sie interessieren. Lassen Sie uns nicht allein, werden wir Sie auch nicht im Stich lassen.«

»Das sollte mich nur freuen«, sagte Daun vieldeutig und verabschiedete sich, weil er noch die Polizei aufsuchen wollte. Schon war er ein Stück auf der Straße gegangen, da kam ihm der wackere Brandrat nachgeeilt und hielt ihn mit einem beinahe militärischen »Halt!« zurück. »Verzeihung«, brachte er dann etwas atemlos hervor. »Verzeihen Sie, daß ich Sie aufhalte, aber diese Frage scheint mir doch von einiger Wichtigkeit zu sein.«

»Ja?« fragte Daun zurück.

»Wir sollen doch wohl nur die betroffenen Katholiken zu Ihnen schicken, nicht wahr?«

Daun holte tief Luft, dann sagte er: »Ich bin weder ein Christ noch ein Pfarrer von gestern. Brandblasen tun uns allen weh, nicht wahr, Herr Tobisch? Sie löschen doch auch jedes Feuer, katholische, evangelische, atheistische, nicht wahr?«

»Für uns ist das eine Selbstverständlichkeit«, sagte Herr Tobisch.

»Und da glauben Sie, daß ein katholischer Pfarrer heute noch kleinlicher sein könnte als Ihre von mir so geschätzte Institution?«

Tobisch verneigte sich und ging. Daun sah ihm nach. Vielleicht, dachte er sich, vielleicht überrascht ihn diese Einstellung eines Pfarrers wirklich, weil er gar so sprachlos ist.

Als Daun das Dienstzimmer der Polizeiwache betrat, hörte der am Schreibtisch sitzende Beamte schlagartig auf, mit der kleinen Klinge seines Taschenmessers in den Zähnen zu stochern. Ja, er erhob sich verbindlich und knöpfte seine Uniformjacke zu. »Eine Anzeige, Hochwürden?« fragte er mit leicht vorgeneigtem Oberkörper und erinnerte dabei an einen Textilienverkäufer, dem ein großes Lager die Sicherheit seines Auftretens verlieh.

»Nein, keine Anzeige«, enttäuschte ihn Daun, »oder, wenn die Polizei unbedingt eine Anzeige will: Ich zeige hiermit an, daß ich der neue Pfarrer bin.«

»Ach«, rief der Mann, »jetzt erkenne ich Sie. Ich sah Sie im Ornat, damals, weil ich Dienst hatte. Aber ich hätte Sie nicht wiedererkannt.«

Daun bemerkte, daß es ihm selber einmal so mit einem Polizeibeamten ergangen sei, den er nur in Uniform gekannt hatte, als er ihn das erstemal in Zivil traf. Dann fragte er: »Sind Sie jetzt alleine oder sind noch Kollegen da? Ich wollte mich nämlich vorstellen.«

Der Mann versicherte, daß die Bereitschaft natürlich bereit sei, er öffnete sogar eine Tür im Hintergrund und rief in den angrenzenden Raum: »Der neue Herr Pfarrer möchte sich vorstellen!«

Daun war hinter den Polizisten getreten und sah ihm über die Schulter. In der Mitte des anderen Zimmers stand ein großer Tisch, um den einige Karten spielende Männer saßen. Nach den Worten ihres Kameraden sprangen sie auf, als wären sie Falschspieler oder Hasardeure, ihr Kollege der Aufpasser und Daun die Polizei.

Daun trat ein und grüßte. Die Polizisten grüßten zurück und blieben auf eine Daun seltsam erscheinende Art ringsum an den Wänden verteilt stehen. Wandte sich Daun etwas nach links oder rechts, vollzogen sie schnell und nach ihm unbekannten Gesetzen Stellungswechsel, so daß er das Gefühl nicht loswerden konnte, sie führten ihm eine polizeiliche Variante des Kinderspieles »Vater, Vater, leih mir d' Scher'« vor.

Daun blieb nichts anderes übrig, als unbewegt stehenzubleiben, um selbst keine Bewegungen hervorzurufen, und eröffnete den sichtlich verlegenen Polizisten, daß er der neue Pfarrer sei. Er bat sie, wenn es irgend anginge, ihn nach Unfällen schwererer oder leichterer Art im Pfarrbereich zu verständigen.

Die Männer, die inzwischen ihre Uniformen in Ordnung gebracht hatten wie vorher ihr Kollege im Amtszimmer, nickten freundlich, murmelten Zusicherungen, aber sie verließen ihre Plätze an der Wand nicht. – Draußen, im Dienstzimmer, klingelte das Telefon. Der Diensthabende, der bis dahin hinter Daun gestanden war, ging hinaus und hob ab. Kurz darauf rief er den Namen eines Kollegen, und dieser schien gerade Daun gegenüber zu stehen.

Der Mann zögerte, lief rot an, rührte sich jedoch nicht vom Fleck. Daun wurde, was die Undurchsichtigkeit der Situation betraf, an die Szene im Milchgeschäft erinnert. Um ihn herum waren Wissende, die wußten, warum sie so waren, wie sie waren, nur er, der Fremde, wußte es nicht. Da riß dem Polizisten am Telefon die Geduld, und er rief noch einmal nach dem fernmündlich anscheinend so dringend Verlangten. Nunmehr entstand nur noch eine kurze Pause, dann raffte sich der Gerufene auf und verließ mit einer Miene, die etwa ausdrückte: »Gott helfe mir, ich kann nicht anders«, seinen Posten. Und nun war auch für Daun das Unbestimmte und Fremdartige dieser Situation geklärt. Er wußte plötzlich, warum die Bereitschaft so scheinbar zufällig verstreut an den Wänden herumstand. Dort, wo der zum Telefon Gerufene gestanden war, hing ein Bild an der Wand, genauer gesagt ein Photo. Präziser noch: der Druck eines Farbphotos. Er zeigte vor rotem Hintergrund eine Blondine, die einen Silberfuchsmantel – oder war es Chinchilla? – eben lässig abgestreift hatte. Die Dame mußte sehr zerstreut sein, denn sie hatte außer ihren Schuhen aus Goldgespinst nichts an.

Bis zu diesem Tag war es Daun verborgen geblieben, daß man sogar Polizisten in Verlegenheit bringen könne. Jetzt waren sie verlegen. Nach einer gewissen Schrecksekunde sprang einer der Jüngeren zu dem Bild und drehte es um, so daß nur mehr die steife graue Pappe zu sehen war. »Ja«, wiederholte Daun, »wenn Sie mich bei Unfällen verständigten, wäre ich Ihnen sehr dankbar.«

Die Polizisten nickten dienstbeflissener als je zuvor.

»Treffe ich morgen andere Kollegen hier?« fragte er.

»Jawohl«, antwortete einer, »aber Sie brauchen deswegen nicht eigens zu kommen, wir machen einen Aushang am Schwarzen Brett, und da kann jeder lesen, was Sie gerne möchten.«

Das fand Daun sehr lieb und sogar sehr zuvorkommend, aber er ließ durchblicken, daß er selber noch einmal gerne vorbeikäme, da ein Aushang am Schwarzen Brett die persönliche Bekanntschaft nur schwer ersetzen könne. Die Runde wurde nun ein wenig gelöster. Daun trat einen Augenblick ans Fenster und sah hinaus. Sein Blick ging auf ein paar Sträucher und ein Staudenbeet, in das eine kleine Vogeltränke eingelassen war. – »Haben Sie das angelegt?« fragte er.

Sie nickten und erklärten, daß sie das selbstverständlich in ihrer karg bemessenen Freizeit – welche Freizeit eines Behördenangestellten ist das nicht? – getan hätten. Sie standen jetzt ohne eine Spur von Verlegenheit, zwanglos um den Tisch gruppiert, und Daun konnte sich mit einem einzigen Blick vergewissern, daß an den Wänden genau ein halbes Dutzend grauer Pappendeckel hingen. Es entstand eine kleine Pause, die dadurch abgeschlossen wurde, daß ein gedrungener, muskulöser Mann, nachdem er Daun schon lange fixiert hatte, fragte: »Und warum kommen Sie nun wirklich zu uns?«

»Ich habe Ihnen doch gesagt, warum ich komme. Ich wäre wirklich dankbar, wenn Sie mich bei Unfällen verständigten.«

»Und das ist wirklich alles?«

»Ja, das ist alles. – Erscheint Ihnen das am Ende unglaubwürdig?«

»Es geschieht nämlich meines Wissens nach das erste Mal, daß ein Pfarrer zu uns kommt«, entschuldigte sich der Fragende. »Und das werden die, die noch älter sind als ich, bestätigen können.«

»Ich hoffe, daß Sie mein Kommen nicht unangenehm berührt.«

»Das nicht«, sagte der kleine Gedrungene hartnäckig, »aber Sie können mir nicht weismachen, daß Sie nur aus dem einen Grund kommen, den Sie angeben. Warum kommen Sie wirklich?«

Daun verzog den Mund. »Ich nehme an, daß das kein Verhör ist«, sagte er.

Alle wehrten heftig ab.

»Wenn es kein Verhör ist«, sagte Daun, »dann könnte man natürlich über diese Frage nachdenken. Warum komme ich wirklich? Darüber können Sie nachdenken.« – Daun nickte, sich verabschiedend, und sagte, ehe er die Tür zuzog: »Sie – und ich auch.«

Als Daun sich am Vormittag des nächsten Tages bei der anderen Dienstgruppe der Polizeiwache einführte, hingen im sogenannten Bereitschaftsraum die grauen Papprechtecke immer noch an der

Wand, als wären sie in der Zwischenzeit nicht zweimal gewendet worden. Daun sagte sein Sprüchlein auf, empfing durchaus Freundlichkeit, erhielt sogar eine Zigarette und einen Sitzplatz angeboten, was er beides dankbar annahm. Ehe er sich aber wieder auf den Weg machte, packte er aus seiner Ledertasche ein paar Bilder aus. Genauer gesagt waren es Kunstdrucke, modernerer, aber durchaus erkennbarer Art. Er sah natürlich ein, daß religiöse Bilder oder weltverlogene Gebirgslandschaften nicht der richtige Wandschmuckersatz für die einfachen Männer gewesen wären. Er kam ihnen entgegen. Und da die Männer aufmerksame Beobachter waren – schließlich war ihr Blick polizeilich geschult –, entdeckten sie gleich auf dem ersten Bild drei Frauenspersonen, deren Oberkörper entblößt waren.

»Von Ihnen, Herr Pfarrer?« fragte ein junger Bengel und wiegte bedenklich den Kopf, während er scharfe Zischlaute von sich gab. »Ts, ts!«

»Es ist Kunst«, sagte Daun bescheiden. »Kunst, verstehen Sie? Und darauf kommt es wohl an. Ich dachte mir«, er lächelte beziehungsreich und wies auf die grauen Pappendeckel, »sie wirken etwas eintönig, und meine Bilder könnten Ihren Bereitschaftsraum ein wenig beleben. Sie müssen keine Bedenken haben. Diese Bilder können auch Ihre Frauen oder Bräute sehen.« Er war schon wieder an der Tür: »Ich fand«, er beherrschte sich mühsam, um nicht zu lachen, »ich fand nämlich die grauen Pappendeckel an der Wand ein bißchen öde.« Er verneigte sich und streifte mit einem kurzen Blick die Gesichter der Polizisten. Ihr Rot in allen Abstufungen gab einen guten Kontrast zu den grauen Pappendeckelrechtecken an der cremefarbenen Wand.

Daun machte eine Feststellung. Man ließ ihn durchaus überall eintreten, wo er anklopfte. Er hatte eine vertrauenerweckende Art, man schmiß ihm nicht die Tür vor der Nase zu. Hatte man ihn eingelassen, dann sagten einige Leute: »Das ist nett, daß Sie uns besuchen«, und suchten die Geldbörse. Das waren die praktizierenden Katholiken. Die Nichtpraktizierenden suchten gleich die Geldbörse. Wenn Daun versicherte, daß er kein Geld wolle, gab es wiederum zwei Möglichkeiten: Die praktizierenden Katholiken sagten: »Aber ich besuche sowieso regelmäßig die Kirche.«

Die Nichtpraktizierenden fragten: »Wenn Sie kein Geld wollen, warum kommen Sie dann?« Und da sie nicht gut einsahen, daß er eben nur kam, um sie zu besuchen, damit er sie und sie ihn kennenlernten, betrachteten sie ihn als eine Art »human-relations-Mann« eines Weltkonzerns und brachten die Beschwerden vor, die sie auf dem Herzen hatten. Sie hatten welche auf dem Herzen.

Unter anderem besuchte Daun in diesen ersten Wochen auch die drei Ärzte seiner Pfarre. Er besuchte sie vor allem deswegen, weil sie in die Familien kamen, die Verhältnisse sahen, und weil sie ihm die Kranken sagen konnten, die ohne Pflege und vereinsamt waren.

Bei den ersten beiden Doktoren wurde er nicht sonderlich erfreut oder gar herzlich begrüßt, er wurde vielmehr mit einem gewissen Mißtrauen, einer abwehrenden Reserviertheit, empfangen, was sich später, als die Herren Doktoren merkten, daß es nicht um ihre eigene Seele ging, im durchaus sachlichen Gespräch auflöste.

Der dritte Arzt, ein beleibter, großgewachsener, rotgesichtiger Mann mit buschigen Augenbrauen, rief ihm mit jovialem Baß zu: »Ach, der Seelsorger kommt zum Leibsorger! Wo fehlt es, Hochwürden?«

»Ich komme nicht in die Ordination«, entgegnete Daun, »ich weiß, daß Ihre Ordinationszeit vorüber ist.«

»Und ich weiß«, rief der Helfer der Menschheit, schloß die Tür und schob Daun auf das Ordinationszimmer zu, »daß auch Sie sich das nicht so einteilen können, wie meine Ordinationszeiten fallen. Also, woran gebricht es?«

»Mir persönlich fehlt nichts«, versicherte Daun, »Puls und Blutdruck sind normal, die Verdauung, um auch davon zu reden, ist in Ordnung, meine Zähne sind gesund.«

Der Arzt lächelte. »Und Ihr Magen? Was macht Ihr Magen? Ich dachte, Sie müssen eine besonders strenge Diät halten?«

»Hätte ich das seinerzeit nicht gesagt, würde ich überfüttert werden, und da ich nicht fünf, sechs Mahlzeiten einnehmen kann, sondern nur eine, und ich immer vier oder fünf alte Damen kränken müßte, so sagte ich das von der Diät.«

Der Arzt hatte die Hände so in die Taschen seines Mantels geschoben, daß nur die großen fleischigen, an der Außenseite behaarten Daumen zu sehen waren, die er kreisend bewegte, wippte auf den Zehen, schmunzelte und sagte: »Pfarrer, die zugeben, daß sie lügen, sind mir sympathisch.« Dann entsann er sich, setzte wieder seine

Berufsmiene auf und fragte: »Also wo fehlt es dann?« Dabei wollte er Daun leutselig in das Ordinationszimmer schubsen.

Der sträubte sich jedoch hartnäckig. »Hören Sie, Doktor«, rief er, »wenn ich zu Hause sitze und Sie kommen zu mir, werde ich auch nicht zuallererst annehmen, daß Sie beichten wollen, und Sie zum Beichtstuhl schleppen.«

Wieder ließ der Arzt seine Daumen kreisen. »Dann könnte man es ja beinahe einmal wagen, Sie zu besuchen.« Plötzlich änderte sich sein Gesichtsausdruck. Er schlug sich mit der flachen Hand auf die Stirn und rief: »Entschuldigen Sie, daß mir erst jetzt ein Licht aufgeht. Endlich verstehe ich, Sie kommen zu mir persönlich, schließlich sind Sie ja auch *mein* Seelsorger.«

»So ähnlich«, gab Daun zu, »zunächst aber, ich muß das offen gestehen, komme ich nicht einmal Ihretwegen.«

»Soll ich darüber betrübt oder beglückt sein?«

»Das überlasse ich ganz Ihnen. Für Sie wollte ich mir noch Zeit lassen.«

Der Arzt ging einen Schritt auf Daun zu und fragte: »Darf ich Sie anfassen?«

»Warum?« fragte Daun verwundert.

»Ich heiße nicht nur Thomas, ich bin auch einer, ich möchte spüren, ob Sie wirklich sind.«

»Ja, aber warum denn?«

»Sie müssen schon gestatten, daß ich meiner Überraschung Ausdruck gebe, Hochwürden. Ich *muß* mich wundern. Ich bin einundfünfzig. Seit etwa sechzehn Jahren habe ich hier diese Praxis, in diesen sechzehn Jahren sind mindestens alle zwei Jahre, also mindestens achtmal, die Heiligen der letzten Tage bei mir gewesen. Mindestens ebenso oft, wenn nicht noch öfter, die Zeugen Jehovas, in diesen sechzehn Jahren besuchten mich mehrmals die Methodisten, die Baptisten und die Quäker. Es ist ein nahezu historisches Ereignis, daß ich als getaufter Katholik in einer überwiegend katholischen Stadt einmal mehr als einen Zahlschein der katholischen Kirche in meinem Haus zu sehen bekomme, nämlich einen Pfarrer.«

»Sprechen Sie sich ruhig aus«, munterte Daun sein Gegenüber auf, »ich weiß, wie gut das tut.«

»Sie sind mir nicht böse?« fragte der Doktor einlenkend.

»Wie sollte ich?« fragte Daun zurück, »zumal Sie ausdrücklich sagten, daß Sie einen Pfarrer immer noch höher einschätzten als einen

Zahlschein. Ich persönlich kann mich geradezu geschmeichelt fühlen.«

»Seit wann hat ein Pfarrer Humor?« sagte der Arzt und starrte vor sich hin. »Ehrenwort. Humorvolle Pfarrer habe ich persönlich ein einziges Mal in einem kleinen Dorf und sonst nur in wohlmeinender katholischer Literatur gefunden.« Er suchte im Gesicht Dauns nach irgendeinem Anhaltspunkt, von dem sich her der Mensch bestimmen lassen konnte. »Sie sind noch nicht lange Geistlicher?« fragte er, als gelte es, eine Diagnose zu stellen.

»Wie kommen Sie auf diese Frage?«

»Ihnen fehlt jenes Oremus-Gesicht, will sagen, dieser Winkel zwischen Kopf und Schulter, den wir als Studenten den Devotionswinkel genannt haben, der natürlich in Graden auszudrücken war wie jeder andere Winkel, falls Sie diese kleine Lästerung erlauben.« Daun erlaubte. »Sie sollten die Alumnen heute sprechen hören, ich denke, Sie würden sich dabei amüsieren.«

»Tatsächlich?« fragte der Arzt, und er schien zu überlegen, ob er sich darüber freuen solle.

»Aber meine Annahme, Sie seien noch nicht lange Geistlicher, stimmt?«

»Sie stimmt«, sagte Daun.

»Und was, wenn ich fragen darf, waren Sie früher?«

»Prokurist in einer Bank. In einer guten Bank.«

»Und, *warum*, wenn ich fragen darf?«

Daun stellte wieder fest, daß man für seinen Entschluß immer nur dieses eine »warum« als Frage gebrauchte, als hätten die Fragenden eine Scheu davor, ihre Frage zu präzisieren. »Genügt es Ihnen, wenn ich Ihnen versichere«, antwortete er, »daß ich diesen Schritt nicht eines besseren Gehaltes wegen unternahm?«

»Fürs erste genügt es vielleicht.« Plötzlich kam Leben in den starken Mann. »Herrgott«, rief er, »warum machen das andere nicht auch?«

Diese Frage ließ Daun unbeantwortet und benützte die Gelegenheit, sein Anliegen vorzubringen. Gleichzeitig fiel dem Hausherrn auf, daß sie noch immer standen. Er entschuldigte sich, Daun nur ins Wartezimmer führen zu können, weil in der Wohnung Großreinigungstag war. Nachdem Daun den Grund seines Kommens erklärt hatte, konnte er die etwas säuerliche Miene seines Gegenübers betrachten. Er versuchte die Bedenken des Arztes zu zerstreuen. »Ich möchte, daß Sie mich richtig verstehen«, begann er, »denn es nützt mir nur, *wenn* Sie mich richtig verstehen. Ich verspreche Ihnen, daß ich nicht zuerst zu den ganz schwer Erkrankten gehen werde. Aus rein psychologischen Gründen. Ich werde bei leichter Erkrankten anfangen, und ich werde trachten, und dabei können Sie mir helfen, daß die schwerer Erkrankten erfahren, daß ich überhaupt Hausbesuche mache. Ich gehe nicht in die Wohnungen, um zu bekehren. Ich habe ein anderes Programm. Ich möchte so viel in die Häuser gehen, damit der Pfarrer endlich von dem Odium befreit wird, der Totenvogel zu sein, und ich weiß«, unterband er einen möglichen Einwand seines Gegenübers, »daß das nicht die Schuld der Kranken ist, sollten Sie diese Assoziation haben, sondern die meiner Standesbrüder. Ich bin fest entschlossen, mit der Zeit alle zu besuchen, vor allem auch die Gesunden, damit sie, wenn sie einmal krank sind, vor mir nicht erschrecken.«

»Wenn Sie das so sehen«, sagte der Arzt und machte einen tiefen Atemzug, »meine Unterstützung haben Sie.« Dann befreite er sein Gesicht von grüblerischen Falten und fragte aufgeräumt: »Einen Kognak?«

»Gern«, sagte Daun. »Wenn ich bitten darf, keinen großen.«

»Sie können ihn getrost trinken, er ist vom Apotheker.« Der Doktor füllte die herbeigeholten Gläser. »Wenn Sie wüßten, wie wichtig das ist, daß der Geistliche nicht der Vorbote des Todes ist.« Er nahm einen Schluck. »Manche«, sagte er, »manche, fast die meisten, haben kurz vorher noch so viel Hoffnung. Hoffnung auf dieses Leben hier. Und ich bin nicht der, so robust ich auch aussehe, der es dann wagt, den Ratschlag zu geben, den Pfarrer zu holen.«

Kam Daun von seinen Wegen zurück, wirkte der Pfarrhof auf ihn wie tot. Als wäre er seit Jahren verlassen und unbewohnt, ja mehr, als hätte man seine Bewohner vertrieben. So schön und beruhigend die Proportionen des Gebäudes noch immer waren, so bedrückend war das Bild des Verfalls, das es bot.

Auch im Innern blieb die Stimmung eher bedrückend wie in allen Häusern, die für andere Zwecke gebaut worden waren, als man sie tatsächlich benützte. Die Spinnweben in den hohen Gewölben des Vorflurs waren altersschwarz. Sie mochten zehn, hundert oder noch mehr Jahre alt sein. Wer wußte das.

Der Raum, den Michael Daun bezogen hatte, war viel zu groß für die paar Möbel, die er noch sein eigen nannte. Was er mit dem zweiten Zimmer, das ihm zustand, anfangen sollte, war ihm unklar. Zwei weitere Zimmer, in denen früher einmal die beiden Kapläne gehaust hatten, standen ebenfalls leer. Leer war das Zimmer der Wirtschafterin, leer der Vorratsraum und besonders leer die riesige, einstens herrschaftliche Küche.

Ein saalartiger Raum, in dem es ehemals Feste gegeben haben mochte (wenn Daun ein paar Kerzen darin anzündete, schien es, als würde sich der Goldstuck daran erinnern), stand für kleinere Zusammenkünfte der Pfarrgemeinschaft zur Verfügung. In diesen Raum, in den seinen Ausmaßen nach eine Reihe mit Intarsien belegter Tischchen oder mit rotem Damast bespannte weißgoldene Stühle und ein kleines Podium mit einem Cembalo darauf gepaßt hätten, waren einige Tische, Stühle und Bänke hineingestellt worden. Keines paßte zum anderen, und alle Möbel hatten nur eines gemeinsam: den Grad der Verwahrlosung, der Stillosigkeit und des Abgenütztseins. In diesem »Saal« hatten die diversen Vereinigungen ihre streng nach Geschlechtern getrennten Zusammenkünfte. Heute sollte Daun die Männerrunde kennenlernen und sie ihn. Der Vorsitzende hatte ein Programm vervielfältigen lassen, das auch Daun zugestellt worden war. Und von diesem Programm wehte Daun ein eiskalter Hauch entgegen. Es bereitete ihm Unbehagen, das ihn beinahe mutlos machte, und seine Befürchtungen wurden um so größer, je öfter er es las. Es hatte folgenden Wortlaut:

Programm

der außerordentlichen Zusammenkunft der Männerrunde von St. Peter und Paul zwecks Begrüßung unseres neuen H. H. Pfarrers.

1. Begrüßungsansprache unseres verehrten Herrn Vorsitzenden, Amtsvorstand Joseph Waser
2. Vorstellung der Anwesenden durch unseren Herrn Vorsitzenden, Amtsvorstand J. Waser
3. Ansprache des H. H. Pfarrers
4. Tätigkeitsbericht der Männerrunde, dargebracht von unserem werten Herrn Vorsitzenden, Amtsvorstand Joseph Waser
5. Diskussion desselben unter der Leitung des Herrn Vorsitzenden
6. Allfälliges

7. Überreichung eines Geschenkes der Männerrunde an unseren
   neuen H. H. Pfarrer durch unseren
   Vorsitzenden, Amtsvorstand. J. Waser
8. Geselliges Beisammensein

Beginn 20 Uhr
Um pünktliches sowie zahlreiches Erscheinen wird ersucht.

gez. Joseph Waser, Amtsvorstand e. h.
Vorsitzender der Männerrunde

Herr Amtsvorstand Joseph Waser betrat pünktlich fünfzehn Minuten vor Beginn der Versammlung den kleinen Saal. Er schien es zu
mißbilligen, daß sich sein Pfarrer die Frechheit herausnahm, genauso groß zu sein wie er, und es als Trost aufzufassen, ihm wenigstens altersmäßig eine Generation voraus zu sein.

»Nun, Hochwürden«, fragte er in jenem leutseligen Ton, in dem
Vorgesetzte sich bei ihren Untergebenen nach deren Pflichterfül-
lung erkundigen, »schon rege gewesen?«

»Ich habe es zumindest versucht«, sagte Daun, und um keine falschen Verhältnisse aufkommen zu lassen, fiel er in den etwas nasalen Tonfall, der ihm in der Bank schwierigen Untergebenen gegenüber immer weitergeholfen hatte: »Vielleicht erzählen Sie mir kurz
etwas über die Männerrunde.«

Der Herr Vorsitzende und Amtsvorstand lobte sie. Die sei in Ordnung, fand er, und in Ordnung sei sie deshalb, weil er da mit eiser-
ner Hand nach dem Rechten sehe.

»Wie ist sie allgemein besucht?« fragte Daun knapp.

»Sehr gut, sehr gut«, blieb Waser im Nebulosen, »manchmal wirklich außerordentlich gut.«

»Ich war früher in einer Bank«, sagte Daun, »ich liebe Zahlen.«

Waser versicherte, daß es manchmal schon an die hundert, manchmal vielleicht sogar mehr gewesen seien. Es komme natürlich immer auf die Zugkraft des jeweiligen Referenten an, brachte er abschließend mit einer unverhüllten Spitze gegen Daun vor.

Daun ließ sich nicht irremachen. »Wieviel, denken Sie, werden
heute kommen?«

Herr Waser legte den Kopf zurück und faßte einen Abschnitt Goldstuck ins Auge, um seine Verlegenheit etwas besser verbergen zu
können. Er begann das heutige Fernsehprogramm zu erklären. Das

Fernsehen nämlich hatte mit seinem Programm keinerlei Rücksicht darauf genommen, daß in St. Peter und Paul eine außerordentliche Männerrunde abgehalten wurde, und sendete, wie versprochen worden war, ein spannendes Kriminalspiel. Auch die Kinobesitzer der Pfarre zeigten wenig Einsehen mit dem Herrn Amtsvorstand und Vorsitzenden der Männerrunde. Beide Kinos, die von Pfarrangehörigen ihrer Nähe wegen frequentiert wurden, zeigten unverständlicherweise gerade so, als hätten sie sich diese Bosheit schon lange ausgedacht, heute sehenswerte Filme.

Daun begann Schlimmes zu ahnen, und Waser hob seinen rechten Vorsitzendenzeigefinger und verkündete: »Aber mit dreißig können wir bestimmt rechnen, Hochwürden.« Er begründete das auch. »Erstens«, sagte er, und sein Blick schweifte nun von der Decke in die rechte hintere Ecke, wo der zierliche Rokokokachelofen stand, »erstens haben noch nicht alle einen Fernsehapparat, und außerdem«, und das war ein besonders gewichtiges Argument, Herr Waser wiederholte das »außerdem«, »außerdem geht es auf den Monatsletzten zu, und da überlegt es sich so mancher, ob er noch ins Kino geht oder nicht.«

Daun sah auf seine Uhr. Es war zehn Minuten vor Beginn der pompös angekündigten Veranstaltung, und er war noch immer mit Waser allein.

Herr Waser entnahm seiner Aktenmappe ein Blatt Papier und einen Kugelschreiber und erklärte, auf das Blatt deutend, daß dies die Anwesenheitsliste sei. Dann griff er noch einmal zur Aktenmappe, hielt sie Daun weit geöffnet hin, als wäre der ein Zollbeamter, und deutete auf ein mit weißem Seidenpapier umhülltes Päckchen. »Sehen Sie?« fragte er.

Daun bestätigte mit einem Kopfnicken, daß er das Päckchen sah.

Nun machte Waser eine Eröffnung. »Das ist das Geschenk der Männerrunde für Sie«, sagte er und fügte wie nebenbei hinzu, daß er es vorgeschlagen und selbst ausgesucht habe. Er dürfe jedoch noch nicht verraten, was es sei, selbst wenn Daun darum bäte. Überraschung sei schließlich Überraschung und Verschwiegenheit Verschwiegenheit.

Die beiden wurden nun insofern überrascht, als drei Männer nahezu gleichzeitig den Saal betraten. Sie grüßten Daun etwas unsicher, aber durchaus freundlich, Herrn Waser hingegen mit einer Ehrerbietung, die dem neuen Pfarrer nur so lange schleierhaft blieb, bis

Herr Waser bekanntgab, daß es sich um drei Briefträger seines Amtes handle.

Das unbehagliche Gefühl, das in Daun aufstieg, wurde vorläufig dadurch gemildert, daß wiederum zwei Männer eintraten. Sie grüßten Herrn Waser nicht ganz so untertänig wie ihre Vorgänger, so daß sich in Daun ein leiser Hoffnungsschimmer breitmachte, die beiden stünden in keinerlei direktem Abhängigkeitsverhältnis zu ihm. Aber ehe er noch seiner Freude über ihr Kommen Ausdruck geben konnte, klärte ihn Herr Amtsvorstand Waser dahingehend auf, daß es sich bei diesen Herren um seine tüchtigsten Schalterbeamten handle. Zwei Minuten vor acht schlich ein hagerer Mann auf leisen Sohlen in den Saal. Er ging mit eingezogenen Knien und so auffällig auf Zehenspitzen, daß Daun sich unwillkürlich sämtliche Berufe vor Augen führte, die zu solch einem Gang führen können. Der Beruf des Mannes, er war nicht Postbeamter im Amt des Herrn Waser, war jedoch nicht des Rätsels Lösung.

Die richtige Lösung war: Der leise Mann wohnte über unserem verehrten Herrn Vorsitzenden, und die von ihm praktizierte Art der Fortbewegung war die einzige, die der Herr Amtsvorstand zu seinen Häupten gerade noch duldete. Um Punkt acht Uhr begann der Vorsitzende die Häupter seiner Lieben zu zählen und kam, indem er Daun einfach für die Männerrunde okkupierte, auf die stattliche Zahl von acht. Er ließ von einem Schalterbeamten, und nur diesen allein schien er für diese Tätigkeit fähig zu halten, eine Gegenzählung veranstalten, und der bestätigte ihm, daß sie mit dem Herrn Pfarrer acht seien. Daun, ob der Anzahl der Erschienenen nicht gerade beglückt, aber auch nicht erschüttert, schlug er vor, ein akademisches Viertel anzuhängen, was Herr Waser nur äußerst widerstrebend billigte.

»Sie tun es nämlich immer wieder!« raunzte er. »Irgendwie kann man sich, und das muß ich hier und in dieser Stunde erklären, nicht des Eindrucks erwehren, sie machen es absichtlich.«

»Wer?« fragte Daun naiv.

»Die Zuspätkommenden«, antwortete Herr Waser. »Sie machen das aus reiner Opposition. Ich habe ihnen gegenüber kein Machtmittel zur Hand.«

»Sie sind also nicht Postangestellte in Ihrem Amt«, sagte Daun.

»Leider«, erwiderte Waser, »denn sonst wären sie längst hier versammelt.«

Kaum war das letzte Wort über Wasers Lippen gekommen, öffnete sich die Tür, und es kam tatsächlich ein Dutzend Männer anmarschiert. Zwölf Männer, dachte Daun, zwölf Männer, eine gute Zahl. Er strahlte, und es entging ihm nicht, daß Herr Wasers Blick eisig wurde. Die Männer reichten Daun die Hand und nickten Herrn Waser so auffällig nebenbei zu, daß es nicht zu übersehen war. Herr Waser verschränkte ebenso auffällig die Arme auf seinem Rücken, um den Anschein zu erwecken, er sei derjenige, der nicht die Gnade eines Händedrucks erweisen wolle.

Daun hätte blind sein müssen, um die Spannung, die hier zwischen christlichen Männern bestand, zu übersehen. Dennoch konnte er, obwohl ihm klar war, daß die zwölf mit ihrem Zuspätkommen nur ihre Unabhängigkeit gegenüber Herrn Waser demonstrieren wollten, sich nicht verkneifen, Herrn Waser zu fragen, ob diese zwölf Herren vielleicht doch aus seinem Amte seien.

Er erntete ein schroffes Nein, um dann von dem Schalterbeamten, der die Gegenzählung gemacht hatte, zu erfahren, daß sie nun zwanzig waren.

»Lassen Sie die Anwesenheitsliste reihum gehen«, befahl Herr Waser. Und als dies geschehen war, ließ er die ungleichen Tische in Hufeisenform zusammenrücken und vergatterte die Leute an die Tische. Daun mußte zu seiner Rechten sitzen. »Wir kommen nun«, sagte Herr Waser mit der Routine eines Parlamentspräsidenten, »zu Tagesordnungspunkt eins, Begrüßungsansprache unseres verehrten Herrn Vors...«

Daun erhob sich, schickte sich an, das Zeichen des Kreuzes zu machen, und begann: »Im Namen des Vaters, des Sohnes und des Heiligen Geistes, Amen. Vater unser...«

Die Männer hatten sich ebenfalls erhoben und beteten wohltuend langsam und laut. Die zwölf Zuspätgekommenen gaben den Ton an, und Daun hat sie heute noch in Verdacht, daß sie nur deshalb so wohltuend langsam beteten, um Herrn Waser so lange wie möglich von seinem Tagesordnungspunkt eins, Rede unseres verehrten Vorsitzenden, Amtsvorstand Herrn Joseph Waser, abzuhalten.

Zehn Reden von dieser einen, die nun Daun und die Männerrunde zu hören bekamen, ja selbst Herr Waser schien sich in zwei Funktionen aufzuspalten, denn einerseits redete er und andererseits gehörte er zum Auditorium, zehn Reden von der Länge dieser einen, um es noch einmal zu wiederholen, konnten bereits einen guten Eindruck von der Dauer der Ewigkeit vermitteln. Vor allem, wenn man sich vor Augen führte, daß die Ewigkeit nicht mit Billionen Reden Herrn Wasers auszufüllen war.

Daun konnte der Rede mühelos entnehmen, welch herrlicher Christ Herr Waser war und fürderhin unter gewissen Voraussetzungen auch bleiben wollte. Welch schwere Verantwortung auf seinen Schultern lastete und daß die Pfarrer immer gut daran getan hätten, seinen Weisungen Folge zu leisten. Er war genau der Typ des Religiösen, der andere, die religiös weniger tief verankert waren, erschreckte und davonjagte. Genauer gesagt war er ein Molekül des Ballastes, den so viele katholische Vereine im einzelnen wie die Gesamtkirche im allgemeinen mit sich schleppten. Ballast, der aus Mitleid, aus Nachsicht, aus Geduld, ja manchmal aus Noblesse geduldet wurde, teilweise gefährlicher Ballast, weil er die Eigenschaft hatte, sein Gewicht zu vermehren und Raum zu beanspruchen, der für gute Fracht verlorenging. Der Jammer war, daß sich diese Menschen für patente Christen hielten, für die Grundpfeiler der Kirche. Und der Jammer war, daß man sich nur schwer von ihnen distanzieren konnte, ohne sie zu kränken. Der Jammer war weiter, daß niemand wagte, einen radikalen Schlußstrich zu ziehen, und daß sogar kirchliche Kreise in edler Selbsttäuschung die Zahl der Getauften als die Zahl der Gläubigen ausgaben. – Und doch würde man einmal den Preis zahlen müssen für die Angst, eine kleine Minorität zu werden.

Das waren die Überlegungen Dauns. Und dem noch immer neuen Pfarrer blieb während der Rede genug Zeit, die Gesichter der Anwesenden zu studieren. Die meisten hielten die Köpfe gesenkt, um auf diese Art ihre Gedanken besser verheimlichen zu können, die andern folgten den lichtvollen Ausführungen so, als wüßten sie bereits im voraus jede Wendung, jede Phrase, jede Pause wie aus einer Partitur. Es war jedoch nur die ersten dreißig, vierzig Minuten so, dann lief eine leise Unruhe durch die Versammelten. Und als eine Stunde verstrichen war, glomm eine Art offener Feindseligkeit in ihren Augen auf, die Daun endlich ermutigte, dem grausigen Spiel ein Ende zu machen und Herrn Wasers Redefluß in einer seiner Atempausen, denen er immer den Anschein gab, als wären sie Gedankenpausen, kalt abzuwürgen.

Daun dankte Herrn Waser so innig, daß dieser keine Gelegenheit

mehr fand, einzuwenden, er sei ja noch lange nicht fertig. Anschließend erklärte Daun, daß er selbst keine Rede halten und nur kurz
darlegen wolle, was er sich für seine Pfarre vorgenommen habe. Er
wolle, Daun sagte das ohne jede Schärfe in irgendeine Richtung, die
ersten Monate die Dinge in der Pfarre weiterlaufen lassen, wie sie
liefen, denn nur dann würde er um so besser sehen, was zu ändern
war und was beim alten bleiben konnte. Er versprach, nie unüber-
legt zu handeln, andererseits glaube er aber schon heute andeuten
zu können, daß so manches in der Pfarre nicht beim alten bleiben
könne. Er wies darauf hin, daß er viele Helfer brauchen werde,
Männer, die anpackten, praktische, erfahrene Männer, ja, er sagte
es, ohne jemanden kränken zu wollen, richtige Männer. Er hatte
eine Parole, sie war vor wenigen Minuten noch während der Rede
Wasers (womit bewiesen ist, daß auch lange Reden ihr Gutes haben), entstanden. Sie lautete: Viel tun. Wenig reden.
»Aber das Wort ist wichtig!« warf Herr Waser ein.
Daun nickte und sagte, daß aber dem Wort die Tat folgen müßte,
und da meist vielen Worten nicht ebenso viele Taten folgten, sei es
besser, wenigen Worten wenige Taten folgen zu lassen. Diese Taten
aber auch wirklich zu tun. Damit war er am Ende.
»Da der Herr Pfarrer den Tagesordnungspunkt drei vorweggenom-
men hat«, rügte Waser seinen Seelenhirten, sichtlich darüber pi-
kiert, daß sein so schönes Programm so schnöde umgeworfen worden war, »holen wir nun Tagesordnungspunkt zwei, Vorstellung
der Anwesenden durch unseren Vorsitzenden...«
Wieder kam er nicht weiter, denn Daun, im Vereinsleben schon ein
wenig versiert, hob die Hand und sagte: »Zur Tagesordnung.«
Dann schlug er vor, man möge doch alle übrigen Tagesordnungspunkte in einen einzigen zusammenfassen, damit es an diesem
Abend nicht so stocksteif zugehe, und damit hielt er die Sache für erledigt.
Daun hatte aber nicht mit Herrn Waser gerechnet, denn der sagte
nun: »Sie haben den mündlichen Antrag des Herrn Pfarrers vernommen. Wir schreiten daher zur Abstimmung. Ich bin gegen den
Antrag. Wer noch?«
Daun ärgerte sich. Weniger über Herrn Waser, sondern über die
Tatsache, daß er genau fühlte, wie die Zornesröte in sein Gesicht
stieg. Er mahnte sich selbst zur Besonnenheit, und als er wieder genug besonnen war, mußte er sich sagen, wenn ich heute nachgebe,

bin ich für alle Zeit verloren. Er erhob sich also langsam, ordnete seine Gesichtszüge zu einem christlichen Lächeln und sagte: »Ich habe eigentlich nicht erwartet, daß Sie über meinen Antrag abstimmen lassen werden, da Sie aber abstimmen lassen wollen, und ich der letzte bin, der Ihnen dieses Recht nehmen möchte, muß ich Sie doch auf ein kleines Versehen aufmerksam machen, das Ihnen unterlaufen ist. Sie dürfen nicht so fragen, wie Sie gefragt haben, sondern Sie müssen zunächst fragen, wer für meinen Antrag ist. Dann erst können Sie, wenn Sie wollen, die Gegenprobe machen.«

Natürlich sah Daun, daß er dem Herrn Amtsvorstand und Vorsitzenden die ganze Freude an dem Abend verdorben hatte. Der Herr Amtsvorstand beherrschte einen Mechanismus, und der Herr Vorsitzende wollte zeigen, wie er ihn beherrschte. Daun hatte ihn daran gehindert, sein Spiel, das sicherlich sein Lieblingsspiel war, zu spielen. Er hatte ihm im übertragenen Sinn die Eisenbahn weggenommen.

Also sagte Herr Waser mit tonloser Stimme: »Wer ist für den Antrag meines Vorredners?«

Die zwölf zuspätgekommenen Herren waren für den Antrag. Und Daun hatte das Gefühl, sie hätten für alles und jedes gestimmt, wenn sie vorher nur sicher gewußt hätten, daß Waser und seine Vasallen dagegenstimmen würden.

Es war jedoch noch nicht genug des grausamen Spiels, denn Herr Waser veranstaltete die Gegenprobe. Daun taten die armen drei Briefträger, die zwei Schalterbeamten und der leise Hausgenosse Herrn Wasers leid. Sie hoben nicht leicht die Hand, um gegen ihn zu stimmen. Er sah es. Und er dachte, jeder wird seine Gründe haben, denn es ist etwas anderes, für den Pfarrer zu stimmen oder für die Ruhe im Beruf und den Frieden im Haus zu votieren.

Es kam indessen noch peinlicher, als Daun je hätte annehmen können, denn Herr Waser erhob sich, um von einer niederträchtigen Verschwörung zu sprechen, die man gegen ihn angezettelt habe. Er nehme dieses Abstimmungsergebnis zwar heute hin, aber dies sei gleichzeitig das erste und das letzte Mal. Sollte das Beispiel von Abstimmungen innerhalb der Männerrunde Schule machen und er auch nur noch ein einziges Mal niedergestimmt werden, dann müsse er daraus die Konsequenzen ziehen, so leid ihm das für die Pfarrgemeinschaft und vor allem für die katholische Kirche tue.

Der Abend ging dann irgendwie zu Ende. Daun hatte noch nicht Lust, grundsätzlich zu werden. Er fühlte sich noch zu jung in der Pfarre. Natürlich hätte er am liebsten Krach geschlagen und von Gewäsch gesprochen, aber er war ja nicht mehr Bankangestellter. Er setzte sich geduldig immer wieder zu einem anderen, fragte ihn nach Beruf, Frau und Kindern und bemühte sich krampfhaft, sich Namen und Verhältnisse zu merken.

Auch Waser fragte er. Er wußte von ihm, daß er Amtsvorstand und Vorsitzender der Männerrunde war und daß er sich gerne reden hörte. Er wußte nicht, welche Frau Herr Waser hatte und wie viele Kinder sich seine Reden daheim anhören mußten.

»Sehe ich Ihre Frau in der Frauenrunde?« fragte er, so verbindlich er nur konnte. Die Antwort war ein schroffes Nein. Doch nur zunächst. Dann erfuhr Daun, daß Frau Waser nicht Obmännin der Frauenrunde geworden sei und sich deshalb gekränkt zurückgezogen hatte. Irgendwie hatte Daun das Gefühl, daß Waser seine Pfarre zu seinem Familienbesitz hätte machen wollen, denn auch die einzige Tochter, auf die er verweisen konnte, war in keiner Jugendorganisation tätig. Und zwar auf Geheiß ihrer Eltern. Man hatte das Mädchen mehrmals übergangen, obwohl sie immer besonders hübsche Dirndlkleider trug. »Und wie alt ist Ihre Tochter?« fragte Daun.

»Achtzehn«, antwortete Waser.

»Ein schönes Alter«, sagte Daun, um etwas zu sagen.

»Und sie ist ganz anders als andere ihres Alters«, erklärte Waser etwas weicher werdend.

»Gewiß«, sagte Daun.

»Für sie lege ich meine Hand ins Feuer.«

Daun glaubte es.

Nun fanden einige die Gelegenheit so günstig, daß sie Herrn Waser vorschlugen, das Geschenk zu überreichen. Herr Waser erhob sich, holte das weiße Päckchen aus seiner Aktenmappe, legte den Kopf etwas schief, so daß Kenner befürchteten, er würde nun den zweiten Teil seiner so rücksichtslos unterbrochenen Rede darbieten, aber die Kenner hatten sich geirrt. Herr Waser übergab das Geschenk beinah wortlos. Beinahe. Denn er sagte folgendes: »Dieses Geschenk sollte ein praktisches Geschenk werden. Wir alle nämlich hier sind Männer der Praxis. Es soll Ihnen in Ihrem Tagewerk behilflich sein und darüber hinaus«, darüber hinaus war eine von Wasers Lieblingswendungen, »die Beichtmoral in der Pfarre heben helfen.«

Daun war sehr gespannt, was zugleich die Beichtmoral heben und in weißes Seidenpapier verpackt sein konnte. Es war eine Zähluhr. Wenn man auf einen Knopf drückte, wie etwa bei einer Stoppuhr, wurde aus der Null eine Eins, aus der Eins eine Zwei, und so weiter. Er hatte dieses Instrument einmal in der Hand eines Verkehrszählers gesehen, der den Verkehr über eine Brücke zu erfassen hatte. Und diese Uhr war nun, wie Herr Waser kürzer, als er es sonst getan hätte, erklärte, dazu gedacht, ihm das Zählen der Beichten zu erleichtern. Daun widerte der Apparat an. Seelsorge ließ sich nicht ziffernmäßig erfassen wie der Verkauf von Briefmarken in einem ganz bestimmten Postamt. Er hielt die Uhr mit ungefähr dem Gefühl, mit dem er eine Eierhandgranate in der Hand gehalten hätte, und er erinnerte sich, daß ihm Priester, die bis zur letzten Einerstelle genau wußten, wie viele Beichten sie im Jahr abgenommen hatten, immer ein wenig unheimlich erschienen waren.

In derselben Nacht schrieb er in sein Tagebuch:
»Gott, laß mich nicht zum Beamten werden.«

Laßt uns von Erfreulicherem berichten! Um wieviel freundlicher war doch der Abend mit der Frauen- und Mütterrunde.
Es ist müßig, hier zu untersuchen, warum. Aber zwei Möglichkeiten sind in Betracht zu ziehen. Vielleicht war der Abend allein schon deshalb so von menschlicher Wärme erfüllt, weil der praktische Sinn der Frauen, sogar katholischer Frauen, es nie zu solch abstrakten Dingen wie Tagesordnungspunkte, Anwesenheitslisten, Worterteilungen, Abstimmungen, Gegenproben und dergleichen kommen läßt, und sicherlich auch deshalb, weil die Selbstbefriedigung persönlicher Eitelkeit bei Frauen nie die große Rolle wie bei Männern spielt.
Noch ein weiterer Gedanke soll hier eingeflochten werden, ein Gedanke Dauns übrigens, der sich oft fragte, ob man den Gläubigen manchmal nicht allzuviel trockenes Brot gäbe und zu wenig Wein. Männer verloren den Boden der Wirklichkeit unter den Füßen, und die Kirche war zuweilen eine allzu sehr vermännerte Welt. Daun erkannte das, und er war ein Mann der Praxis. Es kam bei ihm weniger vor, daß er die Verweltlichung als so unerhört furchtbar hinstellte, manchmal polemisierte er vielmehr gegen jene Vergeistigung, die

sich schließlich nur mehr am luftleeren Raum delektierte. Er fand, daß ein bißchen mehr weiblicher Einfluß der Kirche gutgetan, sie, wenn man das so sagen durfte, etwas gemütlicher gemacht hätte. Dieser Einfluß konnte unter anderem auch von Klosterfrauen kommen, denn Daun hatte sehr vernünftige kennengelernt, und es schmerzte ihn, daß so mancher seiner Amtsbrüder und so mancher seiner kirchlichen Vorgesetzten nie die richtige Einstellung zu ihnen gefunden hatten. Er war in der Spitalseelsorge, in Altersheimen, in Heimen für schwachsinnige Kinder und für schwer erziehbare Mädchen gewesen, und er hatte sich manchmal gesagt: Was sind diese Frauen doch für arme Luder! Und dann hatte er sich gefragt, woher sie die Kraft für ihre Arbeit nahmen, und er hatte sie nicht mehr so arm gefunden. Zuweilen hatte Daun gewünscht, ein bißchen von der Marienverehrung würde für diese Frauen abgezweigt. Aber in manchen katholischen Kreisen schien mit der Marienverehrung die Verehrung für das Weibliche erschöpft zu sein.

Daun fielen, wenn er diesen Fragenkomplex durchging, auch immer wieder zwei Frauen ein, die im Seelsorgeinstitut der Diözese beschäftigt waren und von denen, ob ihrer aufrechten Haltung, sogar dem Erzbischof gegenüber die Kunde ging, daß es in diesem katholischen Amt wenigstens zwei Männer gebe, nämlich diese beiden Frauen.

Aber zurück zu dem Frauenabend. Die Damen hatten sich auserbeten, der Herr Pfarrer möge in seinem Zimmer bleiben, bis alle versammelt seien. Dann konnte er ruhig, genau zum Zeitpunkt des Gebets, erscheinen. Wobei er nur noch zu versprechen hatte, pünktlich zu sein. Daun hielt sein Versprechen und trat auf die Minute genau in den Saal, der nach Kaffee und Kuchen duftete und wie eine Art geistlichen Kaffeehauses wirkte. Die Tische hatte man anders gestellt als bei der Männerrunde, so daß ihre Verschiedenheit nicht störte. Ihre Häßlichkeit war durch saubere Tischtücher gemildert, und die Frau Obmännin (schwarzes Kleid, weißer Kragen, altes Goldkreuz, neue Dauerwelle) erwartete Daun in einer Haltung, die man seinerzeit im Gymnasium beim Turnen als die Grundstellung bezeichnet hatte.

Sie grüßte ihn mit einer eher männlichen Verbeugung, nachdem es einige Zeit den Anschein gehabt hatte, als wolle sie einen Knicks machen.

Daun spielte ein klein wenig Theater, und ein guter Priester muß das können. Er tat überrascht und erfreut, grüßte zu allen Tischen und ließ sich zu seinem Platz führen. Die Frau Obmännin klatschte ganz kurz zweimal in die Hände, wie dies manchmal Kindergärtnerinnen zu tun pflegen, um ihren Worten besseres Gehör zu verschaffen. Man konnte sagen, fast schlagartig trat Stille ein, und kurz danach wurde Daun in den Strudel eines unheimlich schnellen Vaterunsers hineingerissen, in dem er dutzendweise die Silben verschluckte, um mit den Damen rechtzeitig beim Amen anzulangen.

Nach diesem gewissermaßen stenographischen Gebet klatschte die Frau Obmännin wieder zweimal in die Hände. Man durfte sich setzen. Ehe Daun noch irgendeinen Gedanken formulieren und zum Ausdruck bringen konnte, wurde ihm die Frage gestellt: »Viel oder wenig Milch, Herr Pfarrer?« Daun, tatsächlich etwas befangen, antwortete mit einem »Ja, bitte«, was so sichlich keine Antwort war, aber ungemein zur Steigerung der bereits herrschenden Fröhlichkeit beitrug.

Erst mit dem Kuchen im Mund gewann Daun ein wenig Zeit, seinen Blick von Tisch zu Tisch wandern zu lassen. Es war übrigens ein vorzüglicher Kuchen, und die Herstellerin, nach der Daun zu fragen nicht unterlassen hatte, gestand freudvoll errötend, daß sie dieses Rezept noch aus der Klosterschule habe. Ja, ja, dachte Daun, mögen sie so manches an geistlichen Dingen vergessen, die sie in der Klosterschule lernten, das gute Kochen vergessen sie nie.

Die Obmännin zu seiner rechten Hand – Daun saß heute an der Schmalseite eines Tisches allein – war sichlich eine der jüngsten Frauen unter den Anwesenden. Er schätzte sie auf etwa vierzig Jahre, sie hatte sich jedoch gut gehalten und war knappe fünfzig. Im Grunde war sie sicherlich ein fröhlicher Mensch; was Daun ein wenig an ihr störte, war der Umstand, daß sie immer den Kuchenteller fixierte, wenn sie mit ihm sprach oder er sie etwas fragte. Erst als er sich nach dem Rezept des Kuchens erkundigte, den sie gebacken hatte, lebte sie auf und wagte sogar einen flüchtigen unbestimmten Blick in die Richtung seines Gesichtes. Daun erzählte daraufhin, daß auch er kochen könne, und sie unterbrach ihn sofort, erklärte, daß dies alle hören müßten, klatschte wiederum zweimal in die Hände und rief: »Der Herr Pfarrer sagte mir eben, daß er kochen kann. Er soll es uns erzählen.«

Daun berichtete, was er alles schon gekocht hatte, und scheute nicht davor zurück, etwas ausführlicher zu werden. Es war eine eitle Anwandlung seinerseits, die er sogar erkannte, aber er hatte früher tatsächlich einen gewissen Ehrgeiz als Amateurkoch, besonders Damen gegenüber, entwickelt, und dieser Ehrgeiz war heute noch nicht ganz verlorengegangen. Seine Spezialität waren indonesische Reisgerichte, die fürs erste von einer wohlschmeckenden, milden und zurückhaltenden Süße waren und erst mit einer gewissen Verzögerung ihre Schärfe wohltuend in den Körper ausstrahlten.

»Können Sie auch backen?« fragte eine ältere Frau vom Nebentisch und bog mit dem Zeigefinger das rechte Ohrläppchen etwas vor.

»Auch das«, antwortete Daun.

»Was machen Sie, damit der Kuchen nicht zusammenfällt?«

Man unterhielt sich nun eine ganze Zeit darüber, ob es ratsam sei, die Backrohrtüre eine Zeitlang ganz zu öffnen oder nur einen Spalt, wobei die ganz Genauen Daun zur Entscheidung aufriefen, messerrückenbreit oder kochlöffelstielbreit. Außerdem wurde er gefragt, zu welchem Zeitpunkt der Kuchen aus der Form müsse und wie er am besten auskühle. Daun brachte tatsächlich alle zum Reden, sogar über mehrere Tische hinweg. Vom Kochen und Backen kamen sie auf das Essen, vom Essen auf die Hausarbeit.

»Was tun Sie lieber, Geschirr spülen oder abtrocknen?« wurde Daun gefragt.

»Wenn ich ganz ehrlich sein soll«, antwortete Daun, »dann spüle ich lieber, als ich abtrockne.«

»Und wie ist's mit dem Reinemachen?« fragte eine andere Frau.

»Auch das bringe ich zur Not fertig.«

Sie unterhielten sich nun über Hausarbeit, erwogen das Für und Wider gewisser Bodenwachssorten, ereiferten sich über die Dummheit so mancher Waschmaschinenerzeuger, weil diese an das oder jenes nicht gedacht hatten, würdigten die Beschaffenheit verschiedener Waschpulver und einigten sich endlich auf eines, das zwar nicht das billigste, aber doch bestimmt das beste war. Schließlich dufte die Wäsche davon im Schrank besonders fein.

Es war ein herrlicher Abend. Sie sprachen nur über praktische Dinge, greifbare Dinge, Dinge, die sie bedrückten oder erfreuten, die sie plagten oder die ihnen Kummer bereiteten. Zwischendurch zupfte die Frau Obmännin, ob solcher Respektlosigkeit errötend, Daun kaum merklich an seinem Rockärmel und flüsterte mit zum Kuchenteller gewandtem Blick: »Sie müßten jetzt das Gespräch auf religiöse Bahnen lenken.«

Daun nickte, aber lenkte nicht. Er ließ die Frauen gewähren, so sehr er sich gegen Waser gesträubt hatte, weil er wußte, daß es um Sein oder Nichtsein ging, so ließ er hier die Dinge treiben, weil er es für richtig fand. Sie waren gerade bei der Mode angelangt.

»Was halten Sie von der Mode?« rief ein altes Mütterchen über drei Tische hinweg.

Daun überlegte, denn es war eine komplizierte Frage. Kompliziert dadurch, daß er selbst das Altmodische wie das allzu verrückt Neumodische ablehnte. Zuletzt entschloß er sich zu der Formulierung, daß er das schön fände, was Frauen schöner mache. Er fand, daß man nicht unbedingt jede Torheit mitmachen müsse, aber umgekehrt sollte man gerade die Katholiken nicht daran erkennen, daß sie altmodisch gekleidet seien. Er fand die Gelegenheit günstig, um eine Bitte auszusprechen. »Sie müssen hier in diese Runde nicht unbedingt in dunklen Kleidern kommen«, schlug er vor, »wirklich nicht. Kommen Sie in bunten, wenn Sie solche haben. Hüten wir uns vor Halbuniformen, die mehr einem Trauergewand als einem festlichen Kleid ähneln. Und wenn Sie schon dunkel gekleidet sind, dann machen Sie ein Gesicht dazu, das jedem verrät, etwas in Ihnen ist hell und froh.«

Nun waren die Damen nicht mehr zu halten. Sie fragten ihren noch immer neuen Pfarrer nach jeder Richtung hin aus. Sie erkundeten, wie er zur Kosmetik stünde und ob er etwas gegen Lippenstift und Nagellack habe. Daun antwortete, daß er in einer Zeit wirklich guter Handcremes etwas gegen rauhe Hände habe. Außer, die Betreffende könne sich eine solche Creme nicht leisten. »Aber«, rief er, »die Frau möchte ich erst sehen, die nicht doch ein wenig Geld aufbringt, um sich ein bißchen schöner zu machen. Kinder«, rief er, »glaubt doch nicht, daß die Nachlässigen, die Schlampigen vielleicht gar, in den Himmel kommen!«

Von der Kosmetik war es ein kurzer Weg zum Wirtschaftsgeld, und ob es da einer katholischen Frau erlaubt sei, etwas für sich abzuzweigen. Es war mucksmäuschenstill, ehe Daun antwortete. Zunächst fand er, daß der Mann es schon wissen sollte, und jeder vernünftige Mann sehe das auch ein, daß seine Frau ein wenig privates Geld brauche, und was wäre das für eine Frau, die ihren Mann nicht zu einem vernünftigen Mann machen könnte? Sollte dieser Versuch aber doch aus den verschiedensten Gründen mißlungen sein und sei keinerlei Verständnis von ihm zu erwarten, litten die Angehörigen der Familie nicht darunter, dann, denke er, sei auch das nicht so schlimm.

Wiederum wurde Daun von der Frau Obmännin, diesmal nun schon etwas energischer, am Ärmel gezupft. »Jetzt haben Sie eine gute Gelegenheit, die Frauen seelisch aufzurütteln«, wurde ihm der seelsorgerische Rat zuteil.

Aber Daun hatte an diesem Abend keine Lust zu rütteln. »Lassen Sie«, sagte er, »nicht heute, keine aufgerüttelten Seelen bei Kuchen und Kaffee. Lassen Sie alle nach Hause gehen und sagen: ›Schön war's, endlich haben wir einmal mit einem Geistlichen vernünftig sprechen können.‹«

Es wurde noch viel erörtert an diesem Abend, ob es der Seele einer Frau schade, wenn sie Hosen trage, ob eine Frau wirklich nur in die Küche gehöre, ob die Welt wirklich nur für die Männer gemacht sei und so weiter.

Als sie auseinandergingen, spürte Daun an ihren Händedrücken, was sie sagen wollten. Noch nie in seinem Leben war ihm soviel Zuneigung und gleichzeitig soviel Respekt entgegengebracht worden. »Auf Wiedersehen«, sagte er immer wieder, »seien Sie nett zu Ihrem Mann, auf Wiedersehen, grüßen Sie Ihren Mann von mir.«

Die Obmännin ging als letzte. Daun hatte das Gefühl, daß sie ein kleines Lob, irgendeine Aufmunterung erwartete. »Ich denke«, sagte er daher, »wir werden gut miteinander auskommen.«

Sie stand mit gesenktem Kopf vor ihm und lief rot an. Daun hob mit dem gekrümmten rechten Zeigefinger ihr Kinn hoch und eröffnete ihr, daß sie ganz besonders gut auskommen würden, wenn sie ihm ab und zu direkt ins Gesicht sähe. »Denn«, sagte er, »Christen sollten mehr voneinander kennen als ihre Schuhspitzen.«

Wenn ich hier drücke«, fragte der Arzt, »tut es dann weh?«
»Nicht sehr«, sagte der Mann, »es tut aber auch nicht wohl. Außer, ich müßte lügen.«
»Einigen wir uns darauf, Sie empfinden es als unangenehm.«
»Darauf können wir uns einigen.«
»Und was haben Sie noch zu vermelden?« Der Arzt war einen Schritt zurückgetreten, wippte auf den Fußspitzen, hatte die Hände in die Taschen seines weißen Mantels gesteckt und ließ die Daumen außen kreisen. »Mhm?« fragte er abschließend.

Der Mann überlegte. »Manchmal«, begann er, »wenn ich liege, wenn ich allein liege, höre ich ein Geräusch, als gäre etwas in meinem Magen. Wissen Sie, als würden Bläschen hochsteigen.«

»Machen Sie etwas dagegen?«

»Ich trinke Mineralwasser.«

»Halten Sie irgendeine Diät?«

»Ausgesprochene Diät nicht. Nein.«

Der Doktor riet, welche Art von Diät gut für den Mann wäre. Es war keine strenge Diät. In der Hauptsache ein wenig Zurückhaltung. Und das Mineralwasser konnte er weiter nehmen. Es war eine nicht besonders schwere Gastritis.

»Gastritis?« fragte der Patient.

»Haben etwa zwei Drittel aller Leute«, sagte der Arzt ungerührt, weil sie ihm selbst keine Beschwerden machte. »Gastritis haben die einen, Bandscheibenschäden die anderen. Wer beides zusammen hat, ist ein armes Luder. – Sie wohnen gegenüber der Kirche?« fragte der Arzt nach einer Pause.

»Ja«, sagte der Mann und lag eine Weile still, ehe er fragte: »Und Krebs ist es sicher nicht? Sie könnten es mir ruhig sagen.«

»Nein«, sagte der Arzt und drehte wieder die Daumen.

Der Mann erhob sich und zog das Hemd über. »Ich wäre darauf gefaßt gewesen, Doktor.«

»Wie ist das, wenn man eine Kirche als Vis-à-vis hat?« fragte der Arzt wie beiläufig.

»Auf diese Frage pflege ich scherzhaft zu antworten: ›Gott ist ein stiller Nachbar.‹«

»Schon den neuen Pfarrer gesehen?«

»Vom Fenster aus«, sagte der Mann.

»Hier haben Sie einen Spiegel«, sagte der Arzt, weil der Mann gerade die Krawatte band.

Der Mann bedankte sich. »Wissen Sie, wenn man eine Wohnung mit fünf Fenstern gegenüber einer Kirche hat, muß man ab und zu den Pfarrer sehen. Nur der liebe Gott bleibt unsichtbar.«

»Allerdings.«

»Mich stört er nicht«, sagte der Mann und schlüpfte in die Jacke, »ich meine, der Pfarrer. Das heißt, wir stören einander nicht. Ich lasse ihn, wo er ist, und er läßt mich, wo ich bin. Ich hoffe zumindest, daß er mich dort läßt. Was kann ich dafür, daß ich genau gegenüber der Kirche wohne. Sie ist scheußlich genug.«

»Sie hoffen also, daß er Sie nie stören wird?«

»Ja, warum?«

»Weil er Hausbesuche macht.«

»Oh, er kann ruhig zu mir kommen. Ich werde ihm nicht die Tür vor der Nase zuwerfen, wenn er bei mir anklopft. Im Gegenteil, ich werde nett zu ihm sein. ›Kommen Sie herein‹, werde ich sagen, ›Gott segne Ihren Eingang. Sie sollen mir willkommen sein.‹ Und wenn er es hören will, kann ich ihm die verschiedensten Erlebnisse erzählen, die ich mit Pfarrern hatte. Und sollte er mir auftragen, mich zu bessern, würde ich es nicht ablehnen, im Gegenteil, ich würde sagen: ›Gern, Herr Pfarrer, ich bin bereit, mich augenblicklich zu bessern, wenn Sie erreichen, daß sich auch manches andere bessert.‹ Sollte er Beispiele fordern, kann er sie hören. Ich würde mich augenblicklich bessern, wenn der hohe Klerus sämtliche Reste, die Betonung liegt auf sämtliche, eines feudalen Lebens über Bord geworfen hat und in der tatsächlichen Nachfolge Christi steht. Ich würde mich bessern, wenn es je zutreffen sollte, daß ich genauso wie jeder ehrgeizige Prinz eines abgetakelten Fürstenhauses eine Privataudienz beim Papst erlangen kann, ja, ich würde mich sogar schon bessern, wenn dieser ehrgeizige Prinz genausowenig wie ich in Privataudienz empfangen würde.«

»Noch etwas?« fragte der Arzt.

»Meine Liste ist lang, und dennoch nicht unbescheiden. Ich würde sie gar nicht dem Pfarrer aufzählen. Höchstens einen Punkt würde ich noch erwähnen. Ich würde mich bessern, wenn er mir glaubhaft versichern könnte, daß ein Wehrmachtsseelsorger den einfachen Soldaten genauso gegenübertritt wie dem General, oder auch nur, daß er dem General genauso gegenübertritt wie den einfachen Soldaten. Denn Seelen haben bekanntlich keine goldenen Litzen.«

»Sie sind also für die Gleichberechtigung der Seelen«, scherzte der Arzt. »Und das heißt, durch die Blume, Sie wollen sich absolut nicht bessern.«

»Sie verstehen mich grundfalsch, Doktor!« rief der Mann. »Ich würde mich bessern. Sie wissen nicht, *wie* gern.« Er war an den Schreibtisch getreten und fuhr mit dem Finger über die Karteikarten. »In solch einem Fall«, sagte er, »könnte ich mich bessern bis zum Glaubenkönnen. Und ich meine, was ich sage.«

Der Arzt wippte wieder auf den Zehen. »Es macht nicht glücklicher, wenn man zu hohe Ansprüche stellt. Ich bin älter als Sie, glauben

Sie mir das. Und ist es nicht überall so, daß Wasser in den Wein gegossen wird, bei jeder Idee? Sehen Sie sich die Krankenkassen an, was für eine herrliche Idee war das. Und jetzt...«

»Doktor«, sagte der Mann, »was ist die Krankenkasse gegen die Kirche?«

»Oder nehmen Sie den Sozialismus. Sehen Sie sich die Gesichter der Arbeiter an, was haben diese Gesichter noch Gemeinsames mit den Gesichtszügen ihrer Funktionäre? Vergleichen Sie den Lebensstil von Führenden und Geführten, wie konnte es zu dieser Diskrepanz nur kommen?«

»Das habe ich von Pfarrern auch schon gehört«, sagte der Mann, »sogar von Jesuiten. Aber der Vergleich stimmt nicht. Eine Partei wird es Ihnen übelnehmen, wenn Sie ihr den Rücken kehren, man wird Sie je nach Wichtigkeit in Mißkredit zu bringen trachten oder totschweigen, das ist aber auch noch das einzige, was Parteien mit Religionsgemeinschaften gemeinsam haben. Meine Seele aber läßt die Partei ungeschoren und unbestraft. Keine Partei hat ein Jenseits zu bieten oder mit ihm zu drohen. Keine Partei greift außerdem so tief in die Intimsphäre ein wie die Kirche. Und daher finde ich es nicht unbillig, wenn ich, von dem so viel verlangt wird, unerhört viel, auch etwas verlange. Wer viel fordert, muß viel bieten.«

»Sie fordern ja auch viel.«

»Bei mir ist es eine reine Gegenforderung. Ich wäre nicht auf die Idee gekommen, so viel zu fordern, wenn man nicht zuerst von mir so viel verlangt hätte.« Der Mann lehnte sich an das Untersuchungsbett und betrachtete seine Schuhe. »Vor ein paar Jahren«, sagte er, »habe ich es den Sozialisten noch krummgenommen, wenn sie plötzlich genauso im mit Orden behängten Frack und Zylinder und mit dem gleichen Lebendgewicht wie die Bürgerlichen daherkamen, die sie seinerzeit in ihren Zeitungen karikierten. Ich habe es ihnen krummgenommen, daß sie selbst nicht imstande waren, einen neuen Lebensstil zu prägen, sondern den bürgerlichen zunächst mühsam, später dann souverän kopierten. Diese Entfernungen vom Ursprünglichen sind menschlich, und ich verstehe sie. Aber dort, wo Gott die zentrale Rolle spielen sollte, darf es diese Entfernung vom Ursprung einfach nicht geben.«

»Die Dinge sind in Bewegung geraten«, sagte der Arzt, »man hat doch immerhin versucht, einiges neu einzuschätzen.«

»Ist allein deshalb schon alles wieder gut? Ist man allein deshalb schon modern, wenn man alle hundert Jahre das nachholt, was hundert Jahre früher hätte geschehen sollen, um mit der Zeit auf gleich zu kommen, und zweihundert Jahre früher, um ihr voraus zu sein? Steht man schon deswegen souverän in der Zeit, weil man sich naiv darüber freut, daß neueste wissenschaftliche Erkenntnisse in keinem Widerspruch zur christlichen Lehre stünden? Zu Teilen der christlichen Lehre, denn vieles muß man einfach noch glauben.«

»Daraus würde ich niemandem einen Vorwurf machen«, sagte der Arzt.

»Sie mißverstehen mich, auch ich habe nichts dagegen, daß man gewisse Dinge glauben muß. Ich habe nur etwas dagegen, daß man dort, wo der Glaube sich wissenschaftlich erhärten läßt, nicht der Versuchung widersteht, die Wissenschaft in den Glauben hineinzubringen, um den Gläubigen dort, wo er nur glauben kann, um so ratloser zu lassen. Beispiele fallen sicher auch Ihnen ein. Ich möchte meine Frage präzisieren. Warum kettet man etwas, das unvergänglich sein soll, an etwas Vergängliches? Ich war unlängst in einem wissenschaftlichen Zentrum und sah neue, gerade in Dienst gestellte Apparate. Der Mann, der mich führte, sagte, daß sie bereits wieder alt seien, denn das wirklich Neue gäbe es heute nur in den Gehirnen. Und ich muß sagen, ich bin nicht ohne Ehrfurcht vor diesen Leuten, seit ich gesehen habe, wie schwer sie es sich machen, ehe sie eine Behauptung aufstellen.«

»Die falsch sein kann«, wandte der Arzt ein.

»Das schließen sie zumeist nicht aus, und ich wünschte, Doktor, ich wünschte es von Herzen, daß Priester manchmal ebenso vielen Skrupeln unterworfen wären, ehe sie irgendeine Behauptung aufstellen.«

»Sie sind gar kein guter Katholik«, versuchte der Arzt zu scherzen.

»Meine Entschuldigung ist, daß ich am Gymnasium Religionsunterricht genossen habe.«

Der Arzt lachte kurz und gestand dann: »Er war bei mir.«

»Wer?«

»Der neue Pfarrer.«

»Und schon hat er Sie zurückgewonnen?«

»Mich? Nein. Er war zweimal bei mir.«

»Also scheinen Sie kein hoffnungsloser Fall zu sein.«

Der Arzt überhörte den Einwurf. »Das erstemal war er da, um sich vorzustellen, und weil er sich um die Kranken kümmern möchte.«

»Und das zweitemal wollte er sich um Sie kümmern?«

Der Doktor schüttelte den Kopf. »Die Organistin war ausgefallen.«

»Und da traf er ausgerechnet Ihre weichste Stelle, denn Sie spielen gerne Orgel.«

»Ich spielte schon Jahre nicht«, sagte der Arzt, »aber ich spiele sie gern.«

»Und da holte er Sie.«

»Ja, ich sagte ihm, daß ich gute zwanzig Jahre nicht mehr in der Kirche war, ich meine so, wie man in einer Kirche sein soll. Das letzte Mal hatte ich vor meiner Hochzeit gebeichtet. Ich sagte ihm auch, daß etwas mit einer Frau war und Schlamperei im Beruf, wann nimmt man sich denn schon immer die Mühe, die man sich nehmen sollte.«

»Und da verzichtete er?«

»Nein. Er sagte nur: ›Wenn Sie das alles auch bereuen und sonst nichts war, ist es eine Beichte.‹«

»Und Sie griffen doch zu?«

»Nein. Ich sagte ihm, das mit der anderen Frau bereute ich damals nicht als Sünde, sondern mehr, weil es enttäuschend war, und vielleicht auch, weil es mich viel Geld gekostet hat.«

»So eine gute Gelegenheit sollte man nicht vorübergehen lassen«, sagte der Mann spöttisch. »Andere würden Sie möglicherweise detaillierter fragen. Sie spielten also nicht die Orgel?«

»Doch. Der Pfarrer sagte auf meine Einwände hin, ich solle mir doch einmal an den Fingern ausrechnen, wieviel Prozent der ganzen christlichen Kultur übrigbleiben würden, wenn sie nur von religiösen Menschen hätte geschaffen werden dürfen.«

»Diesem Gedanken wäre nachzugehen«, sagte der Mann.

»Sie spielten also Orgel.«

»Und ob Sie's glauben oder nicht, ich war so etwas wie glücklich dabei. Ja, ich weiß, ich tauge nicht zum Revolutionär, ich bin kein Reformer. Mir genügen nicht Standesvertretung, Krankenkasse und Bundesregierung als Obrigkeit. Ich würde mich hier ziemlich verlassen fühlen, wenn ich nicht an einen Gott glauben könnte. Mag er auch nicht ganz so sein, wie man ihn uns in der Schule beigebracht hat. Aber daß es ihn gibt, trotz allem, davon bin ich überzeugt.«

Der Mann ging zur Tür und blieb dort stehen. »Weil Sie Schule sagten«, begann er, »manchmal zerbreche ich mir den Kopf, was sich

Leute denken, die laut nach mehr Religionsunterricht in der Schule rufen. Sie wissen anscheinend nicht, was Unterricht anrichten kann. Mathematik ist eine herrliche Wissenschaft, man hat sie uns in der Schule vergrault. Die alten Griechen, Shakespeare, meinetwegen auch Goethe und Schiller, sind Schätze. In der Schule hat man sie uns auf Jahrzehnte hinaus verekelt. – Die Religion mag zugegebenermaßen das Wertvollste sein, das ein Mensch besitzen kann. In meiner Schule war sie nur ein Unterrichtsgegenstand.«
Der Mann nickte und ging ohne Gruß.

Das Türschild verriet außer dem Namen Leber nichts Besonderes, dennoch beschlich Daun ein Gefühl der Unsicherheit, besser, der Befangenheit, als er den Klingelknopf drückte.
Er wußte nämlich, wer hinter der Tür wohnte, und er wußte plötzlich, daß all seine Gänge bisher eine Flucht vor dieser einen Tür waren.
Daun klingelte ein zweites Mal und lauschte. Nun regte sich etwas in einem Zimmer, dann kamen Schritte näher, und endlich stand ein mittelgroßer, hagerer Mann mit der Zigarette im Mund in der Tür. Er fuhr mit der Rechten – Daumen, Zeige- und Mittelfinger waren braun von Nikotin – unsicher über seine unrasierten Wangen und sagte dann etwas hochmütig, die Zigarette immer noch im Mund, mit der Hand in die Wohnung weisend: »Bitte.«
Daun trat ein.
»Darf ich erfahren, wer Sie schickt?« fragte der andere.
»Niemand«, sagte Daun. »Sie wohnen in meiner Pfarre, und ich besuche Sie wie jeden anderen. Das ist alles.«
»Sie kennen meine Geschichte?« fragte Leber, tat einige tiefe Züge aus der filterlosen Zigarette und hielt den kurzen Stummel mit dem langen Aschenende vorsichtig zwischen Daumen und Zeigefinger, während er Daun beobachtete.
»Ich kenne Ihre Geschichte«, sagte Daun. Dann schränkte er ein: »Ungefähr. – Sie ist ja kein Geheimnis.«
Leber stieß eine Tür auf. Sie traten in einen Raum, der einen etwas verworrenen Eindruck hervorrief. Noch nie hatte Daun technisches Material, Bücher und Bilder in so vielen Schichten und Verwerfungen nebeneinander, aufeinander, zusammengeschoben, aufgestapelt, dazwischengesteckt und darübergelegt gesehen.

»So, so«, sagte Leber, »Sie kennen meine Geschichte. Ei sieh! Ei sieh!« Er begann einen Sessel abzuräumen, auf dem Bücher, Malfarben, Glasscherben und Radioröhren lagen, zum Schluß wischte er die Zigarettenasche, die er nach unerfindlichen Gesetzen im Zimmer zu verstreuen schien, von der Sitzfläche. Dann zündete er sich eine neue Zigarette an, blies den Rauch durch die Nasenlöcher und ermunterte seinen Besuch: »Nun, ich warte.«

»Sie schätzen den Grund meines Kommens falsch ein«, sagte Daun. »Ich komme mit keinem Auftrag und keinem gefaßten Vorsatz. Ich wollte Sie nur besuchen. Weiter nichts.«

Aus dem eingeschalteten Radioapparat drang eine ordinäre Stimme, die einige Ziffern und Namen aufzählte.

»Ich höre den E-Werk-Funk«, erklärte Leber. »Heute vormittag war irgendwo ein Kabelkopfbrand. Aber ich glaube, das interessiert Sie nicht sehr?«

»Ich bin technisch nicht sehr versiert«, gestand Daun und betrachtete sein Gegenüber. – Dieser noch junge Mann hatte einem Bischof einmal klipp und klar gesagt, was er, der kleine Kaplan, von ihm denke, nämlich, daß Seine Exzellenz bei irgendeiner Gelegenheit zuviel Öl erwischt haben dürfte. Das deckte sich in etwa mit der Meinung mancher aufgeweckter Alumnen, die von jenem Bischof sagten, er sei nur deshalb Bischof geworden, weil er schon als Monsignore so telegen die Hände reiben konnte.

»Ich kann auch den Feuerwehrfunk hören«, sagte Leber etwas hilflos und drehte an einem Knopf. Er wartete eine Weile und fügte dann hinzu: »Da ist im Augenblick nichts los. Aber wenn Sie wollen, dann hören wir die Funkstreife an. Das ist viel interessanter als Musik.«

Sie hörten, daß sich ein Mann, der sich Cäsar drei nannte, auf der Position G 12 befände.

»Das ist hier«, belehrte Leber seinen Gast und wies auf einen Stadtplan an der Wand. Der Plan war in Quadrate geteilt. Von links nach rechts waren die Quadrate mit fortlaufenden Ziffern versehen, von oben nach unten mit Buchstaben. »Ich bin selbst hinter diese Einteilung gekommen«, sagte er stolz. »Ohne polizeiliche Hilfe. Ja, nicht einmal das Erzbischöfliche Ordinariat hat mir dabei helfen müssen.«

Auch dem Erzbischof hatte Leber einige Grobheiten mündlich und schriftlich zukommen lassen. Wem eigentlich nicht? Es war beinahe müßig, alle aufzuzählen. Dem Generalvikar, dem Ordinariatskanzler und der Nunziatur. Von den Pfarrern, bei denen er Kaplan war, ganz zu schweigen. Und es waren heiligmäßige Leute darunter gewesen, mit denen er nicht zurechtgekommen war.

Er wäre ein guter Mann, dachte Daun, könnte ein herrlicher Partisan sein, hätte er seinen Widerstand gegen wirkliche Übel, und deren gab es genug, planmäßig, gezielt und dosiert eingesetzt. Aber er verpuffte seine Energien wie ein Schütze, der, ohne zu zielen und sich im Kreise drehend, seine Munition verpfeffert und dann waffenlos vor wirklichen Gefahren steht.

Manchmal hatte es den Anschein gehabt, als wäre er nicht nur von allen guten Geistern, sondern auch vom Heiligen Geist verlassen. Er setzte sich, zunächst das Gute wollend, immer mehr ins Unrecht, verärgerte seine Freunde, bis er nur mehr das Unrecht sah, das ihm widerfuhr, und nicht mehr jenes, das er mit jeder seiner Handlungen anrichtete, gleichgültig, ob er damit seine Oberen, Klosterfrauen oder Laien erschreckte. Zuletzt wollte er nicht mehr das Recht im allgemeinen, sondern nur mehr sein Recht. Solche Leute werden ungemütlich, sie gehen auf die Nerven, ja mehr noch, man hält sie nicht für ganz normal, weil leicht der Eindruck entsteht, sie verlangten nicht die landläufig übliche Dosis an Recht, sondern weit mehr, eine Überdosis. Leber hätte wissen müssen, daß gerade das Recht, das *eine* Recht mehr oder weniger, dem Himmel vorbehalten war. Hier auf Erden fand man es selten. Auch Leber konnte den Himmel nicht auf die Erde ziehen. Er hatte sich unmöglich gemacht und war vom Seelsorgedienst suspendiert worden.

»Sie wissen alles?« fragte er noch einmal.

Daun nickte. »In groben Umrissen.«

»Und sicherlich wissen Sie auch, wie scheußlich man gegen mich war?«

Daun nickte und wandte ein: »Aber andererseits doch auch nobel. Ich sagte schon, ich wüßte so ziemlich alles.«

»Ich könnte jederzeit einen Posten in einem Weltkonzern antreten!« rief Leber nun etwas zu laut. »Aber ich tue es nicht! Ich bleibe auch nach außen hin Priester. Ich muß damit fertig werden, und die im Erzbischöflichen Ordinariat auch.«

»Wir alle müssen damit fertig werden«, sagte Daun. »Nicht nur Sie, das Erzbischöfliche Ordinariat auch und ich. Und nicht nur die Priester.«

»Ich«, rief Leber und deutete mit dem Glutende seiner Zigarette auf seine Brust. »Ich schlage sie mit den Waffen, mit denen sie sonst die anderen schlagen. Ich bleibe Priester, und sie können nichts dagegen unternehmen. Sie müssen es sich gefallen lassen, daß ich Priester bin. Sie können das oben melden, wenn Sie wollen.«

»Die oben schicken mich nicht«, erklärte Daun noch einmal. »Die wissen gar nicht, daß ich bei Ihnen bin.«

»Sie werden es erfahren«, sagte Leber und griff zu einer neuen Zigarette. »Verlassen Sie sich drauf. Wenn mich nicht alles täuscht, telefoniert man bereits.«

»Wer?«

Leber lächelte beinahe hämisch: »Wer denn sonst als ein guter Katholik?« Er starrte die Wandkarte an und fragte: »Haben Sie sich schon einmal Ihre Schäflein genau angesehen? Diese Produkte Ihrer Vorgänger, diese devoten Zeloten – ich sag' das immer so, es reimt sich so hübsch –, die Männer sein wollen? Diese farb- und saftlosen Frauen, in deren Nähe jeder Mann erfrieren muß? Diese Damen, die um sich jene keimfreie Atmosphäre verbreiten, in der auch nur die leiseste fleischliche Begierde unmöglich wird? Die aber, wenn Sie sie so behandeln, wie sie es verdienen, Intrigen zu stricken beginnen, daß Sie gar nicht mitkommen. Und da soll einen nicht die Lust ankommen, zu schockieren, wo es nur angeht?«

»Ich bin nicht gegen Schocks«, gab Daun zu. »Sie können ihre heilsame Wirkung haben. Aber schließlich wurde uns nicht aufgetragen: ›Du sollst deinen Nächsten schockieren.‹«

»Wenn unsere Nächstenliebe das Resultat gezeitigt hat, das Sie ringsum feststellen können...« Leber sprach nicht weiter. Die Zigarette klebte an seiner Unterlippe. Er hatte die Lider zusammengekniffen, um die Augen vor dem aufsteigenden Rauch zu schützen.

»Haben Sie sich schon gefragt, ob unsere Nächstenliebe die richtige war?« entgegnete Daun. »Können Sie mit gutem Gewissen von Nächstenliebe sprechen, wenn Sie einen katholischen Funktionär zum Beispiel nur das Wort ›liberal‹ aussprechen hören? – Machen Sie die Probe, und Sie werden merken, wieviel Haß, wieviel Intoleranz er in dieses Wort hineinlegt. Oder hören Sie sich an, wie sich das Wort ›Atheist‹ von christlichen Lippen löst, hören Sie sich an, wie herabwürdigend man von einem spricht, dem man das Prädikat ›Humanist‹ verleiht. Ist das wirklich unsere ganze Nächstenliebe, die wir aufbringen? – Wir haben den Auftrag, auch unsere Feinde zu lieben. Gehandelt haben wir nie danach. Und mit der Nächstenliebe fangen wir doch erst an.«

Leber lächelte. »Ei sieh, ei sieh«, sagte er. »Ein kleiner Scheiterhaufen wird Ihnen langsam gewiß.«

Daun wurde gehindert, etwas zu erwidern. Die Stimme des Polizeifunksprechers klang plötzlich nicht mehr monoton, sondern erregt. Sie meldete den Zusammenstoß zweier Straßenbahnzüge. Der Mann nannte auch die Straßenkreuzung und sprach von einer unbekannten Anzahl Schwerverletzter.

Leber zeigte die Stelle auf der Karte an. Es war gar nicht weit von ihnen.

Daun sprang auf. »Schnell!« rief er. »Kommen Sie, worauf warten Sie noch?«

Und wenn Sie Sorgen haben«, hatte Daun immer wieder gesagt, »Sorgen jedweder Art, dann kommen Sie zu mir.«

Er schien in einer sorgenlosen Pfarre zu leben, mitten unter Menschen, die keine Sorgen kannten, denn er wurde noch immer nicht sehr häufig besucht. Bisher waren lediglich zwei junge Frauen gekommen, um anzufragen, ob sich ihre Ehe kirchlich scheiden ließe. Der einen war der Mann eine Nacht über ausgeblieben, die andere wies einen blauen Fleck am Unterarm vor und wollte ihn von Daun gewissermaßen kirchenamtlich bestätigt haben. Was Daun an dem Besuch der beiden Damen aber erschreckte, war der Umstand, daß sie beide von ihren Männern wie von einem Stück Besitz sprachen, das sie durch ihre körperliche Hingabe käuflich erworben hatten. – Weiter war eine ältere alleinstehende Dame erschienen und hatte sich über die Geräuschentwicklung ihrer katholischen Nachbarn beschwert.

Mehr war nicht vorgefallen. Heute war, mit viel Geheimniskrämerei angemeldet, eine Deputation zu erwarten. Daun wußte bereits, was sie vorhatte, denn die ganze Geheimniskrämerei schien nur dazu zu dienen, das Vorhaben der Leute und ihre Tätigkeit hierfür populär zu machen.

So erschien denn auch eine kleine Versammlung von Damen und Herren mittleren Alters, bei der seltsamerweise die Damen die Herren im Durchschnitt um Haupteslänge überragten. Man überreichte ihm eine erkleckliche Summe in krachend neuen Banknoten zu dem Zwecke, den Fußboden in den Seitenschiffen der Pfarrkirche, der bisher nur mit Holzdielen bedeckt gewesen war, mit Steinplatten auszulegen wie das Hauptschiff. Diese Arbeit sollte eigentlich schon längst gemacht worden sein, man hatte dafür bereits mehrere Male in der Pfarre gesammelt, aber zweimalige Geldentwertung, zwei Weltkriege und andere aufschiebende Zwischenfälle hatten sie verhindert.

Daun, der gar nicht bemerkt hatte, daß die Seitenschiffe seiner Kirche nur mit Holzboden versehen waren (wahrscheinlich hatten ihn die schlechten Bilder an den Wänden zu sehr von der Betrachtung des Fußbodens abgelenkt), tat, um nicht zu kränken, gerührt. Denn, offen gesagt, an echter Rührung fehlte es ihm in beträchtlichem Maß. Er hatte, als die Leute von Geld zu reden anfingen und von Sammlung sprachen, noch immer gehofft, sie brächten das Geld für die Bibliothek. Statt Büchern sollte er nun Steine kaufen. Er bedankte sich und übernahm den Betrag, und er sperrte ihn vor den Anwesenden in den altmodischen Panzerschrank mit gußeisernen Schnörkeln. Und jeder konnte sehen, daß diese seine einzige Zierde waren, denn innen war der Panzerschrank schlicht und einfach leer gewesen.

Die Deputation hatte jedoch an mehr als an das Geld allein gedacht. Sie überreichte dem Pfarrer die Anschrift jener katholischen Firma, die sie allein mit der Verlegung der Platten betraut sehen wollte, und weiter eine kleine, pressegerecht zusammengestellte Notiz für die Kirchenzeitung der Diözese. Darin hieß es, daß diese und jene besonders eifrig gesammelt und der und die besonders viel gespendet hatten, und daß damit die Erneuerung der Kirche in die Wege geleitet worden sei.

Die Worte »Erneuerung der Kirche« machten Daun stutzig. Wie leicht große Worte gebraucht werden, dachte er. Man sammelte ein bißchen, spendete ein bißchen, wechselte den Fußboden aus, und flugs war die Kirche erneuert.

Er konnte nicht umhin, eine, wie es ihm schien, ganz vorsichtige diplomatische Bemerkung zu machen. Aber die Leutchen nickten nur selbstgefällig mit dem Kopf und drangen nicht zum Hintergrund seiner Worte vor.

Als Daun deutlicher wurde und sagte, das Wort »Erneuerung« solle man nicht nur so oberflächlich verstehen, denn die schönen Steinplatten allein machten es noch nicht aus, sagte einer der anwesenden

Herren, offensichtlich ein Erneuerungssachverständiger, der Herr Pfarrer dürfe nicht glauben, daß es mit den Steinplatten allein schon getan sei, nein, allen hier Anwesenden und darüber hinaus auch allen Spendern sei klar, daß die Erneuerung tiefer gehen müsse.

Daun hätte den Mann umarmen können, aber dann sprach der Mann weiter. Und der Pfarrer in Daun suchte vergeblich eine Spur von Entsetzen in den Gesichtern der Deputation, denn der Mann ging mit der Erneuerung so tief, daß er von Schotteraufschüttung, Bitumenunterlage, Ölpapier, Zementbett und anderen Dingen sprach, die unter die Steinplatten zu kommen hatten. Und seine Begleiter nickten des öfteren bestätigend, und eine Dame mit Goldrandbrille erläuterte: »Darum, Hochwürden, wählten wir die Formulierung ›in die Wege geleitet‹.«

Daun wäre am liebsten davongerannt. Und noch lieber hätte er getobt. Aber er blieb, und blieb sanft. Und er fragte, um eine Freiübung in Demut zu machen, ob die Herrschaften Kaffee wollten, und bereitete ihn, da er gewünscht wurde, von den widersprechenden Ratschlägen der Damen begleitet, selbst zu. Vielleicht, tröstete er sich, ergab sich noch einmal die Gelegenheit, auf die Erneuerung der Kirche zurückzukommen. Bei Kaffee, sagte er sich, sind die Menschen für vieles aufgeschlossener, vielleicht auch für die Kirche. Als dann später besonders die Damen seinen Kaffee lobten und fragten, welche Marke und Zubereitungsweise er bevorzuge, gab er sein Geheimnis preis. Eine kleine Prise, ein paar Körnchen Salz gehörten in jeden guten Kaffee.

»Das Salz der Erde«, sagte eine Dame, die ihre Belesenheit auch dadurch zum Ausdruck brachte, daß sie den kleinen Finger der Hand, die die Tasse hielt, wie eine Antenne von sich streckte.

»Ja«, sagte Daun, »und um noch einmal auf die Erneuerung der Kirche zurückzukommen: Ich meinte damit weniger den Bau, der an sich, sobald er abgeschlossen ist, tot ist. Ich meinte vielmehr uns, uns Menschen, denn wir sind die lebendige Kirche, *wir* sollten uns erneuern. Die Steinplatten allein machen es nicht.«

»Jetzt wissen wir«, sagte die Dame mit der Goldbrille, »welchem Umstand wir den Kaffee zu verdanken haben.«

Sollte sie mich durchschaut haben, dachte Daun und fragte sie: »Welchen Umstand meinen Sie?«

»Ganz einfach«, antwortete die Dame, »Sie wollten uns mit diesem köstlichen Kaffee erneuern.«

Am Abend des gleichen Tages geschah etwas Bemerkenswertes. Daun hatte eben sein Tagebuch hervorgeholt, um den Besuch der Deputation und seine Gedanken hierüber einzutragen, da schrillte unerwartet die Glocke. Daun hob den Kopf, er hatte sich nicht geirrt, man kam zu ihm, die Glocke bestätigte es. Eben schrillte sie, ein wenig zaghafter als das erstemal zwar, noch einmal. Er erhob sich, eilte zur Tür und fuhr sich, ehe er sie aufschloß, mit den Fingern durchs Haar.

Draußen stand ein junges Paar. Die Frau war verweint, der Mann wirkte in seiner Bleichheit fast noch knabenhaft und jünger als sie.

»Ein Todesfall?« fragte Daun, nachdem er sich geräuspert hatte.

Die beiden schüttelten den Kopf.

»Wollen Sie hereinkommen?« Daun trat zur Seite und machte die notwendige Handbewegung.

Die beiden nickten und traten ein.

Daun schloß die Tür und ging dann über den matt erleuchteten, mit Steinplatten belegten Flur voraus. Steinplatten, dachte er. Es war ihm zum erstenmal aufgefallen, weil die Stöckel der Frau hart auf den Steinen aufschlugen. Als das Paar in seinem Zimmer Platz genommen hatte, entstand eine Pause. Daun stand mit dem Rücken zu seinem Schreibtisch und betrachtete die beiden eine Weile.

»Ja«, sagte schließlich die Frau, »jetzt sind wir bei Ihnen.«

Daun widersprach nicht. »Ich habe immer wieder gesagt, wer Sorgen hat, soll kommen. – Sie sind verheiratet?«

Nun schreckte der Mann auf. »Um Gottes willen, ja. Ich vergaß ganz, mein Name ist Sternberg, das ist meine Frau, entschuldigen Sie.« Er versank wieder in eine Art stumpfer Erstarrung, schreckte noch einmal auf, um zu erklären: »Aber daß wir verheiratet sind, ist nicht unsere Sorge. Wir sind heute noch etwas konfus.«

»Etwas?« fragte ihn seine Frau. »Du mußt dich schon deutlicher ausdrücken, Paul.«

»Er wird«, tröstete Daun die junge Frau. »Sie beide sehen mir wie Betrogene aus. Ist meine Annahme richtig?«

Beide fuhren hoch. »Haben Sie vielleicht schon davon gehört?«

»Nein, ich dachte nur so. Sie sehen aus, als wäre Ihnen heute eine Welt zusammengestürzt.«

»Eine Welt?« rief die Frau. »Mehr! Eine Wohnung!«

»Liebes«, versuchte der Mann sie zu beschwichtigen, »eine Wohnung ist nicht mehr als eine Welt.«

»Eine Welt kannst du umsonst haben«, widersprach die Frau, »für die Wohnung haben wir aber wie die Kulis geschuftet.«

»War die Baufirma nicht reell?« fragte Daun.

Der Mann bemühte sich um ein Lächeln. »Ich dachte nie, daß ein verlorener Baukostenzuschuß so verloren sein könne«, sagte er etwas verloren.

»Der Schaden, den sie angerichtet haben, geht in die Millionen«, sagte die Frau und zupfte an ihrem zerknüllten Taschentuch. »Was nützt es, wenn sie eingesperrt sind. Aus dem Gefängnis werden sie uns kaum das Geld zurücküberweisen können. Und sie werden ziemlich lang im Gefängnis sein. Und wir haben fünf Jahre dafür geschuftet. Fünf Jahre«, sagte sie, »wenn Sie gesehen hätten, was wir an Sonntagen gegessen haben. Das war Fastenzeit in Permanenz. Und die Strümpfe, die ich trug! Die Schuhe. Fast kein Friseur in diesen fünf Jahren.«

»Sie hat sehr schöne Naturwellen«, erläuterte der Mann.

»Auch eine Frau mit Naturwellen möchte manchmal zum Friseur«, erklärte Daun dem jungen Mann. »Wissen Sie, ich mache mir oft Gedanken darüber, welch, ich möchte beinahe sagen, welch magische Anziehungskraft ein Friseurladen auf Frauen ausübt. Ich denke mir, wahrscheinlich deshalb, weil sie dort endlich einmal in Ruhe sitzen können, weil sie dort bedient und wie eine Dame behandelt werden. Besonders die verheirateten Frauen müssen das zu schätzen wissen. Und ich denke mir, welche Chancen hat so ein Friseur! Wie wunderbar müßte er Seelsorge betreiben können. Bitte lachen Sie nicht, aber ich habe mir das schon oft gedacht.«

Die Frau hielt ihr feuchtes Taschentuch nun still in der Hand und richtete ihre großen runden Augen verwundert auf Daun. »Über so etwas machen Sie sich Gedanken?« fragte sie.

»Wundert Sie das?«

»Das nicht, aber«, sie zögerte, »Sie kennen sich bei Frauen aus wie – wie ein Mann.«

Daun räusperte sich. Gatte Paul wurde verlegen und sagte: »Aber Liebste, ein Pfarrer ist doch ein Mann.«

Um keine peinliche Pause entstehen zu lassen, fragte Daun schnell: »Und wie groß ist der Schaden?«

Der Mann bezifferte dessen Höhe, und die Frau rief: »Und wir bekommen unser zweites Kind wiederum in Untermiete.«

»Sind die Vermieter so schlimm?« fragte Daun.

»Wir wohnen bei meiner Mutter«, erläuterte ihr Mann kleinlaut.
»Ja, dann«, seufzte Daun, und plötzlich begann er an das allgemeine Strafgesetzbuch zu denken. Irgendwo mußte da ein Satz etwa so formuliert sein: Wer eine ihm anvertraute Summe Geldes wissentlich anderen Zwecken zuführt...
Der altmodische Panzerschrank mit den gußeisernen Schnörkeln stand da, als ahne er, welche Gedanken Daun bewegten. Der Panzerschrank war braun gestrichen, es sollte eine Art Holzimitation sein. Wozu man Eisen nur überstrich, um Holz zu imitieren?
Daun erinnerte sich an eine andere Übermalung. Damals, als er ein Kind war und gelernt hatte, daß die Protestanten nicht den rechten Glauben hätten und es daher auch äußerst zweifelhaft sei, ob sie jemals in den Himmel gelangen könnten, damals hatte er einen Glaubensstreit mit einem protestantischen Spielkameraden gehabt. Die Argumente, die sie beide ins Feld führten, waren umwerfend. Etwa: Unsere Kirche ist größer als die eure! – Euer Pfarrer hat eine Glatze! – Ja, sogar die Innenausstattung der Kirchen (sie war in beiden scheußlich genug) mußte herhalten. – »Wir haben eine geschnitzte Kanzel aus Eiche!« rief der Spielfreund. »Und wir eine aus rotem und grünem Marmor!« rief der kleine Michael Daun. Der Marmor half ihm sehr, seine Glaubenszweifel zu verdrängen.
Etwas später, durch einen Zufall, er war aus der Hitze eines Sommertages zur Abkühlung in die Kirche geflüchtet, mußte er mit ansehen, wie der Anstreicher mit einem Brenner dem roten wie dem grünen Marmor zu Leibe rückte und den zusammengeschrumpften stinkenden Lack mit einem Spachtel abschabte. Die Kanzel war aus Holz, aus billigem weichem Holz! – Der kleine Michael Daun hatte damals die ersten Glaubenszweifel seines Lebens gehabt. Wie konnten, so fragte er sich, die Geistlichen recht haben, wenn sie es zuließen, daß in ihren Kirchen einfaches Holz zu kostbarem Marmor umgefälscht wurde? – Und die Kasse war aus Gußeisen und täuschte vor, aus biederem Weichholz zu sein. Was waren das für Zeiten gewesen? Vielleicht hatte man damals auch echten Marmor lackiert, damit er wie Bronze aussähe, und Bronze... Daun riß sich zusammen und holte den Schlüsselbund aus seiner Jackentasche. Wie ein Kerkermeister, dachte er, und sperrte die Kasse auf. Er entnahm ihr das Geld, legte es auf den Tisch, setzte sich an den Schreibtisch und sagte: »Ich kann Ihnen das Geld nur borgen, ohne Zinsen. Sie haben nichts dagegen, wenn ich einen kleinen Vertrag aufsetze?«

Der Mann wetzte nervös auf seinem Stuhl hin und her, starrte fragend seine Frau an, befeuchtete seine Lippen und fragte dann: »Sie wollen uns wirklich helfen?«

»Ich denke, deswegen kamen Sie doch zu mir, oder haben Sie sich etwas anderes erwartet?«

»Mein Gott«, sagte die Frau, »was soll man von einem Pfarrer erwarten.«

»Wir dachten«, sagte der Mann, »wir erwarteten...«

»Eigentlich nichts«, sagte die Frau.

Daun sagte: »Durch einen glücklichen Zufall *kann* ich Ihnen helfen. Ich denke, ich kann es verantworten.«

»Aber«, sagte der Mann mit erstickter Stimme und schwieg.

»Haben Sie einen Ausweis bei sich?« fragte Daun und war so sachlich wie seinerzeit in der Kreditabteilung, und er war beinahe glücklich darüber, den gewohnten Schriftsatz aufsetzen zu dürfen. Dann forderte er beide zur aufmerksamen Lektüre des Geschriebenen auf und ließ sie unterschreiben. Die junge Frau unterschrieb mit Tinte und Tränen.

»Wein doch nicht«, sagte der Mann und entschuldigte sich Daun gegenüber, »immer heult sie jetzt«, erklärte er, »auch dann, wenn sie nicht heulen müßte.«

»Ich habe unlängst gelesen«, erinnerte sich Daun, »Frauen sollen deshalb gesünder als Männer sein, weil sie mehr weinen.«

»Siehst du«, sagte die Frau, »gesünder.« Und zu Daun sagte sie weinend: »Sie wissen ja nicht, wie er ist. Er gönnt mir nicht das kleinste Vergnügen.«

»Ausgerechnet ich bin ein Tyrann«, jammerte der Mann. »Sehe ich so aus, Hochwürden?«

»Nein«, sagte Daun, »Sie dürften ziemlich ungeeignet für diesen Beruf sein.«

»Wie sollen wir Ihnen danken«, sagte die Frau und wurde von einem Schluchzen geschüttelt.

»Tun Sie bei Gelegenheit auch etwas Gutes«, sagte Daun, »und verlangen Sie als Dank nur wieder etwas Gutes dafür. So kommt es vielleicht wieder einmal zu Ihnen zurück.«

Darüber war die Frau so gerührt, daß sie haltlos weiterweinen mußte. Sie lehnte sich von wildem Schluchzen geschüttelt an Hochwürden und ließ ihren Tränen freien Lauf. Daun strich ihr übers Haar. »Ist ja schon gut«, sagte er.

»Du machst seine schwarze Jacke ganz naß«, rief der Mann verzweifelt. »Halt dich wenigstens hier ein bißchen zurück.«

»Lassen Sie nur«, sagte Daun, »das hört nicht auf, ehe alles heraus ist.«

»Sie bekommt Kopfweh davon«, wand sich der werdende Vater.

»Das ist morgen wieder weg«, tröstete Daun. »So«, sagte er dann nach einer Weile und löste sich von der Weinenden, indem er sie ihrem Mann überreichte, »vielleicht gibt es eine Taufe in einer neuen Wohnung.«

Das Ehepaar nahm einen Taschentuchwechsel vor und bedankte sich noch einmal. Dann gingen die beiden.

Als Daun wieder allein war, schloß er der Ordnung halber die nun leere Kasse zu und entdeckte dann auf seinem Schreibtisch das Geld, das die verwirrten Leute liegengelassen hatten. Er raffte es zusammen und lief dem Paar nach. Als er es eingeholt hatte, bestand er darauf, daß der junge Mann unter dem Lichtkreis einer Laterne die Banknoten zählte. Bank ist Bank, dachte Daun. Was man dort gelernt hat, vergißt man nicht so schnell.

»Es stimmt«, sagte der Mann.

»Spätere Reklamationen werden nicht angenommen«, scherzte Daun und ging zurück.

Er schlug den Weg zur Kirche ein, sperrte die Tür der Sakristei auf, ging durch sie in das Mittelschiff und trat vor den Hochaltar. Er hatte kein Licht eingeschaltet, nur das Ewige Licht schwamm zuckend hinter rotem Glas. Zum erstenmal, in dieser Beleuchtung, fand Daun seine Kirche schön. Wenn draußen ein Wagen vorüberfuhr, dann war das sehr fern. Die Stille tat ihm wohl. Daun genoß die Stille, die eine ganz eigene Stille war. Nur ein Raum, in dem eine Orgel stand, kannte diese Stille. »Die Weihe des Hauses«, sagte er laut vor sich hin, nur, weil es ihm so in den Sinn kam. Und er mußte daran denken, wie vor Jahren die neue Bankzentrale eröffnet wurde und wie der Bischof sie einweihte und ein Orchester die »Weihe des Hauses« von Beethoven spielte. Das alles paßte nicht sehr zu einem Bankhaus, und er hatte sich damals bei dieser Feier auch nicht sonderlich wohl gefühlt. Er wußte, daß er sich auch heute noch nicht bei einer ähnlichen Feier besonders wohl fühlen würde. Er kannte die Banken zu gut. Sie gaben kein zinsloses Darlehen, und ihre Kredite waren nicht die pure Nächstenliebe.

Wenn mein Generaldirektor wüßte, dachte Daun, daß ich Geld ohne

Sicherstellung, Bürgen, Grundbucheintragung etcetera, und noch dazu ohne Zinsen verborgt habe, er würde sich furchtbar daran stoßen. Daran, daß er Geld verborgt hatte, das nicht ihm gehörte, würde der Generaldirektor weniger finden. Schließlich taten das ja auch die Banken. Und weil Daun an seinen alten Generaldirektor dachte, der ihm eines Tages als letzte Instanz nicht genug gewesen war, fiel ihm Gott ein.

»Lieber Gott«, betete er, »Deine Geduld ist so groß, daß Du sogar diese Kirche hier erträgst. Du rechnest nicht in Jahren, Du hast Ewigkeiten Zeit zu warten, zum Beispiel auf den Steinboden in den Seitenschiffen. Die beiden aber, die bei mir waren, sind nur ein einziges Mal auf dieser Welt, einen kurzen Atemzug lang. Sie haben Anspruch auf ein wenig Freude auch hier. Und ich möchte, daß nicht nur die Unglücklichen zu Dir beten, sondern daß auch die Glücklichen Dir danken.«

Unter der Post befand sich ein Brief des Erzbischöflichen Ordinariats. Daun öffnete ihn mit jener gewissen Besorgnis, mit der man Briefe vorgesetzter Dienststellen und nicht von Brüdern in Christus öffnet, und war erstaunt, im Umschlag ein Handschreiben vorzufinden, auf das der Ordinariatskanzler nur ein flüchtiges und kommentarloses »Zur Kenntnisnahme« gekritzelt hatte. Der Brief war an das Ordinariat gerichtet, und Daun las mit beklommenem Gefühl, was man diesem mitteilte.

»An das löbliche Erzbischöfliche Ordinariat!
Die Endesgefertigte darf vorausschicken, daß schon meine Mutter in die Klosterschule ging (bei den Ursulinen). Ich selbst besuchte auch die Klosterschule, und mein braves Töchterchen besucht dieselbe Schule, während mein Sohn bei den Schulbrüdern ist (Norbertinum), falls Sie sich erkundigen wollen.
Wir geben immer gern bei Sammlungen, schon seinerzeit für die Heidenkinder und Missionen, wir haben auch für die Kirche gestiftet, für Glocken und Fahnen und für den Wiederaufbau des Domes. Wenn Sie nachsehen, werden Sie in allen Listen unseren Namen finden, und manchmal hat es uns ein Opfer bedeutet. Unser H. H. Pfarrer war immer ein gern gesehener Gast in unsrem Haus. Und vor allem der letzte Herr Pfarrer hat es immer sehr gut bei uns ge-

habt. Wir haben zwar nur Hausmannskost, aber er hat sie sehr gelobt, eben weil es eine gute Hausmannskost ist. Und mit viel Liebe gekocht. Und Sie wissen, wie wenig Zeit eine Geschäftsfrau manchmal hat, wenn es im Geschäft drüber und drunter geht, und man ist müd und muß noch kochen für den hochwürdigen Besuch.

Und nun haben wir des längeren einen neuen H. H. Pfarrer. Und er hat sich überhaupt noch nicht um uns gekümmert. Er meidet sogar unser Geschäft, und wir haben doch immer Milch, Butter, Eier und Brot in den Pfarrhof geliefert. Wir würden es auch heute noch dem neuen Herrn Pfarrer ins Haus zustellen, aber er kauft lieber im anderen Milchgeschäft ein, das zwei Protestantinnen gehört.

Lange habe ich es ihm verziehen, denn ich habe gedacht, er weiß es nicht. Aber jetzt habe ich von einer guten Kundschaft erfahren, sie gibt auch immer fleißig und tut Gutes, wo sie nur kann, daß es die beiden Schwestern dem Herrn Pfarrer gleich beim erstenmal gesagt haben, daß sie nicht den rechten Glauben haben. Trotzdem hat er bei ihnen die Milch gekauft!!! Und dabei sollte doch gerade er mit gutem Beispiel vorangehen. Ich bitte daher das Erzbischöfliche Ordinariat, ihm den rechten Weg zu weisen, denn schließlich hat die Kirche schon sehr viel von uns bekommen.

Ehe ich schließe, möchte ich noch dieses mitteilen: Am letzten Sonntag hat der Herr Pfarrer in der Predigt zweimal ›blöd‹ gesagt. Mehrere Gutgesinnte können das bezeugen. Zweimal! In der Kirche!!! Und es waren junge Menschen und Kinder darin! Wie wird er das dereinst einmal verantworten können, wenn er zugeben muß, daß er Kindern dieses Wort gelernt hat?

Mit herzlichem Grüß Gott!«

Es folgte die Unterschrift. Darunter stand der kurze Vermerk des Ordinariatskanzlers.

Daun hatte den Brief zur Kenntnis genommen, steckte ihn in seine Brusttasche und ging hinaus in den trostlosen Garten.

Das war also das Leben, das er sich gewünscht hatte. – Noch vor sieben Jahren hätte sich kein Mensch darum gekümmert, wo er die Milch kaufte, und ihm wäre es einerlei gewesen, ob die Milchfrau den rechten, den unrechten oder überhaupt einen Glauben hatte. Entscheidend war doch nur, ob die Milch frisch und das Geschäft sauber war.

Er stand zum drittenmal, seit er die Pfarre übernommen hatte, der

Realität gegenüber. Das erstemal hieß die Realität Herr Amtsvorstand Waser, das zweitemal war sie der beklagenswerte Kaplan Leber, und jetzt konnte er sich in der Antipathie einer Milchfrau sonnen.

Wie viele Realitäten kamen noch auf ihn zu? Wieviel war in den vierzehntausend Seelen seiner Pfarre verborgen?

Er trug eine Reihe von Plänen mit sich herum, er wollte die Barrikaden zwischen Priester und Laien abbauen, sein Haus offenhalten, für jeden dasein, nicht nur für die vier bis acht Prozent Kirchgeher, wollte darangehen, zu zeigen, was ein Pfarrer und eine Pfarre sein könne, welche Aufgaben sie als Gemeinwesen zu übernehmen hatte. Er dachte an mehr als an eine moderne Bibliothek und einen Kindergarten, er hatte ein Programm, sah einen Weg. Sollte er sich den von Milchflaschen verstellen lassen?

Sollte er sich den Vorstellungen einer katholischen Milchfrau anpassen und nun mehr Milch aus ihrem Geschäft trinken? Sollte er, ehe er einen Fahrschein in der Straßenbahn löste, den Schaffner nach seinem Glaubensbekenntnis fragen? Sollte er wirklich kleinlicher sein als die Feuerwehr?

Es dämmerte. Die Erde roch nach Herbst. Der Rauch des Nachbarhauses legte sich in dünnen Schwaden über den Pfarrgarten.

In der Küche wußte er eine Hacke. Die holte er sich und rückte dem Gestrüpp im Pfarrgarten zu Leibe. Psychologen hätten das eine Ersatzhandlung genannt. Und nur Gott wußte, warum sein Priester so genußvoll das Unkraut beseitigte.

Daun arbeitete, bis es ganz dunkel geworden war, dann ging er ins Haus zurück, lehnte die Hacke wieder an den Herd und wusch sich. Nachher holte er seine Krankenadressen vor. Er wollte noch einige Besuche machen, um auf andere Gedanken zu kommen.

Die Ladenglocke war melodiös. Im Laden selbst duftete es nach Brot, und das war ein hinreißender Duft. Es roch nach verschiedenen Molkereiprodukten und nach Eiern. Daun liebte diesen Geruch.

Über der Tür hinter dem Verkaufspult, sie mochte in die Wohnung führen, befand sich ein Bild der Mater dolorosa, darunter war eine Glühbirne angebracht, in der ein rosa schimmerndes Kreuz glomm.

Daun befand sich in einem katholischen Milchgeschäft.

Er wartete eine Weile, und als niemand kam, um ihn zu bedienen, ging er noch einmal zur Tür, um das Glockenspiel in Bewegung zu setzen. Jetzt erst erschien eine Frau, die, als sie ihn erblickte, über und über errötete.

»Grüß Gott«, sagte Daun und geriet wieder unwillkürlich in jenen etwas nasalen Tonfall, der in seiner Familie – seine Mutter war schließlich eine geborene »von« gewesen – üblich gewesen war.

Die Frau knickste wortlos und fingerte nervös in ihrem Haar.

»Ich hätte gern ein Glas Milch getrunken«, sagte Daun. »Ich sehe hier zwei Tischchen und Stühle. Man darf sich hier wohl zu diesem Behufe niederlassen?«

»Natürlich«, sagte die Frau mit erstickter Stimme.

»Also dann eine Halbliterflasche Milch und, wenn es geht, ein Stück Brot und fünfzig Gramm Käse und ein Glas.«

»Keine Butter?«

»Keine Butter.«

Die Frau brachte das Gewünschte. Beim Käse schien sie sich verhört zu haben. Es war mindestens doppelt so viel.

»Sind das fünfzig Gramm?« fragte Daun.

»Es ist gut gewogen«, entschuldigte sich die Frau.

»Bitte«, sagte Daun und erhob sich, »keine Geschenke. Kommen Sie mit zur Waage, und wiegen wir ab.«

Es waren hundertzehn Gramm.

»Wiegen Sie allen Kunden so gut?« fragte Daun.

Die Frau schüttelte den Kopf.

»Dann setzen Sie nachher das volle Gewicht auf die Rechnung«, schlug Daun vor.

»Wie Sie wünschen, Hochwürden.«

Hochwürden konnte sich nun ganz seiner Milch, sie war weiß, kühl und flüssig wie auch jene im evangelischen Milchgeschäft, seinem Brot und seinem Käse widmen, da Kundschaft eintraf und einkaufte. Als die Frau, sie hatte vier Liter Milch gekauft, wieder gegangen war, fragte Hochwürden: »Eine katholische Frau?«

»Ich glaube, ja«, sagte die Milchfrau.

»Warum nehmen Sie es an?«

»Sie hat fünf Kinder.«

»Dann ist sie sicher eine katholische Frau. Wissen Sie, wo sie wohnt?«

»Leider nein.«

Als nächster Kunde kam ein Herr. Er schien bessere Tage gesehen zu haben. Die Milchfrau sprach ihn mit »Herr Kammersänger« an. Sein Schal und sein Hut deuteten noch auf den Beruf hin, sein Anzug und die abgeschabte Ledertasche nicht mehr. Als er gegangen war, sagte Daun: »Er hat wohl bessere Zeiten gesehen.«

Die Milchfrau sagte hart: »Als er seine Stimme verloren hat, hat er der Kirche den Rücken gekehrt.«

»Und trotzdem verkaufen Sie ihm Milch«, sagte Daun und ließ sein Gegenüber in Zweifel, ob seine Worte als Anerkennung für so viel Toleranz oder als Vorwurf für ihre Laxheit zu deuten seien.

Es kamen noch viele Kunden. Und Daun vergaß nie, wenn sie wieder gegangen waren, nach Stand, Verhältnissen und Religion zu fragen. Er erfuhr, daß er mindestens zweimal atheistische, dreimal sozialistische, einmal eine protestantische und viermal taufscheinkatholische Kunden beim Milchkauf beobachtet hatte. Zuletzt kam eine etwas aufgedonnerte Frauensperson mit üppigem, gebleichtem Haar und etwas zu dunkelrot geschminktem Mund.

Sie grüßte Daun unbekümmert und schien es gewohnt zu sein, Männer zuerst zu grüßen.

Daun dankte für den Gruß, wie er sich für jeden anderen Gruß bedankt hatte, legte nichts dazu und zog auch nichts ab. Eine Hure also, dachte er, die Milch kauft. Und als sie ging, dankte er wieder für ihren Gruß.

Die Milchfrau wirkte verstört. »Bitte!« rief sie. »Fragen Sie mich jetzt nicht, wer das war!«

»Ich habe Sie bei allen gefragt«, sagte Daun. »Ich wüßte nicht, was Sie jetzt stören könnte, mir zu antworten.«

»Diese Frau ist keine Frau«, sagte die Milchfrau.

»Sollte ich mich so getäuscht haben?« fragte Daun.

»Ja, vielleicht äußerlich, aber Sie ahnen nicht, was...«

»Sie irren sich«, sagte Daun. »Ich ahne es, und ich werde zu ihr gehen, wie ich zu allen anderen gehe.«

»Aber sie ist doch eine...«

»Hure«, sagte Daun. »Und?«

Die Frau fuhr entsetzt mit den Fingerspitzen an die Lippen. »Das haben Sie gemerkt?«

»Ich wäre ein miserabler Pfarrer, wenn ich es nicht gemerkt hätte.«

»Dann können Sie auch nicht zu ihr gehen.«

»Christus war nicht so zimperlich«, sagte Daun. »Überlegen Sie einmal, wie er sich Maria Magdalena gegenüber verhalten hat. Und er hat sie durch sein Verhalten bekehrt. Sie ist eine Heilige. Und außerdem, Sie verkaufen dieser Frau doch auch die Milch, oder?«

»Das gehört zum Geschäft«, sagte die Frau kurz.

»Und zu meinem Geschäft gehört, daß ich nicht nur mit Engeln zu tun habe.« Er trank die Milch aus. »Ich zerbreche mir oft den Kopf«, begann er, »ob es sich nicht irgendwie einteilen ließe, daß in einem gut katholischen Geschäft nur gut katholische Menschen einkaufen. Die protestantischen in einem protestantischen, die Atheisten in einem atheistischen und die Taufscheinkatholiken in einem taufscheinkatholischen, das letzte würde dann sicher am meisten verdienen. Welches Geschäft wäre Ihnen das liebste?«

»Vom geschäftlichen Standpunkt?«

»Sagen wir lieber vom religiösen.«

»Das Ganze ist doch eine Utopie«, wandte die Frau ein, um sich eine Entscheidung zu ersparen.

»Nehmen wir an, es wäre keine Utopie. Und Sie wären vor die Wahl gestellt.«

»Als Geschäftsfrau?« begann die Milchfrau.

»Nein, nicht als Geschäftsfrau, als Christin.«

»Nein«, rief die Frau, »das sollte mein Mann entscheiden, und außerdem ist's ja doch nur eine Utopie.«

»Und das freut Sie«, rief Daun. »Denn wenn Sie sich für das gut katholische Geschäft entschließen müßten, dann hätten Sie in der ganzen Zeit nur einen Kunden gehabt.«

»Ja«, sagte die Milchfrau, »Sie, Herr Pfarrer.«

»Nein!« rief Daun. »Ich meine die Frau mit den fünf Kindern.« Er ließ sich die Rechnung geben und zahlte. »Wissen Sie eigentlich, warum ich gekommen bin?« fragte er nebenhin, als er seine Geldbörse wieder in die Tasche steckte. Und sie tat ihm beinahe leid, weil sie so stark errötete. Wieder mußte sie ihr Haar richten, das ohnehin in Ordnung war.

»Ich kam«, erläuterte Daun, »weil Sie den braven Klosterschwestern kein gutes Zeugnis ausstellen.« Er drohte scherzhaft mit dem Finger. »Sie haben in dem Brief, den Sie und ich kennen, statt gelehrt gelernt geschrieben. Ts, ts!«

Die Augen der Milchfrau begannen in Tränen zu schwimmen, sie holte tief Luft und wollte zu einer Erklärung anheben.

»Und nun«, kam ihr Daun zuvor, »setzen Sie sich hübsch hin und schreiben dem Erzbischöflichen Ordinariat, daß ich bei Ihnen war und einen halben Liter Milch, hundertzehn Gramm Käse und ein Stück Brot leibhaftig vor Ihren Augen und in Ihrem Geschäft verzehrt und auch bezahlt habe.«

»Aber warum?« rief sie gequält.

»Nur der Vollkommenheit wegen«, sagte Daun. »Und außerdem ahnen Sie nicht, wie außerordentlich unser Bischof daran interessiert ist, wo wir unsere Milch kaufen. Möglicherweise benötigt er diese Unterlagen für Rom.« Daun öffnete die Tür. »Ein schönes Geläute haben Sie da«, sagte er. »Es klingt so rein.«

Manchmal«, schrieb Daun in sein Tagebuch, »komme ich mir vor wie ein Handelsvertreter, der den ganzen Tag keinen Abschluß getätigt hat. Und manchmal habe ich Glück.« –

Er versuchte alles. Er trug die schweren Einkaufstaschen der Frauen, half Lehrlingen die Handkarren schieben und kaufte für seinen Bedarf in den verschiedensten Geschäften ein, um immer wieder mit neuen Menschen in Kontakt zu kommen. Er tauchte überall auf.

Bei seinen Hausbesuchen half er Kindern bei den Schulaufgaben, gab auch im Pfarrhof Nachhilfe in Latein und hatte beschlossen, einen fixen Tag in der Woche einzuführen, an dem er von vier Uhr nachmittags bis zehn Uhr abends für jeden zu sprechen sein werde.

Er ging von Tür zu Tür wie ein Briefträger. Er klingelte oder klopfte, und man öffnete ihm.

Er dachte: Die Leute machen meist kein sehr geistreiches Gesicht, wenn sie in mir den Pfarrer erkennen. Als wäre er eine Art himmlischer Spediteur, der kam, um die Seele abzuholen.

»Grüß Gott«, sagte er dann, so froh er konnte, »ich bin der neue Pfarrer. Ich komme nicht betteln und will Sie nicht bekehren, aber wenn Sie Sorgen oder Schwierigkeiten haben, dann sagen Sie sie mir.«

Und dann unterhielt er sich mit den Leuten über deren Sorgen und Schwierigkeiten. Sie waren mannigfaltiger Art. Er hörte sachkundig, daß ein Wasserhahn tropfte, das Wasser im Klosett immerzu rann, ein Durchlauferhitzer nicht funktionierte. Er wurde über die steigenden Preise, über Magengeschwüre, Nierenleiden, Arztkosten, Krankenkassen, treulose Männer und Politiker, die auch nicht ihre Versprechen hielten, informiert. Er erfuhr von herzlosen Kindern, lieblosen Vätern und von Frauen, die eines Tages einfach auf und davon liefen.

Daun machte sich Notizen, gab Tips, erteilte Erziehungsvorschläge und sagte, daß er wiederkommen werde. Er ging zu den Handwerkern und trug ihnen auf, daß sie doch endlich da oder dort hingehen sollten, weil da der Wasserhahn tropfte, dort der Durchlauferhitzer kaputt war. Und wie er später hörte, gingen sie tatsächlich hin. Manchmal wurde ihm auf der Straße plötzlich die Hand gedrückt, weil nun alles wieder in Ordnung war, der Hahn nicht mehr tropfte, der Durchlauferhitzer wieder erhitzte oder eine Lateinnote sich gebessert hatte.

Eine Frau, die er besuchte, hatte die vierte Frühgeburt hinter sich, und der Arzt machte ihr keine Hoffnungen mehr, daß sie je ein eigenes Kind haben werde.

Eine andere erwartete das fünfte Kind und war verzweifelt. »Ach«, sagte sie, »und dabei haben wir uns genau an die unfruchtbaren Tage der Frau gehalten. Was den Wissenschaftlern wohl so einfällt.«

»Das fünfte Kind«, sagte Daun, »kommt am billigsten. Und wenn es kommt, tut es am wenigsten weh.«

»Ja, ja«, sagte die Frau, »die Sprüche kennen wir schon. Schickt der liebe Gott das Häschen, schickt er auch das Gräschen.«

»Ich bin nicht dafür, daß wir eines so kleinen Babys wegen gleich den lieben Gott strapazieren«, erwiderte Daun. »Ich habe etwas dagegen, immer gleich zur höchsten Instanz zu laufen, wenn der Pfarrer das auch erledigen kann.«

»Wir sind aber keine fleißigen Kirchgeher«, sagte die Frau.

»Und?« fragte Daun zurück. »Wir sprachen doch jetzt vom fünften Kind.«

»Aber ich wollte, daß Sie es wissen.«

»Gut«, sagte Daun, »ich weiß es nun.« Er zückte Notizbuch und Füller: »Und was würden Sie am dringendsten brauchen?«

Die Frau sagte es, und Daun notierte.

»Und warum schimpfen Sie nicht mit mir?« fragte sie nachher.

»Liebe Mutti«, antwortete Daun, »jetzt höre einmal gut zu. Ich habe an der Tür versprochen, nicht zu bekehren. Ich bin kein Vertreter, ich halte mich an mein Wort. Bekehrt wird bei mir nur auf ausdrücklichen Wunsch.«

Bei Männern war es meist schwieriger. Sie litten mehr an der Ungerechtigkeit dieser Welt, an unberechenbaren Vorgesetzten im Büro, an launenhaften Referenten im Finanzamt. Sie hielten in der Mehrzahl die da oben für Schufte, weil sie hinter Budgetrahmen, Außenpolitik und Repräsentation den kleinen Mann und seine Nöte nicht mehr sahen. Und wenn sie sich über die Politiker ausgeredet hatten, ging es gegen die Mutter Kirche.

»Das interessiert mich«, sagte Daun dann immer, »nehmen Sie sich kein Blatt vor den Mund.« War dann sein Gegenüber verlegen, schlug Daun vor: »Denken Sie sich, ich sei ein Arbeitskollege.«

»Manchmal«, sagte ein Mann, »manchmal habe ich den Eindruck, die Kirche sieht nicht so sehr ihre Aufgabe darin, Seelen in den Himmel zu bringen, als die Menschen zu Soldaten zu erziehen, die freudig für ihr jeweiliges Vaterland sterben, oder zu Beamten, die keine Gehaltsforderungen stellen sollen.«

»Weiter«, sagte Daun, »ich höre zu.«

»Ich dachte, Sie würden widersprechen.«

»Das schickt sich nicht für einen Gast«, erklärte Daun. »Ich halte es so: In den Wohnungen höre ich zu, in der Kirche hört man mir zu.«

»Und wenn ich sagte, zwei mal zwei ist sechs, würden Sie dann auch nicht widersprechen?«

»Ich respektiere fremde Wohnungen so, daß ich nicht widersprechen würde. Ich würde höchstens den Rat erteilen, sich in dieser Hinsicht keine zu großen Hoffnungen zu machen.«

Es ließ sich nicht vermeiden, daß Daun manchmal mitten in die Vorbereitungen zum Abendessen hineinplatzte. Dann sagte er immer: »Oh, entschuldigen Sie, ich komme ein anderes Mal.«

Nur wenige ließen ihn ziehen. Meist wurde er eingeladen. Manche Eltern entdeckten dann an ihm eine seltene Gabe. Er konnte eßfaule Kinder mit Leichtigkeit zum Essen bringen und Lümmeln nur mit einem befremdeten Blick Manieren aufzwingen. Stellten einige Gastgeber nach dem Abräumen des Tisches betreten oder entsetzt fest, daß sie eigentlich hätten beten müssen, sagte Daun: »Beruhigen Sie sich, ich habe es für Sie alle getan.«

In einer Wohnung im ersten Stock kam er gerade zu einem Hühnchen nach indonesischer Art zurecht. Die dralle Hausfrau zog ihn geradezu ins Speisezimmer, und der korpulente Ehemann kam mit der Vermouthflasche in der einen und der Zigarrenkiste in der anderen Hand auf ihn zu, drückte ihn in einen fast bodenlosen Sessel und sagte: »Seit wir unsere Urlaube an der Côte d'Azur verbringen, Hochwürden, schätzen wir einen Aperitif.«

»Ach«, sagte Daun, »wo, wenn ich fragen darf, sind Sie denn da?«

»In Juan les Pins«, sagte der Mann, »das gehört, wenn Sie es genau wissen wollen, zu...«

»Antibes«, sagte Daun, »hübsch. Mich störten in letzter Zeit nur die Amerikaner dort.«

»Die sind gar nichts gegen die Deutschen«, sagte der Mann, »aber entschuldigen Sie, als Geistlicher gehen Sie nach Juan les Pins in Urlaub?«

»Als Geistlicher nicht, nein. Ich war früher dort, als ich noch in der Bank war.«

»Sie waren in einer Bank?«

»Ja.«

»Was denn da?«

»Prokurist.«

»Und den Posten haben Sie aufgegeben?«

»Ja« sagte Daun. »Ihr Vermouth ist übrigens fabelhaft.«

»Ja, aber warum?«

»Zu wenig Entfaltungsmöglichkeit.«

Der Mann hieb sich auf den rechten Schenkel und lachte, bis er die Tränen abtrocknen mußte. »Welche Bank war es denn?« fragte er dann ohne Atem.

Daun nannte die Bank.

»Meine Bank!« rief der Mann. »Und so einer Bank haben Sie den Rücken gekehrt?«

»Ja«, sagte Daun.

»Entschuldigen Sie, aber da komme ich nicht mit. Was haben Sie davon, daß Sie jetzt«, er zögerte, »das sind, was Sie sind?«

»Zum Beispiel, daß ich bei Ihnen sitze und Vermouth trinke und Zigarren rauche.«

»Jetzt sagen Sie bloß, daß es früher keine solchen Vergnügungen für Sie gab.«

»Ja«, sagte Daun, »nur war ich damals nicht Geistlicher.«

Die Frau des Hauses bat nun zu Tisch. Sie türmte eine Riesenportion auf einen Teller und stellte den Teller dann auf Dauns Platz.

»Bei uns legt immer Mutti auf«, sagte der Mann und klopfte auf das Gesäß seiner Frau, »sie kann das, nicht wahr?«

»Ich bemerke es«, sagte Daun.

Nun nahm der Mann seine Portion händereibend in Empfang. »Es ist nach indonesischer Art«, rief er und schaufelte sich den Mund voll.

»Mal was anderes«, sagte die Frau.

»Mutti kann ja Hühnchen auf viele Arten machen«, sagte der Mann. »Auf wie viele? Sag's doch!«

Die Frau überlegte, während sie kaute. Sie kam auf zehn Arten.

»Und wie haben Sie Hühnchen am liebsten?« fragte der Mann schmatzend.

»Ich«, sagte Daun, »ach, wenn ich es so überlege...«

»Ungarisch?« fragte die Frau.

»Eigentlich nicht«, sagte Daun, »wenn ich es richtig überlege, habe ich Hühnchen am liebsten mit einem kurzen Gebet davor.«

»Grüß Gott«, sagte Daun immer wieder, »erschrecken Sie nicht, ich möchte kein Geld, ich will Sie nicht bekehren, aber welche Sorgen haben Sie? Erzählen Sie mir etwas von Ihren Schwierigkeiten.«

Und da sagte eines Tages eine kleine zarte Frau, sie könne ihm nicht dienen, sie habe weder Sorgen noch Schwierigkeiten, sie liebe ihren Mann, ihr Mann liebe sie, die Kinder seien brav, Geld hätten sie zwar nicht im Überfluß, aber beinahe genug.

Daun wurde in das Wohnzimmer geführt und durfte sich setzen.

»Und welche Sorgen haben Sie?« fragte die Frau. »Erzählen Sie etwas von Ihren Schwierigkeiten.«

»Ach«, sagte Daun, »meine Sorgen. Ich möchte so viel tun, aber der Tag hat nur vierundzwanzig Stunden, die Pfarre immerhin vierzehntausend Seelen.«

»Falls alle eine Seele haben, die hier wohnen«, sagte die Frau.

»Das allerdings setze ich voraus«, entgegnete Daun. »Vierzehntausend«, wiederholte er, »und ich kann nicht sagen, daß die Kirche gerade überlaufen würde. Und dabei ernähren doch diese vierzehntausend so recht und schlecht zwei Kinobesitzer, einige Restaurants, ein, zwei Kaffeehäuser.«

»Und ein paar Schnapsläden«, sagte die Frau. »Das heißt also, wären Sie Kinobesitzer, ginge es Ihnen besser, oder hätten Sie auch dann nur soviel Besuch wie jetzt, müßten Sie zusperren.«

Daun ging auf ihren sachlichen Ton ein. »Mein Betrieb wäre dann schwer defizitär«, gab er zu.

»Quasi der reinste Staatsbetrieb«, sagte sie wie ein altkluges junges Mädchen.

»So ungefähr.«

»Und dabei tragen Sie Frauen Einkaufstaschen, schieben Handwägelchen an oder Autos, die Startschwierigkeiten haben. Sie haben keine Wirtschafterin und kaufen selber ein. Sie wissen die Preise für Lebensmittel und welches Waschmittel am besten riecht. Sie haben es vermocht, Herrn Waser zum Schweigen zu bringen, und zwei evangelische Fräulein dazu gebracht, daß sie einem katholischen Pfarrer zubilligen, daß er ein durchweg normaler Mensch sein könne.«

»Jetzt machen Sie mich aber verlegen«, warf Daun ein.

»Und vor allem: Sie warten nicht in der Kirche wie ein Schalterbeamter im Postamt. Sie gehen in die Häuser.«

»Die Kirche mit einem Postamt zu vergleichen«, sagte er etwas grollend.

»Nun«, fragte sie unschuldig, »ist nicht ein Gebet Post für den lieben Gott?«

»So betrachtet...«

»Und wieviel Post wird unterfrankiert sein«, sagte sie nachdenklich.

»Und Sie denken, dann heißt es: zurück an den Absender?«

»Nein«, sagte sie, »das denke ich nicht. Gott ist kein Amtsvorstand. Trinken Sie Kaffee? Ich habe fertigen in der Thermoskanne.«

Daun trank Kaffee und rauchte eine Zigarette. Die junge Frau rauchte auch. Sie rührte eine Weile nachdenklich ihren Kaffee.

»Wie kann man Ihnen helfen?« fragte sie. »Was kann man für Sie tun?«

Sie fragte das, als hätte sie hinter irgendeiner Tür ihrer Wohnung ein paar Männer und ein paar Frauen bereit, die nur darauf warteten, einige Aufgaben zu übernehmen.

»Ich weiß«, begann Daun, »daß wir hier einen Kindergarten brauchen. Ich hätte außerdem gern ein Nachmittagsheim für Schulkinder, wo sie ihre Schulaufgaben machen können, wo ein bißchen nachgeholfen wird, daß sie durchkommen. Ich sehe ein, daß mir die Leute nicht um des Himmelreiches willen die Tür einlaufen, und ich verachte nicht ihren Egoismus, im Gegenteil, ich möchte ihrem Egoismus etwas bieten, und sie sollen keine Verpflichtungen daraus haben. Sie sollen die Gewißheit haben, hier ist einer für euch da und verlangt nichts von euch, kein Bekenntnis, kein Halleluja, keinen Kniefall.«

»Und Sie glauben, daß dann jemand ganz ohne Aufforderung und freiwillig zu Ihnen kommen wird?«

»Das glaube ich. Und nur das hat Wert.«

»Und mich wollen Sie auch nicht zu irgend etwas überreden?«

Daun schüttelte den Kopf. »Ich hab' es Ihnen an der Tür versprochen, daß ich es nicht tun werde.«

»Man muß Ihnen also nachlaufen?«

»Nicht mir«, sagte Daun.

»Und Sie sind fest überzeugt, daß sich der Einsatz lohnt?«

»Säße ich sonst hier?«

Sie zerdrückte ihre Zigarette im Aschenbecher. »Ihnen glaube ich es«, sagte sie. »Seltsam.« – Sie schien sich selbst zu wundern.

Daun erhob sich. »Der Kaffee war vorzüglich«, lobte er, »falls ich das noch nicht gesagt haben sollte. Grüßen Sie Ihren Herrn Gemahl und die Kinder.«

»Danke«, sagte sie erfreut.

Im Vorzimmer öffnete sie eine Schranktür, entnahm dem Schrank eine Handtasche, der Handtasche eine Geldbörse, der Geldbörse einen Schein.

»Ich gebe ihn ganz und gar freiwillig«, sagte sie, »ich kann es Ihnen bescheinigen, wenn Sie wollen.«

»Und es wird Ihnen nicht fehlen?«

»Es ist mein Strumpfgeld. Aber meine Strümpfe sind noch gut genug.«

»Ich bin gerührt«, sagte Daun.

»Besuchen Sie uns wieder«, sagte sie an der Tür.

Daun lief die Treppe hinunter. Er fühlte sich jung und leicht. »So etwas«, sagte er zu sich, »so etwas hast du eben in der Bank nie erlebt.«

Lange hatte Daun hin und her überlegt, dann hatte er sich für den Mittwoch als den Tag entschlossen, an dem er von vier Uhr nachmittags bis zehn Uhr abends für jeden zu sprechen war. Er sagte es den Kindern in der Schule, ließ sie es in die Hefte schreiben und bat um die Unterschrift der Eltern. Einige junge Männer verteilten Zettel an der Kirchentür und legten sie in katholischen Geschäften auf.

Die weibliche Jugend putzte ein wenig den Saal. Daun selbst ging zum Friseur und hatte sich frisch rasiert.

Zehn Minuten vor vier verfügte er sich mit einigen Zigarettenpackkungen, Zündhölzern, Aschenbechern und einer Schüssel mit Gebäck in den Saal und harrte voller Tatkraft der Dinge, die nun auf ihn zukommen sollten.

Um Punkt sechzehn Uhr kam Herr Amtsvorstand Joseph Waser auf ihn zu, begrüßte ihn mit einem oberflächlichen Händedruck, sah sich im Saal um, rückte einige Tische und Stühle zurecht, strafte Daun mit einem langen Blick, weil er seinen Geschmack in punkto Aufstellung der Tische und Stühle nicht getroffen hatte, und sagte dann langsam und gedehnt und – wie es Daun schien – mit diabolischer Hintergründigkeit: »Nun, jetzt können sie ja in hellen Scharen kommen.«

Daun lächelte mühsam. Er konnte in Gegenwart Herrn Wasers überhaupt nur mühsam lächeln. Waser schien das nicht zu bemerken und begann mit langen Schritten auf und ab zu gehen. Seine Schuhsohlen knarrten, und nach einer viertel Stunde keimte in Daun der Verdacht auf, daß Waser diese knarrenden Schuhe mit vollem Bedacht angezogen hatte, um ihn einfach mürbe zu knarren.

Zehn Minuten vor fünf blieb Herr Waser vor der Schüssel mit dem Konfekt stehen und fragte dann in die Schüssel hinein: »Darf man zugreifen?«

»Natürlich«, sagte Daun, »bedienen Sie sich.«

Herr Waser bediente sich. Nicht gerade hastig, aber um halb acht hatte er die Schüssel leer. Er kam schmatzend auf seinen Pfarrer zu und erklärte ihm: »Ich rauche nämlich nicht.« Das schien er zumindest heute zu bedauern.

»Ich dachte es mir«, sagte Daun.

Um acht sagte Herr Waser: »Jetzt warten wir geschlagene vier Stunden.«

Daun wollte ihn dahingehend berichtigen, daß er zehn Minuten länger als Waser wartete, fand dann aber, daß dies unwesentlich sei und schlug Herrn Waser vor, sich doch nicht länger zu bemühen und nach Hause zu gehen. Er mußte sich dabei gestehen, daß er Waser später glatt angelogen hätte, wenn dieser nach dem weiteren Besuch gefragt hätte. Aber Waser bewahrte Daun vor dieser Schwäche und begann zu reden.

Er redete des längeren von seinem ungebrochenen Pflichtbewußtsein und daß er es gelernt habe, auf seinem Posten auszuharren, auch wenn das ein verlorener Posten gewesen sei. Dann sprach er von der mangelnden Organisation des Daunschen Vorhabens, und es kam heraus, hätte Daun ihn gefragt und seinen Rat eingeholt, dann wären wenigstens die Leute von seinem Postamt erschienen.

»Ich hätte«, sagte Herr Waser, »sogar einige Frauen abkommandiert.«

Daun kam sich in etwa wie ein Druckkessel vor, der knapp vor dem Explodieren ist. Er stellte sich an ein Fenster und sah hinaus auf die Straße, auf die paar Bäume des Kirchplatzes, die ihr Laub verloren, auf die Kirche selbst, die wie ein auseinandergequollener Steinhaufen mehr lag als stand. Er entdeckte im Haus, das dem Haupttor der Kirche gegenüberstand, die Silhouette eines Paares an den Vorhängen. Das Paar küßte sich, dann wurden die Umrisse ihrer Schatten unklarer, verschwammen und lösten sich ganz auf.

Unten ging ein Mädchen vorüber und sah zu seinem Fenster herauf. Ihm schien, als drücke es sich unter die Bäume und wolle nicht gesehen werden. Es kam ihm gar nicht in den Sinn, daß dieses Mädchen zu ihm kommen wollen könnte.

»Halb neun«, sagte im Hintergrund Herr Waser und gähnte herzhaft. Er berichtete von seinem harten Arbeitstag und von der Wichtigkeit der Post für ein modernes Staatswesen. Um neun Uhr war Daun dann fast bereit, es als gegeben hinzunehmen, daß die Geschicke dieses Landes, einschließlich die der katholischen Kirche in diesem Land, zu einem großen Teil von Herrn Waser, zum kleineren von der Bundesregierung gelenkt wurden.

Er begann das Brevier zu lesen und brachte so Herrn Waser zum Schweigen.

Um zehn Uhr sagte Herr Waser mit nur schwer unterdrücktem Triumph in der Stimme: »Nun, ich nehme an, Sie sehen ein, daß Ihr Vorhaben vielleicht modern, aber ein Fehlschlag war. Ich werde die Leute davon unterrichten, daß Sie sie nicht mehr jeden Mittwoch von vier bis zehn im Pfarrhof erwarten.«

»Das werden Sie nicht!« brüllte Daun mit möglichst leiser Stimme. »Nächsten Mittwoch werde ich wieder warten. Und ich bitte Sie schon heute, mich allein warten zu lassen.«

Herr Waser schwieg. Nur in seinen Augen glomm es plötzlich gefährlich auf.

So sieht ein Mann aus, dachte Daun, der den Entschluß faßt, sich beim Erzbischöflichen Ordinariat über die Unbotmäßigkeit des immer noch neuen Pfarrers zu beschweren.

In der Tat bekam Daun vier Tage später wiederum einen Brief vom Ordinariatskanzler zugeschickt, der diesmal ein mit der Maschine geschriebenes Schreiben enthielt und mit dem gleichen lakonischen handschriftlichen »Zur Kenntnisnahme« versehen war, das Daun nun schon kannte.

Auch Herr Waser führte anfangs seine religiöse Erziehung und Gebefreudigkeit an und wies des längeren darauf hin, wie erfolgreich er sich um die Rechristianisierung verschiedener Postbeamten bemüht habe und daß es ihm gelungen sei, sogar Briefträger, sonst meist Rote, durch geduldige Aufklärungsarbeit für christliches Gedankengut aufzuschließen.

Dann kamen die Beschwerden über Daun. Nicht genug, daß Daun ihn während einer Rede glatt unterbrochen habe, sei er auch sonst zu weltlich, zu wenig auf Frömmigkeit bedacht. Er könne den ehemaligen Bankbeamten nicht unterdrücken und gehe selber einkaufen. Er versuche durch Gespräche über Waschmittel und Bodenwachs persönliche Freundschaften zu gewinnen und nicht – wie er, der Herr Amtsvorstand – durch religiöse Aufklärung die Leute der Kirche näherzubringen. Sogar »mit Konfekt und Zigaretten!!!« gehe Daun auf Seelenfang aus.

Wie wenig wirksam diese Methode war, bewies Herr Waser selbst, der die dreihundert Gramm Konfekt zur Gänze aufgebraucht hatte, um dann dennoch diesen Brief zu schreiben.

In katholischen Kreisen, hieß es am Schluß, mache sich außerdem eine Welle der Empörung breit, da der Pfarrer bei einer Predigt zweimal (und nicht leise und sogar vor Kindern und Jugendlichen!!!) das harte Wort »blöd« gebraucht habe. Der Brief schloß mit der Bitte, das Erzbischöfliche Ordinariat möge ihm ein eindringliches, wenn auch von christlicher Nächstenliebe erfülltes »Quo vadis?« zurufen. Vielleicht könne dies den Pfarrer noch zur Besinnung bringen.

Daun schalt sich zunächst selbst, daß dieser Brief es vermocht hatte, ihm beim Lesen gewisse Atembeschwerden zu verursachen. Er wußte, daß er ein schlechter Christ war, weil er sich über das Schreiben und seinen Schreiber ärgerte, aber ihn hatte es immer erregt, wenn er von Intrigen, von hinterrücks angelegten Zündschnüren erfuhr. Ihm fehlte noch jene Abgeklärtheit eines Prälaten, der dies alles mit dem Einwand abtat: »Wo es Menschen gibt, da menschelt es.« Und der Daun dann auf die Frage, warum es ausgerechnet in der Kirche so sehr menschle, die Antwort schuldig blieb.

»In solchen Augenblicken beneide ich die Lehrer«, schrieb Daun in sein Tagebuch. »In den Jahrzehnten, da die allgemeine Schulpflicht besteht, haben sie es fertiggebracht, daß ihre Schüler zumindest das kleine Einmaleins und das ABC beherrschen. Wir hingegen, was haben wir in den Jahrhunderten des Christentums fertiggebracht? Wir haben ein paar Prozent Kirchgeher, die mit dem Kirchgang ihr religiöses Pensum als erfüllt betrachten, ein paar, und das sind vielleicht noch weniger, die gute Werke tun, ein paar Prozent, die uns unterstützen, weil sie in uns eine prima staatserhaltende Kraft sehen, Hebung von Wehrkraft und Arbeitsmoral und so weiter. Ein paar Prozent, die sich ehrlich bemühen, von uns loszukommen, weil sie von dem übrigen Prozentsatz so oder so praktizierender Christen angeekelt sind, und dann noch ein paar Prozent, die wir selbst zu überzeugten Antiklerikalen und Atheisten gemacht haben. Ungezählt bleiben mindestens die zwei Drittel Indifferenten, denen alles gleichgültig ist.

Und ich muß mir selbst gestehen, daß ich beim *mea culpa* in der Messe nicht immer unbedingt an meine eigene Schuld denke. An eine persönliche Schuld, an eine Standesschuld, wenn man so will. Worte greifen sich ab. Leider auch solche. Sie werden ein Bestandteil, eine Formel, eine Geheimchiffre im Umgang mit Gott. Und es ist wirklich Schuld da, große Schuld, größte Schuld.«

Obwohl Daun wußte, daß es nicht richtig war (Pfarrer tun öfter Dinge, von denen sie Laien dringend abzuraten pflegen), machte er sich dennoch am Nachmittag auf, um Herrn Amtsvorstand Waser in seiner Wohnung zu stellen und ihm seinen Brief unter die Nase zu halten. Gewiß, Daun wehrte sich gegen dieses »Menscheln«. Andererseits aber wußte er bereits sehr genau, was er Herrn Waser, an Worten natürlich, ins Gesicht schleudern würde, daß es ihm allein schon deswegen um das Unterbleiben des Auftrittes leid getan hätte. Mit einem Wort: Er wollte menscheln, um das Menscheln abzustellen.

Vor Wasers Tür jedoch, die Kuppe von Dauns rechtem Zeigefinger war nur mehr Millimeter vom Klingelknopf entfernt, schien eine Kraft dazusein, die es verhinderte, daß er läutete. Er ließ seine Hand sinken und wandte sich ab. Und im selben Augenblick fiel ihm der leisetretende Mann aus der Männerrunde ein, der über Herrn Waser wohnte. Er stieg die Treppe zu ihm hinauf.

Vielleicht freut er sich, dachte Daun, wenn er mich in der Tür stehen sieht und ich sage: »Ich komme Sie besuchen.«

Der Mann hatte, wie Daun bald sah, auch einen leisen Namen. Er hieß Alois Wickenmoos, und er dachte so gar nicht daran, daß Daun gerade ihn besuchen könnte, weil er – seiner gerade ansichtig geworden – sofort mit dem Zeigefinger nach unten wies und mitteilte, daß Herr Waser einen Stock tiefer wohne.

Daun gestand ihm, daß er das wisse, daß er aber gerade ihn besuchen wolle. Nun schien Herr Wickenmoos so erfreut, daß er sich die Brille zurechtrückte, dem Besuch einen Kleiderbügel in die Hand drückte, dann auf Zehenspitzen in ein angrenzendes Zimmer huschte, dort etwas flüsterte und ebenso lautlos wie schnell wieder bei Daun war, um seiner leisen, aber deshalb nicht geringeren Freude noch einmal Ausdruck zu geben.

Er verriet, daß es der Herr Pfarrer gut treffe, denn nicht nur er und seine Frau seien zu Hause, nein, auch die verheiratete Tochter sei da, auf Besuch, und habe ihre drei Kinder mitgebracht.

Gleich nach dieser Eröffnung machte Herr Wickenmoos darauf aufmerksam, daß der Herr Pfarrer um Gottes willen nicht laut auftreten möge, denn Herr und Frau Waser in der Wohnung unter ihnen seien sehr geräuschempfindlich, und es habe, wenn sie, die Wickenmoos', sich einmal vergessen hätten und etwas lauter aufgetreten seien, immer sehr unangenehme und noch lautere Auftritte nach sich gezogen.

Daun versprach Herrn Wickenmoos, sich an die Anweisung zu halten, hatte sie aber schon im Wohnzimmer vergessen, als er Frau Wickenmoos und Tochter und deren drei Knaben begrüßte, die auf der Couch geradezu wie angenagelt saßen und ihn nur daraufhin zu mustern schienen, inwieweit seine Fähigkeiten einzuschätzen seien, diesen etwas faden und langweiligen Spätnachmittag für sie doch noch abwechslend, erlebnisfroh und irgendwie gewinnbringend zu gestalten.

Schon beim ersten Kuchenstück zwickte Daun jemand zart in den linken Oberschenkel. Es war der mittlere Knabe, Georg mit Namen. Er sah Daun aufrichtig an und fragte: »Bist du stark?«

Daun nickte und bedeutete ihm, daß er jedoch Kuchen essen müsse.

»Und nachher?« fragte er.

»Nachher werde ich mit deinem Großvater sprechen.«

»Ich hab' keinen Großvater«, sagte Georg mit der Sicherheit eines Bankbeamten, wenn er erklärt, daß die Bank weder Falschgeld annehme noch verbreite.

»Doch, doch!« rief nun Frau Wickenmoos. »Ihr habt einen Großvater, Georg.«

»Einen Opa«, verbesserte Michael, der Älteste. »Wir haben nur einen Opa.«

Frau Wickenmoos war ratlos. – Daun konnte nichts sagen, da er gerade ein Stück Kuchen im Mund zerkleinerte. So schien sich der Jüngste verpflichtet zu fühlen, etwas von sich zu geben.

»Opa ist feig«, sagte er und lachte Daun an.

»Wer sagt das?« fragte Daun nun doch und versuchte, etwas Vorwurf und Strenge in seinen Blick zu mischen.

»Unser Papa«, gestand Georg unverblümt.

»So, so«, sagte Herr Wickenmoos, der errötet war. »Und warum bin ich feige?«

»Laß doch die dummen Kinder!« bat nun die Tochter. »Wissen Sie, Hochwürden«, wandte sie sich Daun zu, »sie schnappen einfach alles auf.«

»Warum ist Opa feig?« fragte Frau Wickenmoos.

»Weil er so leise ist«, erklärte Michael.

»So, so«, sagte Herr Wickenmoos und senkte seinen roten Kopf.

»Aber wenn es der Opa nur tut, damit kein Streit im Hause ist?«

»Dann ist er feig«, sagte Georg wieder.

»Diese kleinen Kinder«, sagte Herr Wickenmoos zu Daun, und dann schickte er einen erklärenden Seufzer nach. »Mein Schwiegersohn ist nämlich ein Gerechtigkeitsfanatiker.«

»Leider«, bedauerte die Frau des Schwiegersohnes, Herrn Wickenmoos' Tochter.

»Und das schlimme ist«, erklärte Frau Wickenmoos, »daß er von allen Seiten Gerechtigkeit erwartet.«

»Warum soll das schlimm sein?« fragte Daun ahnungslos.

»Weil man dann letzten Endes mit sich und der ganzen Welt zerstritten ist«, sagte Frau Wickenmoos. »Auch mit unserer heiligen Kirche. Man darf doch nicht überall Gerechtigkeit erwarten.«

Wieder zwickte der Knabe Georg Daun.

»Ja?« fragte der. »Was ist?«

»Kannst du mich heben?« fragte Georg.

»Du darfst doch zum hochwürdigen Herrn Pfarrer nicht du sagen!« rief nun seine Mutter beinahe verzweifelt. »Das geht doch nicht!«

»Bist du bös mit ihm?« fragte der Kleinste, der auf den schönen Namen Reginald hörte, seine Mutter.

Ehe sie antworten konnte, wurde Daun doch wieder gezwickt und gefragt: »Kannst du mich also heben?«

»Natürlich«, sagte Daun. »Dich werde ich doch noch heben können.«

»Und Michael auch?«

»Auch den werde ich heben können.«

»Dann heb uns!«

»Aber Kinder, das geht doch nicht!« rief nun die Großmutter. »Der Herr Pfarrer muß das doch nicht beweisen. Wenn der Herr Pfarrer sagt, daß er dich heben kann, dann mußt du es ihm glauben.«

»Und«, fügte Herr Wickenmoos in der besten pädagogischen Absicht hinzu, »wenn er dir sagt, daß es einen Himmel gibt mit dem lieben Gott darin, dann mußt du ihm das auch glauben. Das glaubst du doch, nicht?«

Georg nickte.

»Nun also«, sagte Herr Wickenmoos und schien die Sache für erledigt zu halten. Dem war aber nicht so.

»Aber ob er mich wirklich heben kann?« fragte Georg.

»Ich muß es ihm zeigen«, entschuldigte sich Daun und stand auf. Zuerst hob er Georg, und dann zeigte er auf Verlangen, daß er Michael und den kleinen Reginald heben könne. Dann mußte er zwei Knaben gleichzeitig heben und nachher mußte er sich auf den Teppich legen, so wie es ihr Vater machte, und mit den Beinen Reginald und mit den Händen Georg und Michael heben. Die Knaben schienen endlich in dem Nachmittagsbesuch einen gewissen Sinn zu finden und tauten auf.

Herr Wickenmoos lachte zweimal schallend, seine Gattin kreischte, und die Tochter schickte allerliebste Lachkoloraturen in den Äther, daß ihr Mann schon allein dieses Lachens wegen froh sein konnte, sie bekommen zu haben.

Daun war noch immer mit Parterreakrobatik befaßt, da klingelte es dreimal schrill an der Wohnungstür. Herr Wickenmoos erbleichte. Seine Frau stieß einen Seufzer aus.

Die Tochter sagte: »Jetzt haben wir die Bescherung.«

Die drei Kleinen ließen sich von dem Geklingel nicht einschüchtern. Sie turnten nach wie vor auf und mit Daun herum.

»Soll *ich* öffnen?« fragte Herr Wickenmoos seine beiden Damen so unsicher, daß sich Daun einmischte und ihn bat: »Gehen Sie öffnen und bitten Sie Herrn Waser hier herein.«

Herr Wickenmoos schlich hinaus, und Sekunden später stand Herr Waser zornrot, mit vorquellenden Augen und Adern in der Tür. Er stemmte die Hände in die Hüften, um zu einem unchristlichen Gebrüll anzusetzen. Da erkennte er Daun.

»Was treiben Sie da?« fragte er nach einer Schrecksekunde.

»Moderne Seelsorge, Herr Amtsvorstand«, antwortete Daun, noch immer am Boden liegend, »falls Sie es dem Erzbischöflichen Ordinariat melden wollen. Und vergessen Sie nicht drei Rufzeichen hinzuzufügen, denn die Rufzeichen liebt man dort besonders.«

Immer gehst du nachher zum Fenster und schaust hinaus«, schalt sie leise. »Du wirst dich noch verkühlen.«

»Das hat schon meine Mutter gesagt«, erwiderte er, ohne sich umzudrehen. »Riechst du die frische Luft?«

»Komm«, bat sie, »was siehst du denn schon da draußen?«

»Die Kirche«, sagte er. »Ist das nichts?«

»Ist sie so schön, daß du sie anstarren mußt?«

»Nein«, sagte er und schloß das Fenster. »Aber gerade deshalb sehe ich sie ja an.« Er kam wieder auf sie zu und setzte sich auf die Bettkante. »Damit ich weiß, wie schön *du* bist.«

»Bin ich schön?« fragte sie, rekelte sich und verschränkte die Hände im Nacken.

»Dein Leib ist ein Weizenhaufen, umsteckt mit Rosen«, sagte er.

»Weizenhaufen!« schmollte sie.

»So steht es in der Bibel«, sagte er. »Im Hohen Lied.«

»Und das liest du?« fragte sie verwundert.

»Nicht mehr, seit ich es auswendig kann.«

»Du bist ein gescheiter Mann«, lobte sie ihn. »Ich bewundere dich, weil du so gescheit bist.«

Jetzt schmollte er. »Sag bloß, daß Schauspieler vielleicht noch gescheitere Männer sind, weil sie mehr auswendig können als ich.«

»Die müssen ja«, sagte sie. »Und eigentlich ist Weizenhaufen doch schön. Wenn man sich das vorstellt. Ein Haufen Weizen, sonnenwarm, schon nach Brot duftend, umsteckt mit Rosen. Ein wunderbares Bild, ein kräftiges Bild.«

»Deine Brüste sind wie junge Rehzwillinge«, zitierte er.

»Bitte!« sagte sie und zog die Decke bis unter das Kinn. Doch dann veränderten sich ihre Gesichtszüge, wurden weicher. Ihr Mund lächelte. »Auch aus dem Hohen Lied?« fragte sie unsicher.

»Ja«, sagte er. »Und woanders, bei Ezechiel, läßt sich der Beweis finden, daß die Bibel eines der wenigen Bücher ist, das zwischen Brust und Busen unterscheiden kann. Die modernen Schriftsteller haben keine Ahnung. Sie verwenden den Busen meistens falsch.«

»Und was ist der Unterschied?«

»Das zwischen den Brüsten ist der Busen.«

»So habe ich beides?« fragte sie.

»Du schon«, antwortete er und lächelte sie an.

»Gibst du mir eine Zigarette?« fragte sie.

Er gab ihr eine angezündete Zigarette. – »Woran denkst du?« fragte er nach einer Weile.

»Ich denke, wie du darüber sprichst. Ich werde nicht rot dabei. Zu Hause hatte ich immer das Gefühl, ich müßte mich darüber schämen.«

»Und woran denkst du noch?«

»An das Tief über dem Atlantik.«

»Aber Liebste«, sagte er.

»Ich hab' es im Fernsehen gesehen. Es lag nordwestlich von Irland. Es war kein kleines Tief. Das T war so groß!« Sie zeigte es mit Daumen und Zeigefinger.

»Die modernen Flugzeuge«, sagte er. »Ich hab' schon x-mal diese Route geflogen. Auch bei stürmischem Wetter. Ein einziges Mal ist die Maschine umgekehrt und zurück nach Shannon geflogen.«

»Siehst du«, sagte sie.

»Bei strahlendem Sonnenschein«, lachte er. »Ein Motor war ausgefallen. Niemand von den Passagieren hat es gemerkt.«

»Und wenn bei stürmischem Wetter ein Motor ausfällt oder zwei?«

»Ach«, sagte er. »Warum denn? – Sag schnell etwas anderes.«

»Ob wir jemals miteinander fliegen werden?« fragte sie und starrte zur matt erleuchteten Decke.

»Es wäre schön«, sagte er. »Wenn ich jünger wäre, aber so...«

Sie drehte sich zu ihm und preßte zwei Finger auf seinen Mund, dann legte sie sich zurück und sagte: »Ich wollte gar keinen Jüngeren. Glaubst du etwa, sie wären nicht dagewesen?«

»Natürlich«, sagte er, »aber du bist in zehn Jahren knappe dreißig, und ich? Fast fünfundfünfzig. – Wenn ich's erlebe.«

Wieder legte sie die Finger auf seinen Mund. »Warum sprichst du davon?« fragte sie.

»Wer hat mit dem Tief über dem Atlantik angefangen?«

»Ich«, sagte sie. »Ich und niemand anders. Ich habe angefangen, mit dem Tief – und überhaupt. Mit dir«, flüsterte sie weich. Sie drückte die Zigarette aus und drehte sich herum, um ihn besser betrachten zu können. »Du bist gar nicht alt«, sagte sie nach einer Weile. »Nein, du nicht. Du bist nur sicher. Und du weißt viel. Und man wird nicht rot bei dir.«

»Mein Verdienst?« fragte er spöttisch.

»Doch«, widersprach sie. »Wenn ich einen Vater gehabt hätte wie andere Mädchen...«

»Warum soll er schlechter gewesen sein als andere?«

»Wenn du wüßtest«, sagte sie, »er hat dauernd gepredigt, und es ging nur immer so: ›Und bei Johannes – und bei Matthäus – und Paulus schreibt an die Korinther und Petrus an die Römer‹. Und die endlos langen Gebete bei Tisch, vorher, daß die Suppe kalt wird, und nachher und am Abend und Morgen. Und dann wieder in der Schule bei den Klosterschwestern, dieselben, die schon die Mutter hatte. Und Abendandachten und die Messe, manchmal zwei an einem Sonntag, eine stille und ein Hochamt. Nicht ein bißchen Freude.«

»Hör auf, hör auf«, bat er.

»Nein«, sagte sie. »Und später als Mädchen, wenn ich etwas wissen wollte, Schweigen. Vage Andeutungen aus der Botanik und dem Leben der Insekten. Immer wieder. Und manchmal«, sie setzte sich auf und sah vor sich hin, »manchmal hatte ich instinktiv das Gefühl, sie werfen mir vor, was notwendig war, daß ich überhaupt auf die Welt kam. Als wäre ich die Frucht eines Verbrechens.«

»Du übertreibst.«

»Nein!« rief sie beinahe wild. »Ich übertreibe nicht. Das fühlt man als Kind. Und meine Mutter war auf meinen Vater böse, daß er das überhaupt von ihr verlangt hat, und er war ihr böse, daß sie ihm nachgegeben hat.«

»Das kann doch nicht möglich sein«, sagte er. »Das ist doch...«

»Glaubst du, daß ich lüge?« fragte sie. »Bin ich überdreht?«

»Nein«, sagte er.

»Sie haben sich das Leben zur Hölle gemacht«, fuhr sie fort. »Jetzt weiß ich es. Ich verstehe so viele Gespräche, die ich als Kind mit angehört habe, erst jetzt. Und ich habe mir viele Gespräche gemerkt, die ich nicht verstand. Eigentlich nur solche. Nach mir durfte kein Kind mehr kommen. Alle Ärzte haben es gesagt. Und dann waren immer wieder Geistliche im Haus, und immer wieder fragte Vater nach Möglichkeiten. Und die Geistlichen sagten immer wieder, es gäbe keine andere Möglichkeit. Jetzt weiß ich, worum es ging. Und ich weiß, warum sie nachts so oft gestritten haben und warum Mutter so viel weinte. Und immer diese Heuchelei nach außen. Das gute katholische Ehepaar. So daß ich mir schon mit sechzehn vorgenommen habe: Wenn ich je heirate, dann nur standesamtlich – und nicht einmal das müßte sein.«

»Ich bekomme Angst vor dir«, sagte er.

»Wenn du meine Eltern gehabt hättest«, sagte sie, »meine Kindheit gehabt hättest, und du würdest nicht radikal anders leben wollen als sie, könnte ich dich nicht lieben.«

»Liebes«, bat er, »hör auf, mein Magen meldet sich.«

»Soll ich dir ein Glas Mineralwasser holen?« fragte sie besorgt.

»Wenn du so gut bist.«

Sie erhob sich, schlüpfte in seinen Dressing-gown und lief in die Küche. Sie bebte, als sie zurückkam.

»Bin ich schuld?« fragte sie. »Hast du Schmerzen?«

»Nein. Es ist nur unangenehm.« Er trank das Glas leer, reichte es ihr und sagte: »Mit einem jungen Mann wäre dir das nicht passiert.«

»Ich möchte nichts anderes«, sagte sie. »Wenn du mich nur liebst. Und du mußt dir keine Vorwürfe machen. *Ich* bin dir nachgelaufen.«

»Und warum?« fragte er.

»Ich kann mich noch weit zurückerinnern«, sagte sie. »Ich war noch ein ganz kleines Mädchen. Und schon damals fiel mir auf, daß deine Fenster bei den diversen Festen und Feiern immer leer waren.«

»Nur darum?« fragte er.

Sie sah ihn lange an, ehe sie kaum merklich mit dem Kopf nickte.

Daheim wurde Daun erwartet. Es war jedoch keines seiner Pfarrkinder, das in seelischer Not oder Gewissensqual zu ihm gekommen war, es war vielmehr Kudinsky von der Nachbarpfarre, der gekommen war, um Daun sein Herz auszuschütten.

Kudinsky war groß, stark, wirkte etwas behäbig, und er war unter anderem verzweifelt darüber, daß nicht einmal mehr die Pfarrer des Dekanats freundschaftlichen Kontakt untereinander pflegten, geschweige denn die Pfarrer der Diözese.

»Du glaubst nicht«, sagte er, »wie das früher in meinen Kaplanszeiten war. Wir hatten wöchentlich einen Kegelabend. Und da waren nicht nur wir Geistlichen dabei, sondern auch andere Leute mit einer gewissen Reputation. Und manchmal haben wir bis in den grauen Morgen hinein gekegelt.«

»Das war früher«, sagte Daun, »aber deswegen kommst du nicht zu mir. Was hast du auf dem Herzen?«

»Hör mir auf«, jammerte Kudinsky. »Die meisten hören heutzutage nie auf, Theologen zu sein, sie reden in einem fort davon, und das ist nicht sehr erheiternd. Freundschaften gibt's kaum mehr. Einige sagen, man hat nicht mehr die Zeit dazu, aber als Kaplan habe ich noch weniger Zeit gehabt. Und die Jungen«, sagte er, »die sind so furchtbar gescheit, mit denen kannst du nicht reden. Sie wissen alles derart genau und gründlich, sie können dir Gott in Quadrate einteilen und jedes einzelne erklären. Sie kennen die unfruchtbaren Tage der Frau besser auswendig als die lauretanische Litanei. Nur wenn sie dann vor einem Menschen stehen, finden sie sich nicht ganz zurecht mit ihrer Theologie. Wenn einer zweifelt, ist ihre letzte Ausflucht ›ich muß es besser wissen, denn schließlich habe ich es gelernt‹. Die Fachleute in Gott unterhalten sich mit den Laien, und sie wissen so ganz Bescheid im Leben eines Laien, besonders, was dessen Ehe anlangt. Sie geben dir die besten Ratschläge, verstehst du. Wenn dann aber der Laie sagt, die Priester sollten endlich anfangen, ein bißchen weniger von der Ehe zu reden, dann sagen diese jungen Kerle, man muß nicht verheiratet sein, um darüber Ratschläge erteilen zu können.«

»Trinkst du Kaffee oder Tee?« fragte Daun, der aufmerksam zugehört hatte.

»Etwas Kaltes wäre mir lieber«, sagte Kudinsky und rieb sich seine Augen.

»Wein oder Bier?«

»Wein, bitte«, sagte Kudinsky. Er sah Daun zu, wie er Gläser aus einem Schränkchen nahm und die Flasche entkorkte, und begann dann: »Du bist noch irgendwie neu in dem Ganzen. Es soll kein Vorwurf sein, ich meine nur neuer als ich. Und ich wollte dich um deine Meinung fragen.«

»Ja?« fragte Daun.

»Hast du nicht auch manchmal das Gefühl, daß die reinen Theologen, die Nur-Theologen, die Eiferer unter uns, manchmal beträchtlichen Schaden anrichten? Weißt du, die um jeden Preis immer recht haben und die du nie in Verlegenheit bringen kannst, mit keiner Frage. Und wenn sie predigen, dann reden sie so hochgestochen, daß du nicht mitkommst. Da werden Sartre und Heidegger, Wittgenstein und Russell gleichzeitig zitiert und in der Luft zerrissen, und viele hören die Namen überhaupt zum erstenmal. Was fangen die Leute damit an, wenn sie aus der Kirche hinausgehen? Während du dich langsam zu dem Standpunkt durchgerungen hast, daß einer ein gescheiter Mensch sein kann und doch nicht gläubig, hört es sich bei ihnen an, als ob nur ein Idiot nicht glauben könnte. Sie stellen dich vor die Entscheidung, ein Christ oder ein Trottel zu sein.« Kudinsky nahm einen Schluck Wein und betrachtete dann verklärt das Glas. »Kegelst du eigentlich?« fragte er.

»Leider nein«, sagte Daun, den die etwas gelbliche Gesichtsfarbe und die geröteten Augen seines Amtsbruders besorgt machten.

»Die Jungen kegeln auch nicht«, seufzte Kudinsky. »Wenn du sie fragst, dann verneinen sie in einer Art, als hättest du sie eben beleidigt. Eine Zumutung, einen jungen Kaplan zu fragen, ob er kegelt.« Kudinsky lehnte sich zurück. »Manchmal«, sagte er, »wenn ich so einen jungen Milchbruder ins Haus bekomme, der sich für modern hält, weil er mit der Zigarette im Mund zum Frühstückstisch kommt und gleichzeitig das Kreuz machen und den Rauch aus der Nase lassen kann, frage ich mich, ob wir das mit unserem Nachwuchs richtig machen. – Wie werden Geistliche? Verstehst du? Ich habe das unlängst einmal beobachtet, im Urlaub. Da ist eine Bauernfamilie mit fünf Kindern, und der dritte Sohn ist auf dem Priesterseminar, und der kommt nach Haus und darf keine Arbeit anrühren, während die anderen schuften. Und er hat nie eine Arbeit anrühren müssen, und die anderen haben immer schuften müssen. Er ist auch nie angetastet worden, wenn er schlimm war, und die andern sind geprügelt worden, daß sie am nächsten Tag nicht in die Schule gehen konnten.

Ich meine, physisch wäre es möglich gewesen, aber aus Gründen der Sichtbarkeit der Züchtigungsfolgen wurden sie daheim gelassen. Jetzt nimm dir so einen Bengel, dem alles nachgesehen wird, dem alle Knüppel aus dem Weg geräumt werden, der bei Tisch seinen Teil *vor* dem Vater und größer als der bekommt, ja, den nicht einmal die Geschwister ordentlich durchwalken dürfen, stell dir vor, ein Produkt solcher Umstände hat dann seelzusorgen.«

»Es wird hoffentlich nicht viele solche geben.«

»Möglich. Vielleicht habe ich Pech. Bei mir häuften sich in letzter Zeit solche und ähnliche Fälle.« Kudinsky hatte seine großen fleischigen Hände verschränkt gehabt und eine Weile vor sich hingestarrt. »Vielleicht ist es auch etwas anderes«, sagte er, »vielleicht fehlt ihnen etwas.«

»Was sollte ihnen fehlen?«

»Einfach der Widerstand, in dem ein junger Mensch aufwachsen muß. Sie haben keinen Widerstand. Als ich ein junger Kaplan war, da war es für unsereinen gefährlich, am Abend durch gewisse Arbeiterwohnviertel zu gehen. Angespuckt zu werden war noch das wenigste, was einem passieren konnte. Einem Studienkollegen von mir haben sie einmal derart proletarische Gesinnung einbläuen wollen, daß er sechs Wochen Spitalaufenthalt brauchte, um wieder auf seinen zwei christlichen Beinen stehen zu können. Das fehlt den jungen Leuten. Sie wachsen in einem staatlich beaufsichtigten Naturschutzgebiet für geistliche Herren auf. Wehe dem, der ihnen ein Haar krümmt, er wird gestrenge Richter finden. Die Politiker, die uns einmal als Knechte Roms und das andere Mal als Pioniere des Großkapitals bezeichnet haben, sind artig geworden. Vielleicht, weil sie zum Teil selber Coupons schneiden, vielleicht aus rein wahlmathematischen Erwägungen, oder vielleicht auch deshalb, weil sie wissen, daß uns nichts größer macht als die Verfolgung und uns wenig mehr schadet als der Schutz der Behörden.« Kudinsky holte tief Atem. »Wenn ich heute so durch die Viertel gehe, wo man mich dereinst mit Eins-A-Proletarierspucke bedacht hat, werde ich manchmal sogar gegrüßt. Kannst du dir das vorstellen? Und ich frage mich dann, haben die sich so gewandelt? Haben wir uns so gewandelt? Sind wir so passé, daß man uns bereits grüßen kann, und sind sie so sicher geworden, daß sie nicht mehr zu spucken brauchen? Denn sie sind vielleicht um einiges Geld reicher, doch auf keinen Fall christlicher geworden. Sie mögen uns genausowenig wie früher. Sie werden dir vielleicht nicht mehr die Zähne einschlagen, wenn du von Gott sprichst. Aber sie werden, und das ist fast noch schlimmer, dich dabei mitleidig ansehen.«

»Ich möchte dir etwas sagen«, mischte sich nun Daun in den Monolog seines Besuches, »ich weiß nicht, ich habe es auch schon bei anderen bemerkt, die verzweifelt sind, daß sie nicht mehr die schroffe Ablehnung wie früher finden. Andererseits aber, und das klingt immer wieder durch, auch nicht mehr die jauchzende Zustimmung ihrer Schäflein. Man geht heute nicht mehr mit dem Schlagring zur Fronleichnamsprozession. Die Kontraste sind geschwunden. Die Konturen haben sich verwischt. Ich bin überzeugt, daß heutzutage viel mehr Menschen nach christlichen Grundhaltungen leben als zu der Zeit, der du nachtrauerst. Bei uns selbst wird nur der Fehler gemacht, und du weißt wie oft, daß immer wieder von der ach so weltlichen Welt gejammert wird und von dem, was sie alles zu bieten hat. Manche Predigten hören sich an, als wären die Prediger Mitglieder einer ominösen Liga für den industriellen Rückschritt. Sie vermiesen den Leuten das Fernsehen, den Kühlschrank, die Waschmaschine, am meisten natürlich das Auto, und sie haben ungefähr den Erfolg, den sittlich Empörte haben, wenn sie gegen einen Film zu Felde ziehen, der ihr moralisches Empfinden verletzt. Die Dinge werden gekauft, und wo sie noch nicht gekauft wurden, werden sie erstrebt. Wir wettern gegen die Reklame, die Wünsche anheizt. Und wir machen den alten Fehler, wir lernen nicht von ihr. Wir betreiben die Seelsorge fast wie ehedem. Mit den gleichen Worten und fast mit den gleichen Methoden. Hör dir einmal die Radiopredigten an. Modern ist meist nur das Mikrofon, in das da hineingesprochen wird.«

»Schade«, sagte Kudinsky, »wirklich schade, daß du nicht kegelst. Du weißt nicht, wie gut sich's manchmal beim Kegeln redet. Mir sind manchmal beim Kegeln Beispiele für Predigten eingefallen, die hat jeder verstanden. Manchmal denke ich, die Jungen predigen so furchtbar gescheit, weil sie nicht kegeln. Und ich denke mir, sie würden alle leichter zu verstehen sein, nähmen sie einmal eine Kugel in die Hand.«

»Ich werde einmal mit dir kegeln«, versprach Daun, »vielleicht sind meine Predigten auch zu akademisch.«

»Deine doch nicht«, widersprach Kudinsky, »du hast doch Zulauf. Zwei Amtsbrüder haben sich schon darüber bei mir beklagt.«

»Jetzt machst du aber Witze.«

»Witze«, seufzte Kudinsky, »ich wollte nur, daß du es weißt. Natürlich ist es bedrückend, wenn einer dem anderen die Kirchenbesucher neidet, quasi den seelsorgerischen Umsatz. Sicher kommen auch einige von meiner Pfarre zu dir. Man kann nicht immer das gleiche Brot vom selben Bäcker essen. Aber es wird nicht nur daran liegen, daß ich mich zu oft in meinen Predigten wiederhole. Manchmal denke ich mir, Geistliche sollten nicht alt werden, und am besten wäre es, sie stürben jung und als Märtyrer.«

»Jetzt hör aber auf!« rief Daun.

»Ach laß«, seufzte Kudinsky, »man sollte den Schwung nicht verlieren, verstehst du, aber was nützt das, man verliert ihn. – Manchmal, wenn ich durch die Viertel gehe, durch die ich früher gegangen bin, und man war wieder halb freundlich oder ganz indifferent zu mir, weder pro noch kontra, dann denke ich, vielleicht wissen die, daß ihre Spucke zu viel Ehre für mich wäre.«

»Tröste dich«, sagte Daun, »die Spucke bist du noch wert. Aber es scheint zu den rätselhaften Veränderungen dieser Welt zu gehören, daß der Gebrauch dieses Saftes im Umgang mit Mitmenschen seltener geworden ist. Und ich sehe keinen Anlaß, das zu bejammern. Im Gegenteil, ich zähle es zu den Symptomen, die auf eine Weiterentwicklung der Menschheit hoffen lassen.«

»Und woher nimmst du deinen Optimismus?«

Daun lächelte: »Aus reinem Oppositionsgeist. Ich sträube mich gegen das Gejammer von der christlichen Endzeit.«

»Und das ist alles?« lächelte Kudinsky müde.

»Nein. Aber warum sollten wir ohne Hoffnung für das Christentum sein, da sich sogar die Kirche anschickt, christlicher zu werden?«

Er kam an einem von Dauns Mittwochnachmittagen. Es blieb Daun unvergeßlich, wie er den Saal betrat, denn er hatte fast immer hilfesuchend zur Tür gesehen, weil ihn eine ältere Dame mit ihren religiösen Visionen bedrängte. Sie hätte es gern gesehen, hätte er sich womöglich im Diözesanblatt über ihre transzendenten Erlebnisse verbreitet. – Und da trat der Mann in den Saal. Er war von gedrungener Gestalt, etwas kleiner als Daun, mittelgroß, und hatte in seinem Auftreten etwas, das sofort für ihn einnahm. Er schien zunächst ein wenig befangen. Der Fremde, das merkte Daun, verfügte über Energie, Entschlußkraft. Er war alles in allem ein richtiger Mann. Er erkannte außerdem sofort die Lage, in der sich Daun befand und drängte die Dame samt deren Visionen zwar nicht unhöflich, aber bestimmt ab, indem er tat, als wäre er mit Daun dringend verabredet.

In seinem Gesicht fand Daun Züge, die ihm irgendwie bekannt erschienen, obwohl er wußte, daß er diesen Mann bestimmt noch nie gesehen hatte.

Der Besucher lachte und sagte: »Ich weiß, was Sie denken. Wollen Sie von selbst darauf kommen, oder soll ich Ihnen sagen, wer ich bin?«

»Lassen Sie mir noch einen Augenblick Zeit«, bat Daun. Nach kaum einer Minute wußte er es. »Sie sind der Vater von Georg, Michael und Reginald?« fragte er.

»Daß Sie sich die Namen gemerkt haben, wo Sie mit so vielen Namen zu tun haben?«

»Bei so netten Kindern, Herr... Sehen Sie, Ihren Familiennamen weiß ich nicht.«

»Wittmann«, sagte er. »Ganz einfach Wittmann. Sie werden sich fragen, warum ich komme. Nun, das hat verschiedene Gründe. Bei uns zu Hause, besser gesagt, bei meinen Kindern, ist eine Art religiöse Epidemie ausgebrochen. Aber das ist es nicht allein.«

»Und warum brach diese Epidemie aus?«

»Das sollten *Sie* wissen. Ihretwegen nämlich. Sie wollen fast täglich in die Kirche. Und am Abend beten sie lange Litaneien. Immer noch ein Gebet. Meine Frau haben sie zur Himmelsmutter ernannt, mich zum heiligen Joseph. Nur manchmal gibt es ein wenig Streit.«

»Und weshalb?«

»Ja«, er zögerte, »Sie verstehen mich doch recht, schließlich handelt es sich um Kinder.«

»Natürlich«, beruhigte ihn Daun.

»Nun ja, sie streiten deshalb, weil es keine drei Jesusknaben gleichzeitig geben kann. Und sie reißen sich natürlich darum, der Jesusknabe zu sein.«

»So weit geht die Frömmigkeit?«

»Es hat auch gewisse praktische Gründe«, erklärte Wittmann. »Der, der gerade der Jesusknabe ist, darf nämlich von den anderen nicht geschlagen werden.«

»Hoffentlich leiden Sie nicht zu sehr unter diesen... wie soll ich mich ausdrücken... himmlischen Verhältnissen.«

»Nein, nein, durchaus nicht«, widersprach der Vater. »Es hat seine Vorteile. Zwei sind nämlich mindestens brav.«

»Wieso zwei?«

»Der, der gerade der Jesusknabe ist, und der, der es als nächster sein möchte. Es tritt sogar der Fall ein, daß sie alle drei gleichzeitig brav sind.«

»Und wann ist das?«

»Wenn der Älteste Johannes der Täufer sein darf.«

Sie lachten.

»Und Sie selbst, Herr Wittmann, Sie sind wahrscheinlich kein Zimmermann?«

»Leider«, sagte er, »hätten Sie einen gebraucht?«

»Nicht gleich, aber später bestimmt.«

»Was haben Sie vor?« – Er fragte mit einer Daun rätselhaft erscheinenden Neugierde

Daun ging zu einem gartenseitigen Fenster, und Wittmann folgte ihm. Jetzt fiel Daun ein, daß er keinen Stuhl angeboten hatte, aber der Gast lächelte nur darüber.

»Im Stehen spricht sich das besser, was wir zu besprechen haben«, sagte er. »Also, was haben Sie vor?«

»Sehen Sie den Platz?« fragte Daun. »Diesen großen leeren Platz.«

Wittmann nickte. »Hier links ließe sich gut anbauen«, sagte er. Es war genau die Stelle, die auch Daun ins Auge gefaßt hatte.

»Wenn ich Geld hätte«, sagte Daun.

»Geld«, sagte Wittmann und lachte durch die Nase. »Geld bekommt man.«

Der Ton fiel Daun auf. Wie Wittmann »Geld bekommt man« gesagt hatte, war bemerkenswert. Dazu mußte man von Geld einiges verstehen, mußte man täglich mit ihm umgehen. »Kommen Sie etwa aus einer Bank?« fragte Daun.

»Erraten. Leider nur von der Konkurrenzbank«, bestätigte Wittmann. »Ich hoffe, Sie tragen mir das nicht nach.«

»Eine sehr akzeptable Firma«, erklärte Daun. »Ich habe sie immer wieder einigen Kunden als Zweitbank empfohlen.«

»Oh, ich tue das gleiche mit der Ihren, das heißt, mit Ihrer ehemaligen.«

»Danke«, sagte Daun. »Leider kann ich mich nicht mehr revanchieren. – Und außerdem hatten Sie die elektronische Datenverarbeitungsanlage früher als wir.«

»Diese paar Wochen«, wehrte Wittmann bescheiden ab. »Dafür hatten Sie zunächst die besseren Auslandsbeziehungen.«

Sie sagten einander noch einige Artigkeiten, als wären sie beide noch in der Branche und hätten sich auf irgendeinem Wirtschaftskongreß getroffen. Dann wurden sie plötzlich gleichzeitig ernst.

»Ich komme, um Ihnen ein Angebot zu machen«, gestand Wittmann.

»Welches?«

»Meine Arbeitskraft. Für zwei bis drei Stunden zweimal wöchentlich. Mehr nicht, aber in sechs Stunden läßt sich einiges erledigen, wenn etwas zu erledigen ist.«

»Haben Sie keine Befürchtungen, es wäre genug zu erledigen«, sagte Daun. »Ihr Familienleben leidet nicht darunter, wenn Sie sechs Stunden ausbleiben?«

»Nein. Manches werde ich ja auch im Büro erledigen können. Das bringt die Bank nicht um.«

»Ihre nicht«, sagte Daun.

Wittmann fühlte sich bemüßigt, eine Art Lebenslauf von sich zu geben.

»Ich ging bei den Schulbrüdern in die Schule«, begann er. »Bis auf einen waren das lauter hervorragende Männer. Einige von ihnen waren nebenbei in Jugendorganisationen tätig. Ich selbst ging zu den Pfadfindern, weil dort der beste Schulbruder Führer war. Er lehrte uns das Christentum von der praktischen Seite her. Kennen Sie die zehn Gesetze der Pfadfinder?«

»Leider nein.«

»Ich möchte Ihnen eines sagen, als Beispiel. Es heißt: ›Der Pfadfinder ist rein in Gedanken, Worten und Werken.‹ – Es gefällt mir heute noch immer, besser als: ›Du sollst nicht Unkeuschheit treiben.‹ – Wenn ich unter ›rein‹ zunächst auch nur Händewaschen oder Zähneputzen verstand, mit der Zeit ging mir der ganze Sinn dieses Satzes auf. Wir lernten kochen, stopfen, Erste Hilfe, Karten- und Fahrplanlesen, Knoten schlingen. Wir hatten Geschichte, Geographie und Religion, aber all das auf eine wesentlich praktischere, lebensnähere Art als in der Schule. Wir sahen offiziell unsere Aufgabe darin, jeden Tag eine gute Tat zu tun und inoffiziell mindestens ebenso oft einen Knaben von der marianischen Kongregation zu verprügeln. Obwohl wir nach Prozessionen oder Feiern auf dem Heimweg gemeinsam vom Mob bespuckt wurden, führten wir immer einen erbitterten Krieg gegeneinander. Wir haßten sie ihrer Mützen wegen, ihrer langen, dunklen Hosen an Feiertagen, und beim Turnen ihrer weißen Knie wegen. Für uns waren ihre himmelblauen Bändchen mit den Aluminiummedaillen darauf, die wir damals für Silber hielten, ein rotes Tuch. Wir mochten ihr unmännliches Geschleiche nicht, mit dem sie nach uns in die Kirche hereinquollen, eine lange Raupe geduckter, unsportlicher Jungen, genauso leise auftretend wie der Schulbruder, der sie führte, der einzige, den ich nicht mochte und natürlich auch alle Pfadfinder nicht. Und noch heute rieche ich solche Männer, die solche Knaben waren, zehn Meter gegen den Wind. Tja, ich schweife aus«, gestand Wittmann. »Nachher Studium, keine Studentenverbindung, sondern weiterhin Pfadfinder, mit den Verbindungen ging's mir nämlich so wie mit der Kongregation, nur, daß wir sie leider nicht mehr verprügeln konnten. Tja, und nach dem Krieg kam dann die Bank, Rechtsbüro, und da halte ich nun.«

»Ich habe auch einige Studenten hier«, sagte Daun nicht sehr glücklich. »Offen gesagt, manchmal geht mir diese Vielzahl katholischer Vereine und Gruppierungen schwer auf die – nun ja, Sie wissen es. Das Ganze stärkt uns nicht, hilft recht wenig und ist mitunter zermürbend.«

Wittmann nickte. »Ich habe eine Tagung katholischer Verbände mitgemacht, seit damals denke ich, die Einheit der katholischen Verbände kommt auf jeden Fall erst, nachdem die Einheit der Christen verwirklicht wurde.«

»Ich hörte, Sie seien ein Gerechtigkeitsfanatiker«, fragte Daun, um darauf nicht antworten zu müssen.

»Das behaupten meine Schwiegereltern, ich weiß. Und das Ganze kommt daher, daß ich mit Freunden versucht habe, einen Mann aus unserer Mitte, den wir für wertvoll hielten, nach vorne zu schubsen, in die Politik.«

»Und?«

»Wir haben ihn geschubst, ziemlich weit nach vorn. – Ich bereue es. Er wurde genau wie alle anderen. Er wurde genau das, was er versprochen hatte, nie zu werden, der typische Fronleichnamspolitiker, ›katholisch bin ich nur, wenn man mich sieht, und wenn etwas Weihrauch auch für mich abfällt‹. Im übrigen ein Karrierehengst, der erstaunlich schnell immer wieder den kommenden Mann herausfindet, und deshalb, Gott sei's gedankt, nie selbst ein kommender Mann sein wird. – Es war, um auch das zu sagen, mein letzter Versuch, und ich hatte eine Absprache mit mir selbst. Wenn mich der auch noch enttäuscht, sagte ich, ist es aus. – Seine Frau hat sich ihm angepaßt. Fünf sündteure Abendkleider pro Ballsaison. Sie hat mir fast eine Stunde lang erklärt, warum das so sein müsse und wieso es ganz und gar nicht anders gehe. Dieses ehemalige christliche Mädchen aus bescheidenen Verhältnissen hat nun irgendwie Ehrenfunktion bei einem Kinderhilfswerk der Vereinten Nationen. Sie wissen: Täglich ein Glas Milch für die Kinder unterentwickelter Länder! Wollen Sie hören, wieviel Gläser Milch ihre Abendkleider pro Ballsaison wären? Oder wie viele Ziegel für einen Kindergarten? Wieviel Einheiten an Leprabekämpfungsmittel?«

»Ich fürchte für Ihre Galle, Herr Wittmann«, sagte Daun.

»Und darüber redet keiner. Oder haben Sie jemals im Kirchenblatt etwas darüber gefunden?«

»Ich lese das Kirchenblatt nicht sehr genau«, gestand Daun, »denn auch ich muß auf meine Galle achten, aber erinnerlich ist mir in dieser Beziehung nichts.«

»Aber wehe«, fuhr Wittmann fort, »ein kleinverdienender Familienvater stottert einen Wagen aus dritter oder vierter Hand ab. Dann ist er ein Knecht seiner Wünsche. Oder wenn eine Frau arbeiten geht, um nur halbwegs das erstehen zu können, was anderswo einfach zum Leben gehört, dann werden Kilometer von Schreibmaschinenbändern strapaziert, Tonnen von Druckerschwärze. Man verdammt die Mütter, die einer Waschmaschine, eines Fernsehapparates wegen verdienen gehen und so ihre Kinder im Stich lassen. Hat sich schon ein Prälat, ein Kanonikus, ein Bischof über die christlichen Politikersgattinnen aufgeregt, die nicht verdienen gehen müssen, aber ihre Kinder womöglich noch mehr im Stich lassen? Über die begüterten anderen Damen, die sich nur mit Fortpflanzung, aber nicht mehr mit der Erziehung abgeben? Dafür kann man die Damen im Fernsehen bewundern, wenn sie Waisenkindern Kakao einschenken oder eine Weihnachtsbescherung durchführen, aus Mitteln, die nicht sie beigesteuert haben, sondern die Gattinnen ausländischer Diplomaten oder die mitverdienenden Gattinnen von Kleinverdienern.«

Wittmann machte eine Pause und sah Daun ein wenig verlegen an.

»Sie werden mir nun sicher nicht sagen«, setzte er fort, »die Armen sind nicht nur schon deshalb gut, weil sie arm sind, und die Reichen nicht nur allein deshalb schon schlecht, weil sie reich sind. Sie sagen es mir nicht, weil Sie wissen, daß auch ich das weiß. Was mich aber empört, ist das offensichtliche Stillschweigen der Kirche zu den angedeuteten Problemen. Und wenn schon einmal einer den Mund aufmacht, ich weiß, wie man ihm diesen Mund dann verschließt. Große Steuerzahler verärgert ja nicht einmal der Staat.«

»Was Sie sicherlich auch belegen könnten«, lächelte Daun.

»Das müssen Sie selbst am besten wissen. – Wir haben zwei schweigende Kirchen«, sagte Wittmann wie zu sich selbst, »aber die im Westen hält sich selber den Mund zu.«

Daun räusperte sich, ehe er aber etwas erwidern konnte, enthob ihn Wittmann dieser Anstrengung.

»Ich weiß, was Sie sagen wollen«, sagte er, und er wußte es wirklich, »Sie wollen sagen, daß derartige Ansichten die katholischen Scharen sehr dezimieren würden, und ich frage Sie, wäre das nicht schön? Welcher Ballast fiele damit ab, welche Beweglichkeit erhielte die Kirche, welche Fähigkeit zu handeln.«

»Herr Wittmann«, sagte Daun, »meine Formulierungen wären vielleicht um Nuancen anders, aber im Grunde stehen wir beide aus dem gleichen Grund da. – Nur bin ich nicht sehr dafür, daß man dauernd große Vorwürfe macht. Ich finde, der Erfolg ist minimal, besonders dann, wenn man sich selbst bei diesen Vorwürfen ausnimmt. Man wird auch nicht beliebter, wenn man der Gemeinschaft, der man angehört, Vorwürfe macht. Ich finde, wenn man sich jedoch entschließt, Vorwürfe zu erheben, dann darf keiner ausgenommen werden. Dann muß man konsequent sein, auch gegen sich selbst. Man kann heute nicht gegen den Wohlstandsbauch wettern, nur deshalb, weil er mehr oder weniger Allgemeingut geworden ist. Wer hat gegen ihn gewettert, als er noch ein Privileg adeliger und bürgerlicher Schichten und bischöflicher Residenzen war? – Wir machen außerdem jedem, der es hören will und auf den es zutrifft, den Vorwurf, daß er mit der Bezahlung der Kirchensteuer sein religiöses Pensum als erfüllt betrachtet. Aber niemand von uns hat sich bisher selbst vorgeworfen, daß er mit dem Empfang der Kirchensteuer sein seelsorgerisches Pensum jenen Leuten gegenüber als erfüllt ansieht. – Es scheint einer unserer Fehler zu sein, daß wir, und ich nehme die Geistlichen da nicht aus, immer im kleinsten

Kreis auf alle möglichen Zustände wettern. Die Laien untereinander, wir Priester untereinander, und hier nun die verschiedenen Rangstufen untereinander, bis hinauf zu den Bischöfen, falls Bischöfe überhaupt wettern. Kommen dann aber Gruppen der verschiedenen Ebenen zusammen, wird nur mehr sehr sanft und milde, um nicht zu sagen, verwaschen, von diesen Dingen gesprochen. Ich habe es oft erlebt, wie Männer, die ich schätzte, bei solchen Gelegenheiten umfielen.«

Nach einer langen Pause sagte Wittmann: »Ich schlage vor, ich komme nächste Woche wieder. Inzwischen habe ich und vielleicht auch Sie Zeit, uns einiges durch den Kopf gehen zu lassen.«

Daun war einverstanden, obwohl er wußte, daß ihm diese Woche zu lang dauern würde.

Daun schrieb in sein Tagebuch:

»Die eiskalte Kirche am Morgen, die wenigen alten, meist hustenden Frauen, der gähnende Ministrant, der fröstelnde Herr Wickenmoos, der mir nun so halb und halb einen Mesner ersetzt, seit ich dem alten, dem pensionierten Polizisten, doch einmal sagen mußte, er sei nach Anlage und Temperament besser für eine Wach- und Schließgesellschaft geeignet, sie alle haben mich an so manchem Morgen bedrückt.

Bedrückt hat mich vieles an der Kirche selbst. Die Industriegotik des Altars, in die ich hineinstarren mußte, anstatt über einen flachen Tisch ins Volk sehen zu können. Der blaue Himmel und die gelben Sterne dahinter, das schäbige rote Plüschtuch darunter. Und ich sollte eine Messe feiern.

Ich weiß, daß ich damit an der untersten Stufe der Vollkommenheit stehe, aber selbst eine Heilige sagte einmal, ohne einen gewissen Komfort könne sie nicht beten. Dabei geht es mir gar nicht um Komfort. Was ich mir wünsche, ist Einfachheit, Klarheit, Schlichtheit, Stil. Betrete ich meine Kirche, so versuche ich zu verhindern, daß meine Gedanken zu den verschiedenen Statuen abschweifen, zu den Bildern in den Seitenschiffen. Ich versuche, nicht darüber zu grübeln, wie ich das einmal werde ändern können, ohne Menschen in ihren tiefsten Gefühlen zu verletzen. – Welch armseliger Besitz von tiefsten Gefühlen! Wer hat ihnen nicht mehr gegeben? – Ich habe nicht sehr viel Mut, seit ich erfahren habe, daß fromme christliche Seelen bereits wieder sammeln, weil sie noch einen Platz in der Kirche ausfindig machen konnten, wo sich ein heiliger Antonius unterbringen ließe. Auf meine Frage, ob es denn wirklich sein müsse, erhielt ich die treuherzige Antwort: ›Er ist aber so gut dafür, wenn man etwas verlegt hat.‹

Ich habe nicht sehr viel Mut, wenn ich daran denke, was alles von naiven Gemütern als Glaubensgut angesehen wird. Dieses Glaubensgut reicht bei dem einen von der Ordenstracht gewisser Schulschwestern bis zu den blauen Faltenröcken ihrer Schülerinnen. Für andere haben Priester Nichtschwimmer zu sein. Der Gedanke, ihren Seelenhirten im Schwimmbecken zu treffen, könnte sie wankend machen. Andere wieder bringen an Sonntagen nicht die richtige Frömmigkeit während der Messe auf, wenn, wie sie sagen, ›nicht die deutsche Messe von Schubert zelebriert wird‹. Es stört sie in ihrer Andacht, von einem Lektor den deutschen Text der Messe zu hören.

Oh, diese Liste ließe sich fortsetzen. Die Krusten der Jahrhunderte, die sich um den Kern ansetzten, verdecken den Kern, und die oberste Schicht der Kruste ist gerade immer die wichtigste.

Wie hat man eine einfache Sache kompliziert gemacht. Und warum bleiben immer noch jene Theologen unbestraft, die sich in ihrer Ausdrucksweise alle zum Vorbild nehmen, nur nicht ihren Herrn und Meister Jesus Christus? Warum spricht keiner von der Gefahr, die von diesen Gescheiten kommt, die das Christentum zu einem Debattierclub Habilitierter machen, und von den Gläubigen die Beherrschung des religiösen Integrals verlangen, ehe sie ihnen das Einmaleins beibrachten?

Oft denke ich darüber nach, wieviel Zeit es brauchen wird, bis der Weg der Christen zueinander abgeschlossen oder nur möglich sein wird. Nicht die Gescheiten werden das vollenden, sondern die Schlichten. Und ich habe dann immer ein Bild vor Augen, das Bild einer engen Pforte, durch die wir alle, wir und die anderen, werden gehen müssen. Und diese enge Pforte wird mitleidslos von uns herunterreißen, was Stuck, was Beiwerk, was Kruste ist. Erst hinter dieser Pforte wird es wieder Weite geben, Platz für alle. Oft habe ich Sehnsucht nach diesem Verlust, der uns reich machen wird. Sehnsucht nach diesem vielleicht für viele schmerzlichen Gang, der uns froh machen wird. Vielleicht wird dann allen Christen endlich wieder verkündet werden, was sie tun sollen, und nicht, was sie nicht tun sollen.

Oft habe ich an solch einem Morgen Angst, daß die Menschen meine Gedanken erraten könnten. Ich habe Angst, daß sie mir ins Herz schauen, Angst, ich könnte sie erschrecken.

Wie werde ich sie aus ihrer Erstarrung auf den Weg bringen?

Wir Christen haben Abgründe zwischen uns aufgebaut. Wir können nicht mehr mit kleinen Schritten aufeinander zukommen.

Nur wer springen kann, wird den Bruder finden.«

Am Gehsteigrand hielt ein Auto, und ein jüngerer Mann rief Daun zu: »Darf ich Sie wo hinbringen, Pfarrer?«

Da Daun einen kranken Gärtner besuchen wollte, dessen Gärtnerei fast an der Stadtgrenze lag, war er einverstanden. Er schlüpfte in den kleinen Wagen und reichte seinem Wohltäter die Hand. Der fragte Daun nach dessen Ziel und fand es lustig, daß sie den gleichen Weg hatten.

Nach kaum einer Minute konnte Daun feststellen, daß sein Fahrer nicht gerade der langsamste war.

»Hoh«, rief Daun, als der andere vor einer Querstraße so stark bremste, daß Daun wider Willen die Stirn an die Windschutzscheibe preßte.

Der Fahrer lächelte nur und wies auf eine Christophorusplakette am Armaturenbrett.

»Das ist ganz gut und schön«, sagte Daun. »Aber, soviel ich weiß, ist noch kein kirchlicher Erlaß herausgegeben worden, daß solch eine Plakette den Vorrang der anderen aufhebt.«

»Machen Sie mir den Sankt Christophorus nicht kleiner«, bat der andere. »Ich habe übrigens mit ihm unsere Aufgaben fein säuberlich getrennt. Ich achte darauf, daß ich den anderen nichts tue, und er achtet darauf, daß die anderen mir nichts tun. Können Sie zu dieser Einstellung ja sagen?«

»Doch«, sagte Daun, »das lasse ich gelten. Haben Sie den Wagen weihen lassen?«

»Ich selbst nicht, nein. Ich habe ihn mit dieser Plakette gekauft. Aus erster Hand.«

»Ach so«, sagte Daun.

»Ich weiß nicht, ob Sie viel von Autos verstehen. Aber Ihnen kann ich es gestehen, ich habe mich für diesen Wagen eigentlich nur dieser Plakette wegen entschieden. Meine Frau war auch dafür.«

»Ist Ihre Frau so fromm?«

»Viel frommer als ich.«

»Kenne ich sie etwa?«

»Nein«, sagte der Mann lächelnd und sah Daun kurz von der Seite an. »Sie dürften sie nicht kennen. Mit Bestimmtheit sogar. Sie kennen sie nicht.«

»Ist es möglich, daß ich Sie selbst schon irgendwo gesehen habe?« fragte Daun. »Ich frage nicht gern danach, aber waren Sie schon in meiner Kirche?«

Er schüttelte den Kopf.

»Schade«, sagte Daun. »Schade, daß wir auf Männer wie Sie verzichten müssen. Sie wissen nicht, wie gerne ich ein Gesicht wie Ihres manchmal in meiner Kirche sehen würde.«

Sie fuhren nun schon an Gärtnereien entlang, die mit langen Streifen von Baumschulpflanzungen durchsetzt waren.

»Wohnen Sie hier heraußen?« fragte Daun, weil der andere nun beharrlich schwieg.

»Nein«, antwortete er. »Ich komme nur gelegentlich hier heraus.«

Daun freute sich, daß er soviel Glück hatte, bei einer dieser gelegentlichen Fahrten mitgenommen worden zu sein, und sagte es ihm.

»Ich höre übrigens viel Gutes über Sie«, sagte nun der Mann. »Tatsächlich. – Ich hoffte schon, Sie würden mich einmal besuchen. Aber wahrscheinlich ist unsere Straße noch nicht dran gewesen.«

Daun fragte ihn, in welcher Straße er wohne, und mußte gestehen, daß er gar nicht wisse, wo nur ungefähr sie in seinem Pfarrsprengel lag.

»Es ist dort«, sagte der andere, »wo die kleine evangelische Kirche ist.«

»Ach dort«, rief Daun. »Ja, dann war ich doch schon einmal dort. Ich wollte nämlich den evangelischen Pfarrer besuchen. Aber leider traf ich niemanden an.«

»Tatsächlich? Da sehen Sie es. So etwas dürfte bei Ihnen wahrscheinlich nicht vorkommen?«

»Es dürfte nicht vorkommen«, sagte Daun, »aber es kommt vor.«

»So dürfte auch er Sie einmal verfehlt haben?«

Daun nickte. »Die Zeiten«, sagte er, »wo Pfarrer rosenzüchtend und pfeifenrauchend und so nebenbei ins Brevier schielend ihr Gärtlein durchschweiften, sind vorüber. Sogar in den Romanen, und das ist ein Zeichen, daß diese Zeiten endgültig vorbei sind.«

»Wem sagen Sie das«, seufzte der Mann und hielt den Wagen an. »Wenn mich nicht alles täuscht, sind wir da.« Er öffnete die Tür für Daun und ließ ihn aussteigen. Dann stieg er auf der anderen Seite des Wagens aus. Als sie beide standen, sahen sie einander über das Wagendach etwas belustigt an.

»Sie müssen tatsächlich auch hierher?« fragte Daun.

Der andere nickte. »Um es genau zu sagen, auf Krankenbesuch.«

»Sind Sie Arzt?« fragte Daun verwundert, weil er doch alle Ärzte seiner Pfarre kannte.

»Nein«, sagte der andere. »Ich bin kein Arzt.«

»Sondern?«

»Pastor.« – Dauns Gesicht schien ihm Freude zu bereiten, er lachte laut, und Daun mußte einstimmen. Über das Wagendach hinweg reichten sie einander die Hand.

»Ein Hindernis muß immer dazwischen sein«, sagte der Pastor.

Daun aber wurde unsicher. »Ist es möglich, daß etwa ein Irrtum vorliegt?« fragte er. »Ich möchte Ihnen natürlich niemanden...«

Der andere schüttelte den Kopf und erklärte: »Ich komme zur Frau, die ist evangelisch. Der Mann ist katholisch, also gehören wir beide hierher.« Er kam um den Wagen herum zu Daun, lachte, legte seine Hand auf dessen Schulter und rief: »Dann los, Bruder, schlagen wir uns die Schädel ein?«

Es gibt Tage, die voller Glück sind. Daun war seinem evangelischen Amtsbruder nicht böse, daß er nach diesem Besuch noch weitere Besuche vorhatte, die in entgegengesetzter Richtung zu seinem Heimweg lagen. Bevor sie sich verabschiedeten, gingen sie noch, wie sie gebeten worden waren, zum Glashaus, um dort jeder einen Blumenstrauß für seine Kirche abzuholen.

Der Boden war offen und weich. An den Weiden und Haselsträuchern im Baumschulrevier zeigten sich die ersten Kätzchen.

Sie gingen schweigend nebeneinander und hielten dann einige Schritte vor einem Futterhäuschen ein, um das sich Kohlmeisen tummelten.

»Ja«, sagte Daun schließlich. »Nun können wir das Problem der sogenannten Mischehe ganz anders betrachten.«

»Weil wir auf diese Art zusammengekommen sind?«

»Eben«, sagte Daun, »zusammengekommen. Wenn mir jemand die Geschichte erzählt hätte, hätte ich sie für ein frommes Märchen gehalten.«

»Ich wahrscheinlich auch.«

Daun betrachtete ihn von der Seite, er hatte den Kopf ein wenig zurückgelegt, den Blick scheinbar auf eine Strauchgruppe gerichtet, und lächelte.

»Ich werde einmal über unser Erlebnis in der Kirche sprechen«, sagte er. »Möchten Sie das auch tun?«

»Ich habe es mir vorgenommen«, sagte Daun.

Da merkten sie am erschreckten Flüchten der Kohlmeisen, daß ein Mädchen auf sie zukam. Es trug in Seidenpapier eingeschlagene Blumensträuße und überlegte offensichtlich einige Schritte vor den beiden Pfarrern, wem sie als ersten den Strauß überreichen solle. Sie machten sich schon bereit, bescheiden zurückzutreten und auf den anderen zu verweisen, da hatte das kluge Kind die Frage des Zeremoniells bereits solcherart entschieden, daß sie, um ja keinen Religionsstreit heraufzubeschwören, beide Hände gleichzeitig ausstreckte und jeder seinen Strauß in der gleichen Sekunde in Empfang nehmen konnte.

Sie kramten nach einer Münze in ihren Taschen, und Daun entdeckte erst jetzt, daß er ohne Geld losgezogen war. Ihm wurde jedoch Kredit gewährt. »Erinnern Sie mich an meine Schuld«, bat Daun, »Leute, die aus einer Bank kommen, vergessen gern das Zurückzahlen.«

Der Abschied am Wagen war kurz. Sie versprachen einander ein Wiedersehen, ohne sich näher festzulegen. Daun sah dem Pastor noch eine Weile nach, wie er, auf St. Christophorus vertrauend, davonbrauste. Und ihm fiel das Geständnis eines frommen Gendarmen ein, der es nicht mehr wagte, zu schnell fahrende fremde Wagen in seiner Ortschaft aufzuhalten, weil noch jedesmal ein geistlicher Herr am Steuer gesessen sei.

Auf seinem Heimweg kam Daun nun zu den ersten Häusern der Siedlung, guckte über die Zäune und blieb bei einem eher bescheidenen Bau stehen, der mehr einer langgestreckten Garage aus Stein glich als einem Wohnhaus. Die Wände waren noch nicht verputzt, eine Türfüllung mit Ziegeln ausgefüllt, als sei sich der Besitzer noch nicht schlüssig, ob er die Tür oder die Mauer lassen solle. An der

Rückseite des Hauses lagerte noch Baumaterial, und Daun hätte sich gut vorstellen können, daß der Besitzer den Bau nur probeweise so hingestellt habe, um ihn, wenn ihm Windrichtung oder Sonneneinfall nicht paßten, wiederum abzureißen und anders aufzuführen.

Gleichzeitig wuchs in ihm eine gewisse Neugierde, die Bewohner kennenzulernen. Das Schild unterm Glockengriff steigerte sie noch mehr. Es erheischte nämlich, daß nur Leute mit gutem Gewissen anläuten durften. Daun zögerte ein wenig, ob er es wagen dürfe, und zog dann an dem Griff. Er merkte nun erst, daß von der Gartentür über einige an Stangen befestigte Ösen ein Draht geführt wurde, und hörte das Bimmeln eines sehr hohen, aber wohltönenden Glöckchens.

Zunächst bellte nur ein Hund, dann aber, nachdem er fast versucht war, ein zweites Mal zu läuten, erschien eine Frau in der Tür, sah mit etwas zusammengekniffenen Augen, wie das Kurzsichtige ohne Brille gern tun, zu ihm hin und rief dann: »Nein, das ist aber schön, daß Sie kommen.«

Daun dachte zunächst an eine Verwechslung und sagte sich selbst sein Sprüchlein für die Hausbesuche vor, da war die Frau jedoch schon bei ihm und wiederholte: »Das ist wirklich schön und lieb von Ihnen, daß Sie kommen, Herr Pfarrer.«

Er verstand ehrlich gestanden ihre Freude nicht ganz, denn ihr Gesicht war ihm nicht vertraut. Zudem war ihre Kleidung nicht derart, daß man aus ihr ohne weiteres eine fleißige Kirchgeherin ablesen konnte.

Sie trug nämlich eine eng anliegende rote Hose und einen ebenso eng anliegenden schwarzen Pullover, der einiges Dekolleté zeigte. Ihre kleinen Füße staken in goldbestickten Pantoffeln, ihr großer beweglicher Mund war korallenfarbig geschminkt, und auch um die Lidränder war ein wenig mit schwarzem Stift nachgeholfen. Das Ganze krönte hochgestecktes kupferfarbenes Haar.

»Kommen Sie doch bitte weiter«, sagte sie, ohne Dauns Verlegenheit zu bemerken. Und ehe er noch irgendeine Frage an sie stellen konnte, erklärte sie, daß sich auch ihr Mann sehr freuen werde, daß er aber leider nicht mit herauskommen könne, weil der Jüngste gerade auf dem Töpfchen sitze, und der Jüngste in dieser Beziehung gewisse Kaprizen habe, mit denen nur der Vater fertig werde. »Innen«, fügte sie außerdem hinzu, »ist unser Haus bei weitem wohnlicher, als es von außen her den Anschein haben mag.«

Sie schloß die Tür hinter Daun und ging dann auf dem Plattenpfad voraus.

»Nein«, sagte sie noch einmal, blieb stehen und wandte sich um. »Das ist wirklich nett, daß Sie uns besuchen. Sie trinken doch sicher Kaffee mit uns?«

In der Diele stießen sie mit dem Vater zusammen, der mit der einen Hand seinen Sohn und mit der anderen dessen Abfallprodukte in einem Töpfchen davontrug.

»Oh«, rief die Mutter lachend, »da können Sie nicht behaupten, wir hätten Sie gerade mit Weihrauch empfangen.« Nahm dem Vater das Töpfchen ab und verschwand.

»Ach«, sagte der Mann, »eigentlich müßte ich mir erst die Hände waschen, aber das ist wirklich nett, daß Sie kommen. Es wird meine Frau riesig freuen.« Er reichte Daun die Hand und schüttelte sie heftig. »Haben Sie so einfach hergefunden?«

Daun war auch die Freude des Mannes etwas rätselhaft, so antwortete er: »Mir fiel das Haus auf, und da dachte ich...«

Der Mann sah auf Dauns Blumenstrauß. »Das ist aber nett von Ihnen«, rief er nun. »Ein Pfarrer, der an so etwas denkt. Kommen Sie, nehmen Sie schnell das Papier herunter und geben Sie es mir. Es ist nachher immer so peinlich, wenn man mit einem Papierknäuel in der Hand vor der Frau des Hauses steht. Meine Frau wird sich riesig freuen, sie liebt ja Blumen ganz besonders.«

Er stellte seinen Sohn hin und begann kurzerhand den Strauß aus der Seidenpapierumhüllung zu lösen, knüllte das Papier zusammen, warf es in einen Strohkorb und gab Daun wieder den Strauß zurück.

»Ach«, sagte er bewundernd, »so hätten Sie sich aber wirklich nicht in Unkosten stürzen müssen, das sind ja mindestens...« Er begann die Blumen zu zählen. »Nun«, sagte er abschließend, »ein hübsches Sümmchen haben sie bestimmt gekostet. In dieser Jahreszeit!«

»Ich habe sie direkt vom Gärtner«, wandte Daun ein.

»Nun, ich weiß nicht«, sagte der Mann, »aber bitte, kommen Sie doch inzwischen weiter, vielleicht hat er Ihnen einen kleinen Nachlaß gewährt, aber in dieser Jahreszeit sind sie auch noch beim Gärtner teuer genug.«

Nun kam die Frau zurück, sah den Blumenstrauß, stieß einen Ruf des Entzückens aus, nahm den Strauß an sich, wühlte ihr Gesicht temperamentvoll und doch mit einer gewissen Vorsicht in die Blumen, schüttelte Daun die Hand und legte für einen kurzen Augenblick spontan ihre Wange an die seine. Daun wußte nicht, duftete sie von Blumen so oder war es ihr Duft. Ihm war nur die Herzlichkeit, ja die Vertrautheit, mit der er sich aufgenommen sah, nicht ganz erklärlich, ebensowenig die Selbstverständlichkeit, mit der sie den Blumenstrauß für sich in Anspruch nahm. Er beschloß daher, so weit er es fertigbrachte, diplomatisch zu sein.

Da legten beide beinahe gleichzeitig ihre Hände auf seine Schultern und sagten wie aus einem Mund: »Aber jetzt kommen Sie endlich in unser Zimmer.«

Daun betrat einen schönen langgestreckten Raum, der Licht von beiden Längsseiten bekam und der an der Rückseite mit einer Glaswand abgeschlossen war. In einer Ecke lagen blau bezogene Matratzen auf dem Fußboden, davor stand ein niederes Tischchen, und er wurde gefragt, ob er auf einer der Matratzen Platz nehmen wolle oder lieber in einem Sessel. Um nicht aus dem Rahmen zu fallen, entschied er sich für einen Matratzenplatz und saß dann nicht einmal so unbequem, weil ihm eine Menge Polster in den Rücken gestopft wurden.

Kaffee stand in einer Thermoskanne auf dem Tisch, und ihm wurde erklärt, daß dies das einzige sei, was sie immer im Hause hätten.

»Störe ich Sie wirklich nicht?« fragte Daun noch einmal und hoffte, auf diese Art ein wenig Aufschluß über die Tätigkeit des Ehepaares zu bekommen, denn die Glaswand an der Rückseite des Zimmers, die wohl dazu imstande gewesen wäre, war mit weißen Papier undurchsichtig gemacht worden. Daß sie einem künstlerischen Beruf nachgingen, war ihm wie sicher auch jedem anderen in seiner Lage inzwischen klargeworden. Aber welchem? Waren sie am Ende so bekannt, daß er sie kennen mußte, auch wenn sie nicht seine Pfarrkinder gewesen wären? Würde er sie kränken, wenn er zugab, daß alles nur ein Zufall war, der ihn zu den beiden geführt hatte?

Er begann daher so: »Sonst frage ich bei meinen Besuchen nach Sorgen und Schwierigkeiten, aber bei Ihnen fällt es mir heute schwer.«

»Da haben Sie recht«, rief die junge Frau fröhlich. »Oh, wirklich, danach müssen Sie heute gar nicht fragen. Nein, wirklich nicht.« Plötzlich wandte sie sich an ihren Mann: »Hast du dich schon bedankt, daß ausgerechnet der Herr Pfarrer der erste ist, der gratulieren kommt?«

»Oh«, sagte der Mann, »das habe ich ganz vergessen.«

»Da fällt mir ein«, entschuldigte Daun den Gatten, »er konnte sich auch gar nicht für meine Gratulation bedanken, denn ich habe noch gar nicht gratuliert.«

»Nikolaus mit dem Töpfchen war schuld«, rief die Frau. »Und außerdem, das wichtigste ist doch, daß Sie gekommen sind.«

Daun überlegte angestrengt, ob er nun doch bekennen sollte, daß er rein zufällig hereingeschneit sei. Andererseits, war es ein Zufall? So lobte er den Kaffee, den kleinen Knaben, der auf die Matratze geklettert war und nun an seine Mutter gelehnt saß, und fragte: »Das ist also der Jüngste?«

»Ja«, sagte der Vater, »die zwei Älteren werden zur Feier des Tages von der Großmutter ausgeführt.«

Daun fragte schüchtern: »Ist Ihre Freude so groß?«

»Oh, doch«, sagten sie beide.

»Sie müssen nämlich bedenken, wie schwer ich es hier hatte«, sagte der Mann ernst. »Ich konnte doch einreichen, wo ich nur wollte. Sie haben es mir immer wieder zurückgeschmissen.«

»Manchmal hatte mein Mann das Gefühl, daß sie seine Unterlagen gar nicht geprüft haben konnten.«

»Und da ich weder der Neffe eines Bürgermeisters noch eines Generalvikars bin. Und Tankstellen«, sagte er, »nein, das kommt natürlich überhaupt nicht in Frage.«

»Obwohl die Erdölfirmen wunderbar zahlen«, warf die Frau ein.

Der junge Mann, der einen kleinen rötlichen Bart hatte, erklärte: »Und schließlich glaube ich nicht an das Erdöl, sondern an Gott.«

»Manchmal sage ich mir«, begann die Frau, »Sie entschuldigen schon, Herr Pfarrer, daß ich das so sage, manchmal glaube ich, es wäre beinahe besser für ihn, wenn er nicht so gläubig wäre. Er würde dann nicht so darunter leiden, welches Pack sich da manchmal vorschiebt. Und das muß ich Ihnen auch sagen. Sogar der Erzbischof, der beste Menschenkenner ist er nicht.«

Daun wurde unbehaglich zumute, trotzdem nickte er ein wenig in Gedanken, nicht zu sehr zustimmend, aber doch ein wenig, denn schließlich hatten er und die Frau eben ihre Erfahrungen.

»Und daß ich zu Ihnen komme, um mir bestätigen zu lassen, daß ich regelmäßig den Sonntagsgottesdienst besuche, nein«, sagte der Mann. »Ich gehe nicht in die Kirche, um es mir von meinem Pfarrer bestätigen zu lassen.«

»Und andere tun das?«

»Natürlich«, rief die Frau, »sogar ihre Mildtätigkeit und Gebefreudigkeit lassen sie sich manchmal bescheinigen, wenn sie hinter einem Auftrag her sind.«

Daun dämmerte etwas, die Berufe ließen sich bereits eingrenzen.

»Sehen Sie zum Beispiel meine Frau an«, sagte der Mann. »Glauben Sie, es wäre ihr hier in ihrer, in meiner, in unserer Diözese möglich gewesen, auch nur den geringsten Auftrag zu bekommen?«

»Nein«, beantwortete er seine Frage. »Und wissen Sie, warum?«

Daun hob die Schultern.

»Weil sie hübsch ist«, antwortete der Mann. »Und, verzeihen Sie, wenn ich das sage, aber manche Herren sind wirklich borniert. Ihr Geschmack deckt sich noch immer etwa mit dem von Heiligenbildern, die meine Mutter als Kind bekommen hat. Kennen Sie die?«

»Die Bilder?« fragte Daun vorsichtshalber.

Der Mann nickte.

»Zur Genüge«, sagte Daun. »Ich habe Dutzende davon in der Kirche hängen, x-mal vergrößert noch dazu.«

»Was schenken *Sie* eigentlich zu solchen Gelegenheiten, wo man früher Bilder schenkte?« wollte die Frau wissen.

»Kärtchen mit Sprüchen«, antwortete Daun. »Sehr sorgfältig ausgewählten Sprüchen. Ich habe leider keine bei mir, sonst würde ich sie Ihnen zeigen. Ich hoffe jedoch, daß Sie mir das nicht vergelten und mir etwas von Ihnen zeigen werden.«

»Natürlich«, sagte der Mann. »Gern, aber ich wollte nur noch das Kapitel ›meine Frau‹ abschließen. Voriges Jahr hat sie zur Biennale eingesandt. Sakrale Kunst zur Biennale! Und?« fragte er Daun herausfordernd.

»Sie wurde ausgezeichnet«, erriet Daun.

»Und warum?« fragte er.

»Ich kann es mir denken«, sagte Daun.

»Eben«, rief der Mann, »weil es in der Jury keine bornierten Prälaten und Kanonici gab.«

»Und nun hat er endlich auch die ihm gebührende Anerkennung gefunden!« rief sie. »Nicht hier, sondern im neutralen, unparteiischen Ausland. Was sagen Sie?«

»Ich freue mich«, sagte Daun.

»Es haben sich noch drei unserer fleißigsten Kirchenbauer aus unserer Diözese beworben. Ihre Entwürfe wurden nicht einmal erwähnt. Wissen Sie«, sagte sie eifrig, »er soll sich ruhig darüber freuen, daß

er den Auftrag bekommen hat, aber ich als kleinliche Frau, ich kann
mich doch auch ein wenig darüber freuen, daß die Nebochanten, die
ihm hier so manchen Auftrag durch Antichambrieren wegschnapp-
ten, diesmal leer ausgegangen sind. Oder ist das eine Sünde?«
»Ich würde sagen, nein«, sagte Daun. »Höchstens eine ganz kleine,
die unter den Tisch fällt.«
Der Mann erhob sich und sagte: »Leider kann ich Ihnen nur die Fotos von den Modellen zeigen. Ich habe sie drüben im Atelier. Kommen Sie.«
Daun erhob sich und folgte ihm. Als sie durch die Tür in der Mitte
der Glaswand gingen, sagte die Frau: »Jetzt können wir dann für
hier Vorhänge kaufen. Wissen Sie, wir wollten nämlich von unserem Wohnzimmer in unser Arbeitszimmer sehen können. Dann
war uns aber durch das klare Glas die Arbeit beim Wohnen doch zu
nahe. Und auch das Wohnen beim Arbeiten. Durch Vorhänge wird
dann beides etwas mehr entrückt, aber doch immer und zu jeder Zeit
erreichbar sein. Das war der Gedanke, den wir bei dieser Glaswand
hatten.«
Eine große Holzspanplatte war der Zeichentisch. Auf ihm lagen
Planrollen, Aktenhefter, Notizblöcke, in einer grauen Vase steckte
ein gutes Dutzend Bleistifte. Der Mann ging zu einem Schrank, zog
eine Lade auf und kam dann mit den Fotos.
Was Daun sah, machte ihn ehrlich begeistert. Da stand neben einem
Pfarrhaus und einem Gemeindezentrum eine Kirche, die auf den ersten Blick als Kirche zu erkennen war. Eine Kirche, die weder an einen Bahnhof, eine Seilbahnstation, ein Palmenhaus noch an eine
Montagehalle erinnerte. Eine Kirche, zu der keine Stiegen hinauf-
führten. (Kranke mit Rollstühlen oder Frauen mit Kinderwagen sollen in sie ohne weiteres hinein können.) Die Südwand war zu einem
großen Betonrelief gestaltet, darüber, von außen nicht sichtbar, nur
kleine Lichtschlitze. An der Nordseite waren die Fenster etwas größer, aber auch hier kam durch einfallsreiche Versetzungen das Licht
nur gebrochen in den Innenraum.
»Sie wird nicht düster sein«, sagte der junge Architekt ernst, »aber
auch nicht so hell, daß sie Sonnenbrillen aufsetzen müssen. Und im
Sommer wird es in ihr keine Glashaustemperaturen geben.«
Der Altar stand beinahe in der Mitte und war von drei Seiten von
den Sitzreihen umgeben, die Orgel und der Platz für den Chor lagen
hinter dem Altar. »Damit«, erklärte der Architekt, »fromme Kirch-

gängerinnen nicht übertrieben andächtig mit Handspiegeln oder Autorückspiegeln, die sie aus ihren Täschchen hervorholen, den Bewegungen des Dirigenten folgen müssen. Mein Dirigent wird für die Gemeinde nicht sichtbar sein.«

»Das mit den Rückspiegeln gibt es?« fragte Daun verwundert.

»Jawohl«, sagten beide wie aus einem Mund.

Dann zeigte der Architekt die Entwürfe für das Betonrelief. »Sie sind von meiner Frau«, sagte er stolz. »Die Reliefwand steht unter dem Motto ›Auferstanden von dem Tode‹.«

»Sind Sie nicht zu beneiden, daß Sie als Mann und Frau so etwas bauen können?« fragte Daun.

»Doch«, sagte er, legte den Arm um die Schulter seiner Frau und küßte sie.

»Und es ist noch gar nicht lange her«, sagte die Frau, »daß die Frau überhaupt mit dabei sein darf.«

Daun wäre noch gerne geblieben, aber plötzlich entdeckte er an der Wand die Uhr. – »Geht sie?« fragte er.

Die Uhr ging. Eigentlich hätte er schon in der Kirche sein sollen.

»Ich könnte Ihnen ein Fahrrad borgen, falls Sie fahren können«, sagte der Architekt.

»Ich kann fahren«, sagte Daun stolz. »Wollen Sie es mir wirklich borgen?«

Der Mann lief hinaus, um es aus dem Schuppen zu holen. Daun zog sich hastig an. Aber ehe noch der Mann zurückkam, sagte die Frau: »Ach, Herr Pfarrer, Sie haben mir so viel Freude mit den Blumen gemacht, und daß Sie überhaupt gekommen sind, um meinem Mann zu gratulieren. Sie wissen nicht, wie er sich über Ihr Kommen freut, weil er bisher nicht ein bißchen Anerkennung gefunden hat. Sind Sie mir daher nicht böse, wenn ich Ihnen die Blumen wieder gebe, und Sie bitte, sie auf den Altar zu stellen. Gerade, weil ich Blumen so liebe, dürfen Sie mir deshalb nicht böse sein.«

»Das ist aber lieb von Ihnen«, sagte Daun und war wirklich gerührt.

»Hier in dem Strohkorb ist das Papier, in dem sie eingeschlagen waren.«

Sie holte es heraus, glättete es, so gut es ging, entnahm die Blumen der Vase, schlug sie sorgfältig in das Papier ein, und da war schon ihr Mann mit dem Fahrrad, entschuldigte sich, daß es ein wenig länger gedauert habe, aber die Reifen seien noch aufzupumpen gewesen.

Daun verabschiedete sich, sagte erst jetzt seinen herzlichen Glückwunsch, legte seine linke Hand auf die Wange der Frau, versprach wiederzukommen, klopfte die Schulter des Mannes und tröstete ihn, daß er ja auch im Ausland zur Ehre desselben Gottes baue. Dann fuhr er mit dem Fahrrad davon. Nicht ganz so schnell wie sein evangelischer Amtsbruder, aber dafür nicht weniger unter dem Schutz von St. Christophorus!

Als Bernhard Wittmann wiederkam, unterbreitete er Daun einen Plan bezüglich der Errichtung eines Kindergartens. Er hatte einen jungen Architekten aufgetrieben, der bereit war, Entwurf und Ausführung gegen folgendes Entgelt zu übernehmen: Die Pfarre mußte damit einverstanden sein, daß er im Bedarfsfall Interessenten und etwaige zukünftige andere Bauherren durch den Kindergarten führen durfte. Ebenso hatte Wittmann bereits mit dem Sekretär des Bauordens ein Gespräch geführt und für den Fall der Verwirklichung des Projektes eine Zusage auf Hilfe erhalten. Er hatte ein Bittschreiben aufgesetzt, einen Finanzierungsplan entwickelt und Rabattzusagen von verschiedenen Firmen ergattert. Ja, er hatte noch mehr getan. Er hatte es auf sich genommen, in die Männerrunde zu gehen und sich einen tiefsinnigen Vortrag eines Paters über die Marienverehrung des verheirateten Mannes anzuhören, den Herr Waser mit einer Diskussion unter seiner Leitung ausdehnte und die er höchstpersönlich durch die Frage belebte, ob nun Maria eigentlich gestorben sei oder nicht. Der Pater war natürlich auf diese Frage vorbereitet, ja, nicht nur das, er hatte sie sich sogar vom Vorsitzenden und Amtsvorstand vor seinem Vortrag gewünscht. Da es die einzige Frage in der Diskussion blieb, fand Wittmann anschließend noch Zeit, seine Angel auszuwerfen und Männer zu fischen. Er fand unter der Anti-Waser-Gruppe als brauchbar einen Finanzbeamten, der sich im Amt so wenig ausgelastet fühlte, daß er bereit war, irgendeine Kasse innerhalb der Pfarre zu führen, er fand den Junior einer Lack- und Farbenhandlung, und er fand einen stillen und gutmütigen Tischler (welche Tischler sind das eigentlich nicht?), den er einstweilen unter der etwas obskuren Bezeichnung »Bauholzberater« in seinem Notizbuch führte.

»Zum Architekten«, sagte Daun, »ich habe da einen kennengelernt, in meiner Pfarre. Er hat bislang in unserer Diözese keinen Auftrag erhalten...«

»Welche Empfehlung!« scherzte Wittmann.

»Aber es ist mir nun peinlich, ich war nämlich bei ihm, sie kamen mir so offen entgegen, auch seine Frau, eine Bildhauerin. Ich wäre bedrückt, wenn nun ein anderer...«

»Sie müssen nicht bedrückt sein«, erklärte Wittmann. »Mein Architekt hätte das Angebot nicht so niedrig gehalten, wenn nicht kurz vorher sein Pfarrer bei ihm gewesen wäre und seiner Frau sogar Blumen gebracht hätte.«

»Tatsächlich«, sagte Daun.

»Sie müssen eine ganz eigene Wirkung auf die Menschen haben«, sagte Wittmann nachdenklich. »Sie waren schon beinahe zwei Stunden fort, als ich hinkam, und ich erkannte die Leute fast nicht. Ich meine, so froh waren sie. Nur, weil Sie dagewesen waren.«

»Welch ein Glück, daß Sie schon zwei Stunden nachher kamen«, warf Daun ein.

»Auch ich war das letztemal noch nachher froh, daß ich zu Ihnen gegangen war«, gestand Wittmann. »Sie strahlen etwas aus. Und deshalb hab' ich mir noch einiges durch den Kopf gehen lassen.«

Um es kurz zu sagen: Wittmann hatte sich dafür entschieden, daß Daun seine Mahlzeiten etwas regelmäßiger einnehmen müsse, um sich zumindest eine Gastritis, wenn nicht Ärgeres, zu ersparen, und er wußte auch schon den Weg dafür.

Daun sollte eine Zugehfrau bekommen, die am Vormittag das Haus besorgte, das Essen kochte und zu Mittag verschwand. Die Frage, wo sich eine derartige Dame finden ließe, unterdrückte er mit einer Handbewegung, denn er hatte sie schon. Sie war verheiratet, Mutter dreier Kinder, gelernte Köchin, und er verschwieg Daun nicht, daß er sie bereits als Köchin für den Kindergarten in Aussicht genommen habe.

Als Wittmann ging, wollte Daun ihm etwas Nettes sagen. Er ließ seine drei Söhne grüßen und seine Frau. »Wissen Sie«, fragte er, »was mir an Ihrer Frau ganz besonders aufgefallen ist?«

»Ja?« fragte Wittmann nun beinahe etwas verlegen.

»Ihr Lachen«, gestand Daun. »Das Lachen Ihrer Frau. Sie lacht wunderbar, ich möchte wetten, sie lacht noch immer so, wie sie als Mädchen gelacht hat.«

Wittmann lächelte nicht ohne Stolz. »Und warum sagen Sie mir das?« fragte er.

»Sie dürften es sowieso schon wissen, aber ich sage es Ihnen trotzdem. Es gibt sehr wenig Männer, auch katholische, oder gerade katholische, bei denen die Frauen nach drei Kindern noch so lachen, wie sie als Mädchen gelacht haben.«

Wittmann reichte Daun die Hand und ging. In der Tür drehte er sich noch einmal um und fragte: »Könnten Sie nicht einmal in der Männerrunde darüber sprechen, wie ein katholischer Mann seine Frau zu verehren hat? Sie treffen damit vielleicht zwei Fliegen auf einen Schlag.«

»Und was wäre die zweite?«

»Möglicherweise ein paar jüngere Frauen bei den Pfarrdamen.«

Er ging. Daun stand noch eine Weile da und freute sich. Er freute sich, einer Kirche anzugehören, die so viele Möglichkeiten an Ärger und Freude bot. Er freute sich, daß in ihr sogar aus Ärger Freude werden konnte. Möglicherweise hätte er nie Herrn Wittmann kennengelernt, hätte sein lieber Amtsvorstand Waser das Erzbischöfliche Ordinariat nicht mit einem Brief erfreut. Wie konnte er es nur seinem Bruder Waser danken, ihn so wütend gemacht zu haben, daß er ihn in seiner Wohnung zusammenzubrüllen gedachte, und doch wieder nicht so wütend, daß er dann immerhin noch imstande war, statt dessen zu Wickenmoos hinaufzugehen. Ganz zu schweigen von dem Sonderfall eines jungen katholischen Architekten, der etwas umsonst machte.

Wie konnte er das danken?

Wie nur? – Wie?

Es war ein Frühlingstag. Daun ging hinter seinem Torbogen, dem noch immer das Tor fehlte, auf und ab, als ein Mann auf ihn zutrat, den Hut abnahm, die Krempe durch die Finger wandern ließ und sagte, er wisse noch nicht, ob Daun es wisse, aber der Mann, der bisher immer zu Fronleichnam die Altäre hergerichtet und geschmückt habe, dieser Mann sei gestorben. Und da man von einem Toten nicht gut erwarten könne, daß er die Funktionen seines Lebens weiter ausführe, sei es an der Zeit, sich langsam umzusehen und einen neuen Mann zu finden, der die Altäre schmücke und auch sonst an diesem Tage die Straßen etwas wohnlicher mache. Und der Mann wollte sich durchaus nicht aufdrängen, aber er konnte andererseits doch nicht unterdrücken zu sagen, daß er dies gern täte, denn er sei nun einmal ein Blumennarr. Und Religion hin, Religion her, er verstehe sich darauf, schließlich habe er einmal das Gärtner- und Blumenbinderhandwerk erlernt, und er könnte auch im Pfarrgarten nach dem Rechten sehen, es koste gar nichts, denn er habe genug Stauden, die er hierherpflanzen könne, und den Samen für einjährige Blumen, den brächte er noch auf. Er hatte auch selbst Obstbäume veredelt, wunderbare Sorten, und es sei noch gerade Zeit, die Bäume zu setzen. Und Pfarrhof hin, Pfarrhof her, gutes Obst, das man den Gläubigen schenke, käme vielleicht auch der Religion zugute, denn die Pfarrer sagten wohl, der Mensch lebe nicht von Brot allein, aber sie dächten dabei nie auch nur beispielsweise ans Obst. Und die Pfarrer hätten das sowieso schon zu lange gesagt. Er wisse, daß der Mensch zum Beispiel vom Beten nicht allein leben könne, daß er unter anderem auch etwas zum Beißen und Schlucken und außerdem Arbeit brauche. Daun hatte das Empfinden, daß der Alte seine Rede lange überlegt, ja sogar geprobt hatte, daß ihn das Ableben des Altarschmückers nicht sonderlich kränkte, ja vielleicht sogar freute, wie ein Beamter zwischen Freude und Trauer hin und her gerissen ist, wenn der Vorgesetzte, dessen Platz er einnehmen wird, dahingeht. Der Mann machte Daun den Eindruck eines etwas querköpfigen Frommen, und er ahnte nicht, daß seine freudige Zustimmung zu dem Anerbieten des Mannes einen Sturm in der Pfarre auslösen würde.

Er sagte daher: »Es freut mich sehr, daß Sie von selber zu mir kommen. Und ich will auch nicht, daß Sie die Arbeit ganz umsonst tun. Ich bin zwar der Meinung, daß der Himmel ein gutes Werk belohnt, aber andererseits finde ich es ausgesprochen schofel, die Belohnung immer nur dem Himmel zu überlassen, wenn man sich etwas dabei ersparen kann. Ich werde Sie also im Rahmen des Möglichen, und das Mögliche hat bei uns keinen sehr weiten Rahmen, sofern es nicht um ein...« Daun zögerte.

»...neues Auto für den Bischof geht«, sagte der Gärtnersmann.

»Aber!« sagte Daun vorwurfsvoll. »Warum sagen Sie das mir? Sie wissen doch ganz genau, daß ich kein Auto habe. Und was das Auto des Bischofs anbelangt...«

»Lassen wir das«, sagte der Mann. »Es ist mir nur so rausgerutscht. Und außerdem, ich mach' es ja nicht, weil ich Geld brauche. Geld hab' ich genug. Ich mach' es, weil ich es gern mache. Das ist es.«

»Fein«, sagte Daun. »Es freut mich wirklich, daß Sie von selbst zu mir kommen.«

»Natürlich wäre es schön, wenn ich ganz sicher sein könnte, daß ich es machen darf«, sagte der Mann. »Sie sollen bestimmt nicht schlecht fahren dabei, aber könnte ich irgend etwas Sicheres dafür haben?«

»Ich verspreche es Ihnen, daß Sie es machen werden«, sagte Daun. »Sie sind zu mir gekommen und haben sich angeboten, und ich muß froh darüber sein und Ihnen danken. Genügt Ihnen mein Wort?«

»Dann ist es schon recht«, sagte der Mann und beeilte sich, um noch Obstbäume zu setzen.

Ein redlicher Arbeiter, dachte Daun und hielt die Bäume, wenn der Mann Erde auf die Wurzeln schaufelte. Ein redlicher Arbeiter, der zwar noch uns Pfarrern mißtraut, aber Gott gefunden hat. Ihm war das lieber, als wäre es umgekehrt gewesen. Als sie fertig waren, setzten sie sich auf eine Bank, rauchten miteinander jeder eine Zigarette und betrachteten ihr Werk.

»Ein guter, ausgeruhter Boden«, sagte der Mann. »Wenig Steine. Sie haben es ja gesehen.«

»Ja«, sagte Daun, »wenig Steine.«

»Im Herbst könnte man noch eine ganze Menge Bäume hereinstellen«, sagte der Mann. »Es gibt Leute, die sich noch immer kein Obst kaufen können. Und wenn man schon den Grund und Boden dazu hat...«

»Natürlich«, sagte Daun, »es wäre eine Sünde, das so liegen zu lassen. Wann gibt es denn das erste Obst?«

»Die paar Jahre«, sagte der Mann und blies den Rauch aus. »Hauptsache, es ist überhaupt etwas geschehen.«

Als der Mann ging, versicherte er sich noch einmal, daß er die Fronleichnamsaltäre schmücken dürfe.

»Ich habe es zugesagt«, sagte Daun. Und er sah dann dem Mann nach, wie er die Straße hinunter zu den Siedlungsgärten ging, wo er ein kleines Häuschen haben mochte.

Es war ein friedlicher Abend. Die Luft war mild. Die Vögel waren noch unterwegs. So setzte er sich wieder auf die Bank, um noch eine Zigarette zu rauchen. Der Friede dauerte jedoch nicht lange. Drei Männer kamen mit Herrn Waser, den sie eigens dazu mobilisiert hatten, auf ihn zugestürzt.

»Wissen Sie, daß das einen Skandal gibt?« fragte Herr Waser und deutete auf die frisch gesetzten Obstbäume.

»Wieso?« fragte Daun und blieb sitzen.

»Sie stammen von einem stadtbekannten Kommunisten.«

»Er hat sie mir geschenkt«, sagte Daun. »Und ich freue mich noch immer darüber. Er meinte, wenn sie trügen, könnte ich das Obst verschenken.«

»Von einem Kommunisten!« schnaubte einer der drei Männer, der sich als Gärtner auswies.

»Menschheitsbeglückung«, sagte der zweite. Auch ein Gärtner.

»Und die Altäre?« fragte der dritte, ein Blumenbinder. »Stimmt es, daß er sie zu Fronleichnam schmücken wird?«

»Ich habe es ihm zugesagt«, verriet Daun. »Er hat mein Wort.«

»Aber das geht doch nicht!« rief Waser. »Was werden die Leute sagen! Und was werden *Sie* den Leuten sagen, wenn sie Sie fragen?«

»Ich werde den Leuten sagen«, erwiderte Daun, »ich werde ihnen sagen, *mich* hätte es wahrscheinlich mehr gefreut, wäre ein katholischer Gärtner gekommen und hätte mir all das angeboten, was mir der Kommunist angeboten hat. Gott aber, würde ich sagen, freut es vielleicht mehr, wenn ausgerechnet ein Kommunist ihm die Altäre schmückt.«

Eine Predigt Dauns:

»Ich möchte heute darüber nachdenken, was wäre, wenn wir tatsächlich Christen wären. Ich meine nicht die große Welt, die Menschheit, sondern nur uns, unsere eigene, kleine Pfarre.
Wenn wir Christen wären, würde nicht der eine fremd neben dem anderen in dieser Kirche stehen, würden nicht da die Alten und dort die Jungen sein.
Wenn wir Christen wären, würden wir nicht nach der Messe aus der Kirche hinausstürzen, den Autoschlüssel schon in der Hand, damit wir recht schnell zu unserem Wagen gelangen und ja niemanden, von unserem Nachbarhaus vielleicht, mitnehmen müssen.
Wenn wir Christen wären, würden wir draußen warten und vielleicht jemanden zu Tisch bitten, dem es anzusehen ist, daß er auch heute noch hungert.
Wenn wir Christen wären, würden wir die Sorgen des anderen kennen, ja vielleicht sogar seinen Namen. Aber wer weiß von uns wirklich, wer da Sonntag für Sonntag neben ihm steht? Fremder können Fremde einander nicht sein.

Wenn wir Christen wären, würden wir diese Kirche, sie mag euch nun gefallen oder nicht, und sie mag mir gefallen oder nicht, nicht wie ein fremdes Haus betreten, sondern wie die Wohnung unseres Vaters. Wir würden uns nicht an der Tür oder in Winkeln herumdrücken, sondern zu ihm selber kommen.

Wenn wir Christen wären, müßten wir nicht zum anderen schielen, ob wir nun aufstehen, das Knie zu beugen, das Kreuzzeichen zu machen oder an die Brust zu pochen haben. Wir würden es wissen, wie wir wissen, daß wir bei Grün über die Straße gehen dürfen und bei Rot stehenbleiben müssen.

Wenn wir Christen wären, würden die Mauern dieser Kirche die Menschen nicht fassen können, denn wir hätten alle anderen, die nicht hier sind, durch unsere Freude, durch unsere Sicherheit und unsere Hilfsbereitschaft, durch unser ganzes Leben davon überzeugt, daß wir Christen sind und daß es gut ist, ein Christ zu sein.

Wenn wir Christen wären, müßten wir von den anderen zu unterscheiden sein, wie der Tag von der Nacht, wie die Sonne vom Mond, nur aus dem einen Grund, weil wir Christen wären. Aber sind wir unter den anderen herauszufinden, sind wir zu erkennen, weil wir Christen sind? Und wenn wir zu erkennen sind, sind wir an Vorzügen zu erkennen und nicht eher an Nachteilen?

Wenn wir Christen wären, liebten wir unser Auto, gewiß, wir liebten all die technischen Hilfsmittel, vom Staubsauger bis zur Saftpresse, von der Wäscheschleuder bis zum Trockenrasierer, sind sie doch in dem Auftrag entstanden: Macht euch die Welt untertan. Und wenn sich so ein Trockenrasierer nur den Bart untertan macht und eine Waschmaschine nur den Schmutz in der Wäsche, ist es nicht herrlich, daß Menschen das erfunden haben? *Liebt* diese Dinge, *weil* sie Menschen geschaffen haben, und liebt die Menschen, weil sie von Gott kommen. Wenn ihr aber die Dinge liebt, weil sie vom Menschen kommen, und den Menschen liebt, weil er von Gott kommt, müßt ihr ja Gott am meisten lieben. Und wir liebten ihn wirklich am meisten, wenn wir Christen wären.

Wenn wir Christen wären, gäbe es in dieser Pfarre keine Armut, keine Not und keine Einsamkeit. Keiner würde hier unbemerkt leben und noch viel weniger umbemerkt sterben können.

Wenn wir Christen wären, brauchten unsere Türen keine Schlösser, unsere Fenster keine Riegel, Polizei und Gerichte würden sich erübrigen, weil wir Christen wären.

Wenn wir Christen wären, könnten wir auch von hier aus die Welt verändern. Aber die Welt wird nicht verändert.
Ihr wißt jetzt, warum.
Amen.«

Banken veröffentlichen eine sorgfältig frisierte Bilanz, um auf die Erfolge hinzuweisen«, schrieb Daun. »In seitengroßen Anzeigen kann der gläubige Leser aus der Gegenüberstellung der Aktiva und Passiva entnehmen, daß trotz der Verpulverung wahnsinniger Mittel in einen unzweckmäßigen, aber repräsentativen Neubau der Hauptanstalt (er wird sicher noch umgebaut werden müssen) auf dem Laien unerklärliche Weise Überschüsse erzielt wurden.
Wie mißt jedoch ein Pfarrer seine Erfolge am Tag des Kirchweihfestes in seiner Pfarre?
An den kleinen Schwipsen, die ohne ihn größere geworden wären? Daran, daß zu abendlicher Stunde leisere Knallbonbons verwendet werden als sonst? Sind die Beichten, die er abnimmt, ein gültiger Maßstab, die Kommunionen, die er austeilt? Sind es die guten Taten der Mitglieder seiner Herde, von denen er nie Kenntnis erlangt? Und wenn er von ihnen Kenntnis erlangt, sind dann die guten Werke noch gute Werke oder persönliche Propaganda dem Pfarrer gegenüber, in der Hoffnung, daß er sie auf direktem Wege Gott mitteilt?
Ist es sein Erfolg, wenn ein eifrig zählender Herr Wickenmoos feststellt, daß die letzten Sonntage etwa fünfzig bis hundert Personen mehr die Sonntagsmesse besuchen? Ist es sein Erfolg, wenn der Pfarrer selbst feststellt, daß ihn mehr Leute auf der Straße grüßen als früher? Kann er es als Pluspunkt werten, wenn Herr Waser sich grollend und schmollend in der Männerrunde ausschweigt, nicht ohne seinen Beamten den beinahe dienstlichen Befehl erteilt zu haben, ebenfalls zu schweigen? Hat der Pfarrer gut und recht getan, weil an den Mittwochnachmittagen zuerst fünf, dann zwölf und einmal sogar schon neunzehn Leute kamen, um mit dem Pfarrer zu sprechen? Oder kann er gar sein Wirken daran abmessen, daß ein Opferstock plötzlich überquillt, daß bei den sonntäglichen Sammlungen während der Opferung Herr Wickenmoos beinahe die Fassung verliert, weil sich blanke Silberstücke im Körbchen befinden, ja sogar Papiergeld?

Ist es sein Erfolg, wenn eine junge, nette Frau, die ihr Strumpfgeld gespendet hat, an einem Nachmittag im Pfarrhof auftaucht und erklärt, beichten zu wollen? Ist es sein Erfolg, wenn sie dabei bleibt, obwohl man ihr gesagt hat: ›Wenn Sie nur mir eine Freude damit machen wollen, würde ich Sie bitten, lieber wieder zu gehen‹?

Hat man etwas erreicht, wenn ein junger, vom Seelsorgedienst suspendierter Priester, der Gerechtigkeit mit Rechthaben verwechselte und Wahrheitsliebe mit Grobheit, im Pfarrhof erscheint und stolz verkündet, er habe eben seinen zehnten Einsatz bei Verkehrsunfällen absolviert?

Ist man auf dem rechten Weg, nur weil der etwas phlegmatische Amtsbruder Kudinsky von der Nachbarpfarre den guten Rat erteilt: ›Tu dir nichts an!‹ Und dann fragt: ›Oder willst du höherenorts Furore machen?‹

Offen gesagt, ich kann nicht behaupten, daß ich in dieser ersten Zeit in meiner Pfarre sehr erfolgreich war. Ich habe es mir leichter vorgestellt. Und wie die Dinge liegen, müßte man eine Art Lehrsatz aufstellen, eine physikalische Formel, bei der mit A der Schwung des Pfarrers gegeben ist, mit dem er alles anpacken will, und der durch B, die Widerstände, gebrochen wird, die ihm die Seinen, nicht die Fremden, entgegensetzen. Dieses B könnte unterteilt und aufgefächert werden in die vielen Vereinigungen und Gruppierungen innerhalb einer Pfarre, ihren ingrimmigen Kampf gegeneinander nach außen hin und in den nicht minder grimmigen Kampf innerhalb jeder Gruppe. Dieser Widerstand könnte noch weiter symbolisiert werden durch verschiedene geschäftliche oder sonstige Interessen, unter dem Motto: Gehe ich in deine Kirche, geh du in mein Geschäft.

Zusammengefaßt sähe der kurze Lehrsatz etwa so aus: Die Leistung eines Pfarrers ergibt sich aus seinem Schwung, gebrochen durch den Widerstand seiner Pfarrkinder. Oder: Der auf dem Wege vom guten Vorsatz zur Verwirklichung eintretende Substanzverlust ergibt die katholische Wirklichkeit. Jene Wirklichkeit, die mein Prälat damals mit ›menscheln‹ bezeichnete.

Und was, um auch darüber zu sprechen, hat man bei den Jungen erreicht? Offen gesagt, konnte ich noch nicht ganz durchschauen, ob wir Tischtennisspieler unter den Kirchgängern gewonnen haben oder ob wir Kirchgänger unter Tischtennisspielern gewonnen haben. Bei manchen habe ich den Eindruck, sie fassen die sonntägliche

Messe als eine Gelegenheit auf, sich den Himmel zu erwerben, nur ist ihr Himmel ein Platz an der Schmalseite des grünen Tisches. An meine Befürchtung, daß etwa die Hälfte den Kirchgang als Ersatzeintrittsgeld zum Tischtennisraum betrachtet, wage ich nicht zu denken.

Andere junge Männer dürften wieder deshalb kommen, weil es tatsächlich einige hübsche Mädchen innerhalb der weiblichen Pfarrjugend gibt. Und es ist nun rührend zu beobachten, wie man in einer Pfarre den Dienstweg einhält. Beschwerden über die Pfarrjugend werden mir zugeschickt, Beschwerden über mich dem Ordinariat. Und man hat sich – soll ich darüber fröhlich sein? – bisher doch ein wenig mehr über die Jugend beklagt. An den Schriften kann man erkennen, daß es sich meist um ältere Leute beiderlei Geschlechts handelt. Man teilt mir mit, daß dieser mit jener bei völliger Dunkelheit und Hand in Hand durch die Gärten (Hand in Hand!!!) gegangen sei! Ein anderes Pärchen sei eine halbe Stunde vor dem Wohnhaus des Mädchens auf und ab gegangen, weil sie sich nicht voneinander trennen konnten. Warum ich da nicht nach dem Rechten sehe und energisch Einhalt gebiete?! Die Anhäufungen von Rufzeichen und die Paarung von Frage- und Rufzeichen scheint eine Spezialität dieser Schreiber und Schreiberinnen zu sein.

Ich muß außerdem offen gestehen: Früher taten mir immer die unscheinbaren Mädchen leid, die offenkundigen Mauerblümchen, die rein äußerlich weniger begabten und beschenkten. – Jetzt hat sich meine Einstellung sehr geändert. Mein Erbarmen wendet sich den Hübschen zu, den gut gewachsenen, den auffallend schönen, denn so heiligmäßig könnte ein solches Mädchen gar nicht leben, daß man nicht doch vermutete, es tue das nur, um einen Wust von Sünden zu verbergen. Ich habe schon einmal darüber in einer Predigt gesprochen und dabei instinktiv gespürt, wie der Widerstandsfunken von einem zum anderen übersprang. (Es waren damals keine hübschen Mädchen in der Kirche.) Ich hätte ohne äußeres Zeichen das Ergebnis dieser stummen Abstimmung gegen meine Gedanken von den Gesichtern abzählen können. Es war einer der wenigen Augenblicke, da mich eine Art Entsetzen in der Kirche erfaßte. Ein Entsetzen darüber, daß wir über die Zeit der Hexenverbrennungen nicht allzu weit hinausgekommen sind.

Wie wenig liebevoll ist man sogar den Mädchen gegenüber, die ihre kleinen Fehler nur mit mehr Geschick zu korrigieren vermögen als die anderen, ganz zu schweigen von jenen, die durch kleine oder größere körperliche Fehler zu eigenen Gedanken angespornt werden. Ich grüble oft darüber nach, was da falsch gemacht wurde und wie man es ändern könne. Es muß eine tief eingebrannte, von uns bestärkte Vorstellung geben, daß der Himmel eine Sammelstelle der scheinbar Benachteiligten und Geprellten sein wird, und diese Vorstellung haben christliche Schreiber durch lange Zeit hindurch mit Fleiß genährt.

Als ich unlängst von der alten Geschichte sprach, daß ein Mensch mit rauhen Händen allein schon der rauhen Hände wegen in den Himmel aufgenommen werde, während die Menschen mit glatten Händen aber noch ihr Herz zeigen müßten, und ich sagte: Glaubt doch dieses Märchen nicht! – war wieder diese stumme Welle des Widerstandes, der versteckten Empörung da. Als ich fortsetzte: Glaubt doch nicht, daß eine miese keifende Alte nur ihrer rauhen Hände wegen in den Himmel kommt! setzte das Atmen aus.

Hatten sich so viele auf die rauhen Hände verlassen?

Und wenn ihr glaubt, sagte ich weiter, daß ein Bauhilfsarbeiter, der jeden Freitag besoffen nach Hause kommt, Frau und Kinder mit dem Riemen aus der Wohnung treibt, nur mit seinen rauhen Händen in den Himmel kommt, dann habt ihr euch abermals getäuscht.

Die Predigt hatte einige Wirkungen und Nachwirkungen, die Worte ›miese keifende Alte‹ und ›besoffen‹ kamen über den Ordinariatskanzler wieder an mich zurück. Und ein Sekretär der Bauarbeitergewerkschaft sprach bei mir vor, weil ich die Arbeiter seiner Sparte geschmäht hatte. Wir schieden im besten Einvernehmen. Man hatte ihm das Wort ›besoffen‹ unterdrückt, und ich sah zum erstenmal, daß es gut ist, wenn sich Leute über meine Wortwahl im Erzbischöflichen Ordinariat beschweren. So konnte ich ihm das Wort ›besoffen‹ schwarz auf weiß nachweisen. Der Mann gab sich zufrieden, ja, er fragte mich sogar, ob ich einmal bei den Arbeiterabstinenzlern reden wolle. Ich sagte zu und erhielt einen der festesten Händedrücke meiner Laufbahn, denn er war einer von ihnen.

Aber noch eines gehört hierher. Und das bedrückt mich. Ich habe beim ersten Weihnachtsfest in meiner Pfarre versagt. Ich kann es mir heute selbst nicht mehr erklären, wie es zu diesem Versagen kam. Und ich kann mir auch nicht erklären, wieso ich schon vorher, in meiner Kaplanszeit, nie den Weihnachtstag, den Weihnachtsabend, in meine Vorstellungen einbezogen hatte. Ich hatte mir, zum

Beispiel, sehr fest vorgenommen, Politiker oder sonstige Honoratioren, die gerade nur zur Fronleichnamsprozession in der Pfarre erschienen, klar zu bitten, bei den übrigen Männern zu gehen. (Leider erschien keiner.) Ich hatte ganz bestimmte Vorstellungen von den anderen Festen. Nur beim Weihnachtsabend dachte ich an die Christmette und nicht an die vier, fünf Stunden vorher.

Und so kam es. Ich persönlich habe niemanden in meiner Pfarre beschenkt. Ich habe an diesem Abend niemanden aufgesucht und niemanden eingeladen. Und dabei weiß ich, daß ich den Saal von einsamen Menschen hätte voll haben können und daß ich vielen einsamen Menschen eine Freude nur damit hätte bereiten können, an diesem Abend anderen Einsamen, die nicht die Mittel dazu hatten, Freude zu bereiten.

Es ärgert mich, ja mehr noch, es kränkt mich, daß dieses erste Weihnachtsfest so unwiederbringlich dahin ist, ohne daß ich etwas getan habe. Was nützt es, daß ich jetzt, schon Monate vorher, Vorbereitungen für den zweiten Heiligen Abend treffe. Sie erinnern mich nur daran, daß ich etwas unterlassen habe, was ich nie hätte unterlassen dürfen.

Und daß die Grundmauern für den Kindergarten stehen, ist dafür kein Trost.«

Ob nun Daun wollte oder nicht, er mußte als erster in den Autobus klettern, der angeblich mit Flugzeugsitzen ausgestattet war (nur die Gurte fehlten), und dann die Schar fröhlich schnatternder, reichlich mit Proviant versehener älterer Damen an sich vorüberziehen lassen, die sich hinter ihm ohne den geringsten Hauch von christlicher Langmut um die Fensterplätze wie Schulmädchen balgten. Zum Schluß bestiegen einige betagtere Herren den Bus, außer mit Proviant auch noch ebenso mit reichlich Rauchbarem ausgerüstet, dazu kam noch eine Fahne im schwarzen Wachsfutteral nebst kunstvoll gedrechselter Fahnenstange aus hartem Holz. Ein schweres Stück insgesamt, das einen ganzen Mann erforderte. Bei Wind sogar deren zwei.

Daun, eigentlich mit viel Talent zum Glücklichsein ausgestattet, fühlte ein Unbehagen, das ihm nicht ganz erklärbar war, ein Unbehagen, das er in seinen Banktagen und vorher nie gekannt hatte, erst in der *una sancta ecclesia* war es ihm zu einer nach und nach vertrauten Erscheinung geworden. Vielleicht rührte es daher, daß es die erste Wallfahrt war, die er mit seinen Pfarrkindern unternahm. Vielleicht störte ihn der komfortable Autobus, und vielleicht kam das Unbehagen auch daher, daß er fürchtete, der Tag könne anders ausgehen, als er es sich gedacht hatte. Er zog sich deshalb, und er war froh, daß er auch das nach und nach gelernt hatte, in sein Innerstes zurück. Er nickte zwar nach außenhin nach da und dort, machte diese oder jene Handreichung, kaute an einem Keks, den man ihm in den Mund geschoben, oder lutschte an einem Bonbon, das man ihm aufgezwungen hatte, aber es war nicht seine ganze Person, die das tat, das waren sein Kopf, seine Hände, seine Kinnladen, losgetrennt von der Gesamtheit seines Wesens, von der Seele gewissermaßen nach außen delegiert. Er für sich war ganz allein, mehr noch, er war mit Gott allein.

»Gott«, sagte er, weit weg von den anderen, »laß mich heute nicht explodieren.«

»Gott«, bat er, »halte meine Hände fest.«

»Gott, gib mir Ruhe und Gelassenheit.«

Er brauchte sie.

Kaum war der Autobus in eine Hauptstraße mit stärkerem Verkehr und vielen Fußgängern auf den Gehsteigen eingebogen, stimmte die Anführerin der Gruppe, eine Schuldirektorin in Ruhe, ein Gebet an. Sie bekam dabei rote Flecken auf ihrem welken Hals und starrte durch ihre dicken Gläser, die ihre Augen um ein Beträchtliches, aber verschwommen, vergrößerten, nach links und rechts, als wäre sie bereit, für ihr provokant lautes Beten gesteinigt zu werden. Es mußte für sie ein erregendes Gefühl sein, an einer Kreuzung bei Rotlicht direkt neben den geöffneten Fenstern einer Straßenbahn das Glaubensbekenntnis herunterzurasseln und die Straßenbahnfahrgäste aus ihrer Lektüre oder auch nur gedankenlosen Gelassenheit zu reißen.

Und so ging es die ganze Fahrt über. Fuhr der Bus durch Felder und Wiesen, wurde fröhlich drauflosgeplappert, näherte er sich aber einer Ortschaft, die sich nur als halbwegs bewohnt erwies, schaltete die Schuldirektorin in Ruhe auf Gebet um, ja, an einer Straßenbaustelle, an der der Bus aufgehalten wurde, obwohl er christliche Wallfahrer enthielt, drückte die Dame ein derartiges Schnellfeuergebet ab, als wolle sie damit die halbnackten Straßenarbeiter niedermetzeln. Als diese aber die Insassen des Busses weniger gefährlich als komisch fanden und die Reisegesellschaft mit deftigen Scherzworten zudeckten, wollte man Daun aufstacheln, ein Machtwort zu sprechen.

Daun aber sagte nichts. Erst als sich der Bus wieder in Bewegung setzte, streckte er seinen Kopf aus dem Fenster und sagte mit jener Freundlichkeit, die er in der Bank und nicht im Alumnat gelernt hatte: »Auf Wiedersehen!« Und dieser eine Gruß, den die Arbeiter nicht als Spott oder als Hohn auffaßten, sondern als das, was er war, als eine Freundlichkeit, mischte plötzlich eine Verlegenheit in ihre grinsenden Gesichter, eine Spur von Betretenheit, daß Daun bei sich dachte, vielleicht wäre es besser, ich stiege hier aus und bliebe bis zur Rückkehr des Busses bei ihnen. Und dann dachte er lange darüber nach, unter welchem Berufszweig sich heutzutage Jesus Christus seine Jünger aussuchen würde, und wie er heute seine Gleichnisse setzen würde, ob er etwa Fabrik statt Weinberg sagen und wie er die Maschinen in seinen Reden unterbringen würde.

Dies enthob Daun jeden Kummers, bis man am Wallfahrtsort anlangte. Er hatte diese Entspannung nötig gehabt, denn der Bus mußte am Anfang des Ortes weit von der Kirche entfernt stehenbleiben; so viele Besucher, denn nicht alle waren Wallfahrer, waren gekommen.

Die Damen fanden das empörend, und die Herren beratschlagten, ob es dann überhaupt zweckdienlich sei, mit der Fahne den weiten Weg zu gehen. Ein pensionierter Beamter der Bundesbahn fand, man möge eine kurze diesbezügliche Diskussion im nächsten Wirtsgarten abhalten, der schattig lockte, und dieser Antrag wurde sogleich angenommen. Dort floh die Zeit schneller dahin als der Durst von der Reise her, und ausgerechnet zur Mittagszeit wollte man dann auch nicht in die Kirche einziehen, weil eine noch so kleine Prozession mit schwarzen Sonnenschirmen doch eher einen lächerlichen Anblick böte.

Die Herrschaften beschlossen daher, einstweilen in kleineren Gruppen Einkäufe zu tätigen. Dem Herrn Pfarrer wurden die Spezialitäten des Ortes mitgeteilt, unter anderem durfte er es ja nicht versäumen, einen berühmten Lebzelter aufzusuchen.

Daun machte sich allein auf den Weg. Er ging die lange Geschäftsstraße entlang, die zeigte, daß es kaum einen Erwerbszweig gab, mit dem sich nicht aus der Tatsache Geld schlagen ließ, daß man sich an einem Gnadenort niedergelassen hatte. Da er die Preise der Lebensmittel, des Gemüses und Obstes kannte, konnte er an ihnen am besten die Gnadenortszuschläge abmessen.

Er war nun keineswegs eine Wildwestfigur, aber in dieser langen Häuserzeile, die schön sein mochte, wenn man die Wände von den Reklamen befreit hatte, kam ihn die Lust an, mit einer Maschinenpistole einherzuwandeln und den angehäuften Kitsch so nach und nach, Stück um Stück und Sparte um Sparte wie in einer Jahrmarktsbude abzuknallen. Er bahnte sich dann noch den Weg durch die von viel Volk umdrängten Verkaufsstände vor der Kirche, wo sich das bisher Gebotene geradezu orgiastisch steigerte, in die Kirche selbst.

Die Kirche war fast leer. Ein paar versunkene Beter, ein paar auf Zehenspitzen gehende Touristen, sonst angenehmes Dunkel, Stille und Kühle. Daun schränkte dabei ganz bewußt seinen Blick ein, wollte zur Architektur oder der Kunst des Gotteshauses nicht in Beziehung treten, schließlich war es nicht seine Pfarrkirche, und außerdem war er wirklich gekommen, um zu beten.

Als er wieder aus der Kirche hinaustrat, schlug er den Weg in Seitengassen ein, kaufte sich unterwegs eine Zeitung, wunderte sich, daß sie hier nicht mehr kostete als anderswo, strebte dann dem Gasthof zu, wo man das Mittagessen vorsorglich schon Wochen vorher bestellt hatte, fand dort an dem reservierten Tisch noch genügend Zeit, die Zeitung aufzuschlagen, und stieß auf der Kulturseite auf die Abbildung einer Marienstatue, die es ihm plötzlich klarmachte, daß er, der Zeitungen nur ab und zu kaufte, nicht nur durch Zufall dieses Blatt erstanden hatte. Diese holzgeschnitzte Marienstatue zeigte nämlich die Gottesmutter mit entblößtem Bauch, und an diesem bloßen Bauch war deutlich zu erkennen, daß sie ein Kind trug. – So hatte man sich einmal in der Kirche über das Kommen des Erlösers gefreut.

»Hat jemand vielleicht eine Schere mit?« fragte Daun.

Eine Dame konnte ihm behilflich sein.

Daun schnitt das Bild sorgsam aus und erklärte: »Ich nehme es mir mit, damit ich Leuten, die sich über alles und jedes aufregen, beweisen kann, wie wenig prüde, wie natürlich, ja, wie unschuldig man einmal in der Kirche gedacht hat.«

Als der Mann seine Siebensachen in seinem Hotelzimmer zusammenpackte, überschlug er noch einmal seinen Aufenthalt. Das Geschäftliche konnte er dabei unberücksichtigt lassen, denn die Besprechungen waren erfolgreich verlaufen. Es ging ihm viel mehr um dieses Zimmer und dieses Hotel.

Es war ein ganz gewöhnliches modernes Zimmer, in einem gewöhnlichen modernen Hotel. Wenn man die Tür vom Flur aus öffnete, gelangte man in einen kleinen, kabinenartigen Vorraum, in dem sich rechts ein viel zu großer Einbauschrank befand, links die Tür zur Toilette und zum Wasch- und Duschraum. Öffnete man die Tür, die der Eingangstür gegenüberlag, gelangte man in das Zimmer. In der hinteren linken Ecke des Zimmers stand das Bett mit eingebautem Bücherbord, Radio und Telefon, daran schloß sich zum Fenster hin eine Clubgarnitur an, und am Fenster selbst stand ein kleiner Schreibtisch mit einem vernünftigen Stuhl, auf dem man nachdenken konnte. An der rechten Wand zum Fenster hin war der übliche Hocker für das Gepäck.

Auch sonst war alles in Ordnung. Die Matratzen des Bettes federten, ohne zu quietschen, das Leintuch war glatt und straff und das Bücherbord jeden Tag abgestaubt. Der Zimmerpreis war auf einer Liste hinter Klarsichtfolie korrekt angegeben, das Klosettpapier nicht minderwertig, und auch die Zellstofftücher für Lippenstift oder Rasierklingen fehlten nicht, ebensowenig eine Tafel, die man außen an die Türklinke hängen konnte und die den schönen Text hatte: »Bitte nicht stören«.

Dem Service nach hätte das Hotel in der Schweiz stehen können. Ja, als der Mann eines Nachts einen besonders heftigen Anfall von Sodbrennen bekam und telefonisch um eine Flasche Mineralwasser bat, erkundigte man sich nach seinem Befinden und war bereit, den Vertragsarzt des Hotels zu bemühen, falls es sich nicht bessere.

Fünfzehn Minuten, nachdem man ihm das Mineralwasser gebracht hatte, schlug nochmals die Telefonklingel ganz leicht an. Der Mann hob ab und meldete sich und konnte auf besorgt klingendes Befragen antworten, daß er sich bereits besser fühle.

Er fühlte sich besser, aber er lag dann noch lange wach. Es ging ihm soviel durch den Kopf.

Das Hotel hatte nicht nur weit über hundert Ein- und Zweibettzimmer, einen Frühstücksraum, Gesellschaftsräume und ein Restaurant; es hatte nicht nur eine ordentliche Empfangshalle, einen klaglos funktionierenden Lift und eine bemerkenswert gute Küche. Das Hotel barg in sich auch eine Kapelle. Und um es endlich zu sagen, das Hotel war trotz der geschilderten Vorzüge ein katholisches Hotel, ein von katholischen Ordensschwestern geführtes Hotel. Und das beunruhigte den Mann. Es beunruhigte ihn auf keine besonders beunruhigende Art, nein, es beunruhigte ihn auf eine verhüllt freudige, gedämpft lustvolle Weise. Es erinnerte ihn an seine guten Tage der Kindheit. An die Zeit, als er noch keinen Schul- und also auch keinen Religionsunterricht genießen durfte, an die Zeit der Prozessionen mit den Frottiertuchkirchenfahnen daheim in der großen Wohnung, an die Zeit mit dem Kinderaltar und seinem Meßgewand und den Kerzen. Und die Mutter war noch jung damals und liebte den Vater.

Als er angekommen war und ihn an der Rezeption eine Klosterschwester erwartet hatte, hatte er einen Augenblick lang überlegt, ob er umkehren sollte.

Da lächelte die Schwester, und er blieb. Sie lächelte ihn so offen an, so ungehemmt, so unbelastet, ganz und gar nicht aus gequetschter Seele heraus, sondern wirklich frei, ja sogar souverän, und da blieb er.

Er sagte: »Grüß Gott, ehrwürdige Schwester«, wie ein braver Knabe, und er spürte sein Herz zittern, weil diese alte, versunkene Formel ihm plötzlich so geläufig war. Und er sagte: »Ein schönes Haus haben Sie!« Und er sagte: »Ich wußte gar nicht, daß es von Schwestern geführt wird.«

Und die Schwester im Frühstücksraum brachte ihm schon am zweiten Morgen sein bevorzugtes Mineralwasser und Honig, weil die Konfitüren vielleicht zuviel Säure enthielten. Und er saß mit einem appetitvollen Herrn an einem Tisch, den er für einen Jesuiten hielt, und der seinerseits ihn wiederum für einen katholischen Mann hielt. Die Spezialität dieses Herrn war Althebräisch, und er sprach auch die ganze Zeit in einer durchaus verständlichen Art davon. Er sagte unter anderem: »Wissen Sie, die Texte in der Bibel sind ursprünglich viel prägnanter, viel farbiger, ja, auch manchmal viel gewaltsamer.« Und er zitierte eine Stelle, die unser Mann nicht recht behalten konnte, aber es ging darum, daß es bei dieser Stelle in den landläufigen Übersetzungen hieß, ›es wird kein Mann übrigbleiben‹ oder ›ich werde alle Männer töten‹. – »Und wie hieße es wortwörtlich?« fragte der Herr, den unser Mann für einen Jesuiten hielt.

Der Mann hob die Schultern.

»›Dann falle ich über euch her, und es wird bei euch keiner mehr sein, der auf eine Mauer pissen kann.‹«

»Aha«, sagte der Mann, »das ist wenig zimperlich.«

»Das wollte ich sagen«, sagte der Herr und steckte sich eine Zwiebackpackung in die Jackentasche. »Wir sind, wie alle Nachfahren, sehr zimperliche Nachfahren.«

»Vielleicht sind wir das gar nicht«, sagte der Mann. »Vielleicht hat man uns so gemacht. Oder man wünscht uns so. Vielleicht wollen wir gar nicht mehr zimperlich sein.«

»Es wird sich ändern«, sagte der Herr mit dem Zwieback in der Tasche. »Essen Sie Ihr Gebäck nicht auf?«

»Nein«, sagte der Mann.

»Ich esse dafür nämlich nichts zu Mittag«, gestand der Herr.

»Nehmen Sie sich ruhig, was Sie wollen«, lud der Mann den Herrn ein, »aber schaffen Sie bitte die Zimperlichkeit bald ab.«

»Wenn wir mehr solche Christen hätten wie Sie«, sagte der Herr und strich sich die Butter unseres Mannes auf dessen Vollkornbrotscheibe, »könnten wir schon weiter sein.«

»Oh, geben Sie sich da keiner Täuschung hin?«

»Nein, nein, da wären wir weiter«, bestand der Herr auf seiner Feststellung.

Solch ein Hotel also war das.

Und unser Mann freute sich, daß sich die geschäftlichen Verhandlungen hinzogen. Er freute sich auf die Schwester an der Rezeption, wenn er heimkam, das heißt, wenn er ins Hotel zurückkehrte. Und er freute sich am Morgen schon beim Zähneputzen auf die Schwester im Frühstücksraum, die ihn mit einem Lächeln begrüßen, sich nach seinem Schlaf erkundigen würde, wenn sie den Kaffee brachte. Keinen frommen Kaffee, nein, einen ganz normalen, weltlichen Kaffee. Und er freute sich, daß sie seine Zimmernummer auswendig kannte, sie huschte ganz und gar nicht wie eine Maus hin und her, sondern ihr Gang hatte noch viel frauliche Grazie, war nicht Fortbewegungsart eines Neutrums, sondern die eines jungen, fröhlichen Weibes.

Und ringsherum konnte er sehen, was katholische Kirche war. Junge Frauen mit einer Schar von Kindern, die sie sicher lustvoll empfangen hatten, und die nach wie vor einer Liebesbeziehung mit ihren Gatten keineswegs abgeneigt schienen. Geistliche der anderen

Hemisphäre mit Athletenfiguren und Nußknackerkinnladen, französische Großmütter, die ihre Gatten fütterten, und papageienhafte Amerikanerinnen, die Grapefruits auslöffelten. Junge, christliche Ehepaare, deutlich erkennbar auf Hochzeitsreise, die sich sichtlich nicht gescheut hatten, einander auch in einem katholischen Hotel beizuschlafen, und – Gott sei's geklagt – auch eine Schar jener witz- und charmelosen Nordkatholiken, die die freundliche Schwester wie eine Ordonnanz herumkommandierten.

Früher, als er in dieser Stadt noch in anderen Hotels abgestiegen war, wenn er zu Besprechungen hier weilte, waren seine Besuche meist nicht ohne geschlechtliche Beziehung mit gut gewachsenen Stenotypistinnen oder Sekretärinnen abgegangen. Und einmal, er erinnerte sich ohne Reue daran, hatte er eine Barsängerin für den Rest der Nacht um eine hübsche Summe Geldes erstanden. Diesmal hatte sich die Vorzimmerdame des Herrn, mit dem er vornehmlich zu tun hatte, keineswegs abgeneigt gezeigt, eine alte, über einige Etappen geführte Romanze neu aufleben zu lassen, aber er beließ es bei der Bonbonniere und den Blumen und einem Handkuß, der nur um Millimeter über das Förmliche hinausging.

Natürlich war das nicht nur dem Hotel zuzuschreiben, sondern auch der jungen Dame daheim, die er seinen Weizenhaufen genannt hatte. Aber andererseits, hätte sie allein ausgereicht, um ihn vor der erfahrenen und willigen Vorzimmerdame, die er durch und durch kannte, zu schützen?

Sicherlich war es die Konstellation Hotel plus Mädchen, die ihn davon abgehalten hatte, und er dachte nicht daran, wem er das größere Gewicht zuschieben könne, es war müßig, darüber nachzudenken. Er dachte vielmehr daran, daß er glücklich war; glücklich über die Ausdehnung des Aufenthaltes und glücklich vor allem darüber, daß er die Formen beherrschte, die Chiffren, die ihn in diesem Haus als einen auswiesen, der dazugehörte.

Und nun hatte er seine Siebensachen beisammen. Er hob ein letztes Mal den Hörer vom Telefon und bat den Hausdiener herauf und bestellte ein Taxi zum Flugplatz.

Eine leichte Traurigkeit beschlich ihn. Er fühlte sich einsam. Er gehörte nirgends dazu. In seinen Jahren begann man sich zu sehnen, irgendwo dazuzugehören. – Vielleicht waren es nur noch Wochen, daß das Mädchen daheim zu ihm kam. Vielleicht erwartete sie ihn überhaupt nicht mehr, dann hatte er genug Ruhe und Muße, um auf sein Sodbrennen zu warten, dem Gären in seinem Magen zu lauschen, zu fühlen, wie sich bei der morgendlichen Radiopredigt eines Ästheten oder Enthusiasten seine Gallensteine kristallisierten.

Gedankenverloren wies er dem Hausdiener sein Gepäck, behielt die Mappe mit den geschäftlichen Papieren in der Hand, sagte sich, du darfst sie nirgends liegenlassen, auch nicht, wenn du dich unten von der Schwester verabschiedest. Dann warf er noch einen letzten Blick in das Zimmer zurück, auf das Kreuz ohne Korpus an der Wand, auf die Bibel, die auf dem Bord stand und die nicht an die sprachliche Schönheit der Lutherbibel heranreichte, sperrte ein letztes Mal seine Tür zu, zog den Schlüssel ab, stand neben dem Hausdiener, dessen grüne Schürze falten- und fleckenlos war, in der engen, abwärtssausenden Stahlkammer des Lifts, ging dann auf die Rezeption zu, lächelte und sagte: »Tja, ehrwürdige Schwester, ich muß mich leider verabschieden. Es war sehr schön hier. Ich habe mich in diesem Haus wohler gefühlt, als ich es Ihnen sagen kann.«

Die Schwester errötete und lächelte.

»Wenn Sie meine Grüße auch noch der Schwester vom Frühstückszimmer ausrichten würden«, sagte er und freute sich, daß die Rezeptionsschwester nickte. Sie würde also die Grüße ausrichten.

Er wurde verlegen, denn er hielt einen Geldschein zwischen den Fingern versteckt. Er wußte das aus seiner Jugend; Schwestern brauchten immer Geld, und wenn es nur für Blumen für den Altar war.

»Haben Sie«, er zögerte, »haben Sie irgendeine kleine Kasse, in die man etwas hineinlegen darf?«

Die Schwester nickte und wurde noch verlegener. Sie zog eine Lade auf, entnahm ihr ein rundes Schächtelchen, in dem einmal ein Schreibmaschinenfarbband verpackt gewesen war und in dem sich jetzt die Mildtätigkeit katholischer Hotelgäste niedergeschlagen hatte. Die Münzen, die der Mann sah, machten ihn mineralwasserbedürftig.

Die alte Schäbigkeit, sagte er sich, legte beschämt seinen Schein darauf, reichte der Schwester die Hand, wehrte ab, daß *er* zu danken habe, nickte dem Hoteldiener, der das Taxi ankündigte, zu, daß er schon komme, sagte, ohne sich verlogen zu fühlen: »Gott behüte Sie und Ihr Haus« und ging mit einem wehen Gefühl im Herzen.

Er hatte dieses Gefühl noch im Taxi und selbst im Flugzeug, auch dann noch, als er sich auf Grund der gerundeten Waden der Hosteß deren Schenkel vorzustellen versuchte. Aber das Spiel machte ihm nicht die rechte Freude, und er brach es ab. Er sprach die kurze Flugzeit über mit sich selbst.

»Mit der Zeit«, sagte er, »werden doch in dieser Kirche die süßlichen Männer, diese nie ganz von der Mutter losgekommenen, in die Minderheit geraten.« – Er dachte an die jungen amerikanischen Theologen, an einige junge holländische Geistliche, die er im Hotel gesehen hatte, und die ganz anders gewesen waren. »Mit der Zeit wird diese Kirche keine italische, keine romanische, sondern eine Weltkirche werden. Sie werden«, sagte er sich, »den Fundus überholter Gesten auflassen, so wie ein Theater nicht mehr auf die Kulissen und Kostüme vergangener Zeiten zurückgreift. Sie lassen sich Zeit, viel zuviel Zeit, aber was im Kommen ist, ist nicht aufzuhalten.«

»Die Erneuerung«, sagte er sich, »die Erneuerung wird nicht von Rom kommen, sondern von den Rändern her. Nicht der Kopf wird den Körper zwingen, das oder jenes zu tun, sondern der Körper wird den Kopf zwingen, anders zu denken, neu zu denken, alt zu denken, christlich zu denken.«

Seine Gedanken machten einen Sprung. Er erinnerte sich, wie alle Religionslehrer immer wieder über das Schamgefühl gesprochen hatten. »Ja«, sagten sie, »selbst die Heiden, selbst die Wilden, selbst die Eingeborenen tragen etwas davor, um es zu verstecken, weil sie wissen, daß man sich darüber schämen muß.« So hatten sie es ausgelegt. Er lächelte. Heute wußte man es besser, das alles wurde nicht aus Scham, sondern als Schutz getragen, und einem Gespräch im Frühstückszimmer hatte er entnommen, daß katholische Theologen herumrätselten, ob das Schamgefühl angeboren oder anerzogen sei. Ein Psychologe hatte ihm schon vor Jahren gesagt, daß er das Schamgefühl für eine rein anerzogene Sache halte, sonst würde es sich in verschiedenen Ländern nicht so verschieden auswirken.

Er konnte sich außerdem nicht vorstellen, daß diese athletischen Amerikaner jemals so saft- und kraftlos Gebete herunterleiern würden, wie er es immer wieder in den heimischen Kirchen vernommen hatte. Als halbwüchsige Gymnasiasten hatten sie sich einen Spaß daraus gemacht, von Kirche zu Kirche zu eilen und die Fälle zu zählen, wo sie nicht das Gefühl hatten, hier steht ein Beamter, der etwas tut, wofür er bezahlt wird.

Jetzt tat es ihm leid, daß er nie die Kapelle betreten hatte. Die Kapelle in dem Hotel, von dem er so schwer gegangen war. Vielleicht wurde dort so gebetet, wie das ganze Hotel war. Vielleicht hätte er so mitgebetet. Er kannte sie noch, alle die Gebete seiner Jugend, und er verstand nicht, daß es Leute gab, die sagten, sie hätten das Glaubensbekenntnis oder das Vaterunser vergessen.

Es gab keinen Zweifel, die Airhosteß war hübsch, und er dachte, wenn es nun schon von Klosterschwestern geführte Hotels gab, vielleicht würden sie einmal auch eine Fluglinie haben. Die Welt war voller Möglichkeiten. Und er dachte weiter an die jungen Frauen im Hotel, denen man das Katholische nicht mehr angesehen hatte. Bei seiner Mutter hatte man auf den ersten Blick gewußt, daß sie eine katholische Frau war. Sie trug mit dreißig Kleider, als wäre sie fünfundvierzig, und mit fünfundvierzig Kleider, als wäre sie sechzig. Und mit zweiunddreißig hatte sie auf Anraten eines geistlichen Herrn aufgehört, sich ihrem Gatten hinzugeben. Nein, er wollte nicht daran denken, auch nicht an seine Schul- und Militärzeit. Er wollte an das Hotel denken, an die Schwester an der Rezeption und an die Schwester im Frühstückszimmer, die daran nicht schuld waren, daß er diese Erinnerungen hatte. Er wollte an das Hotel denken und nicht daran, wie leicht man über all das schuldhafte Verhalten im Klerus hinwegging, wie flink man sich selbst reinwusch, wie man genau das machte, was man, wenn es um die Fehler anderer ging, anderen bitterlich vorwarf.

Die Maschine landete nach einem guten Flug in den sommerhaften Abend hinein, und unser Mann ging durch die Sperre in die große Halle, telefonierte dort, erreichte niemanden, und begab sich dann zum Parkplatz, wo er seinen Wagen fand.

Ja, noch im Wagen wirkte das Hotel nach. »Ich werde ganz vorsichtig fahren«, sagte er sich, »nie über fünfzig. Ich werde immer hart rechts fahren und mich ordentlich einreihen, niemanden nötigen, niemanden zwingen, keinen Finger an die Stirn heben, nur freundliche Handzeichen geben. Sie sollen merken, daß ich in einem katholischen Hotel war.« – Und so fuhr er die lange Strecke vom Flugplatz zu dem Haus, in dem er seine Wohnung hatte, zu den fünf Fenstern gegenüber der Kirche.

Er ahnte nichts Böses und dachte, vielleicht erwartet sie mich. Aber das war nur ein kurzer Gedanke, der vorüberging. Er ließ drei Wagen, die links abbiegen wollten, abbiegen und hielt die Kolonne hinter sich zu diesem Behufe auf. Er zeigte einer Frau mit Kinderwagen, daß sie weiter über die Straße gehen könne, er hupte einen Radfahrer nicht an, der plötzlich, ohne Handzeichen zu geben, scharf nach links abschwenkte.

Und dann empfing sein Wagen plötzlich einen kräftigen Stoß von rechts, einen äußerst kräftigen Stoß. Die Karosserie dröhnte, Glas splitterte. Er hörte Schreie, spürte Schmerzen im linken Ellbogen, öffnete mit der Rechten die linke Tür und merkte, daß er Bekanntschaft mit einem Autobus gemacht hatte. Zwei Fahrminuten von seinem Daheim!

Ein Geistlicher kam auf ihn zugestürzt und fragte: »Um Gottes willen, sind Sie verletzt?«

Er erwiderte: »I wo, wo werde ich verletzt sein. Nur mein Ellbogen tut mir weh. Aber wie konnte der Autobus nur so in die Vorrangstraße einbiegen?«

Mehr konnte er nicht fragen, denn eine wilde Horde, zum Teil mit Lebzeltherzen, die aus einem Gnadenort stammten, um den Hals, brüllte ihn als Rowdy und gemeingefährlich nieder.

Wie konnte er auch katholische Wallfahrer so gefährden?

Nun erst erkannte der Mann den Pfarrer, und am wütenden Gekeife der Autobusinsassinnen die Katholiken seiner Pfarre. Besonders die Damen bebärdeten sich und waren schrecklich wie die Vorboten der Hölle.

»Sie sind wie ein Sportflieger dahergekommen!« schrie eine Dame mit Brille und roten Flecken auf dem welken Hals. Aber da waren andere Zeugen, anscheinend nichtkatholische, die sagten, daß der Mann nicht einmal fünfzig gefahren, und daß es lediglich die Schuld des Buslenkers sei.

Die Christen, außer ihrem Pfarrer, fühlten sich verfolgt.

Der Buslenker sagte: »Ich habe die Stoptafel nicht gesehen.«

Und die Polizei endlich brachte eine gewisse Sachlichkeit in die Diskussion.

Daun versprach unserem Mann, ihn zu besuchen, und entschuldigte sich sowohl für den Unfall wie für das Benehmen seiner Schäflein.

Da kam ein Wagen angesaust, dem ein Priester mit hochrotem Gesicht entsprang, der sofort mit sich überschlagender Stimme rief: »Ist von den Wallfahrern jemand verletzt?«

Es war Leber, vom Seelsorgedienst suspendiert, nunmehr spezialisiert auf Verkehrsunfälle.

»Falls es Sie interessiert, mein Auto ist am ärgsten dran«, sagte der Mann. »Aber ich fürchte, es nimmt geistlichen Trost nicht an.«

»Sie sind der Lenker?« fragte Leber.

»Ja.«

»Sind Sie katholisch?«

»Ja.«

»Verletzt?«

»Hier am Ellbogen.«

»Gott hat Sie noch einmal behütet.«

»Danke schön«, sagte der Mann. »Ich weiß sogar, vor wem.«

»Sie sollten *ihm* danken«, sagte Leber.

»Oh, Sie wissen gar nicht, wie ich ihm danke. Ich danke ihm vor allem, daß er mir seine Schäflein vor Augen geführt hat und daß ich wieder weiß, wie sie sind. Bekommen Sie etwas für Ihre Mühe, Hochwürden?«

Leber wehrte ab, wollte etwas erwidern, wurde jedoch von Daun zur Seite gedrängt, der einen großen korpulenten Mann herbeiführte. Es war der rein zufällig vorbeikommende Arzt. Als er das Verkehrsopfer sah, lachte er. Ärzte sind immer rohe Menschen und nicht im geringsten zimperlich, solange sie selber keine Schmerzen haben.

»Also, daß das ausgerechnet Ihnen passieren muß!« dröhnte der Doktor.

»Denken Sie an meine Gastritis«, sagte der Mann drohend, »und daran, daß ich mich bis jetzt hervorragend zurückgehalten habe.«

»Ist schon gut«, besänftigte ihn der Arzt. »Machen Sie Ihren Ellbogen frei.«

Und da standen sie nun zu viert unter einer Menge von Gaffern. Der Pfarrer, der Kaplan, der Arzt und der Mann.

Und keiner von ihnen ahnte, daß sie noch einmal zu viert zusammenkommen würden.

Die Dame war Daun quasi als katholische Betriebsrakete avisiert worden, die es so recht verstehe, Ehefrauen aus ihrer manchmal standesbedingten Lethargie zu reißen und aufzurütteln.

Als es an der Tür herrisch klopfte, wußte Daun, daß dies nur die aufrüttelnde Dame sein konnte. Sie trat mit einer Sicherheit in sein Zimmer, als hätte sie den staatsanwaltlichen Hausdurchsuchungsbefehl in der Tasche, kam auf ihn, der sich erhoben hatte, zu, fragte kurz und mit tiefer Altstimme: »Herr Pfarrer?« – und schüttelte ihm dann die Hand, als hätten sie ein Leben lang miteinander in der gleichen Riege geturnt.

»Frimin«, sagte sie dabei, »Doktor Frimin.«

»Daun«, sagte Daun. Mehr wußte er im Augenblick nicht zu sagen. Hingegen dachte er: Wenn sie sich ein wenig vorteilhafter kleiden würde, sähe sie hübscher aus. Und er dachte, würde sie ein wenig fraulicher auftreten, würde sie ganz und gar wie eine normale Frau wirken, so aber hatte sie das etwas forsche Gehabe gewisser praktizierender Katholikinnen, das etwas maskuline Getue einer Frau, die sich in einer Umgebung von unverheirateten Männern durchzusetzen hatte.

Er fragte: »Rauchen Sie?«

Gott sei Dank, diesen Pluspunkt hatte sie. Sie rauchte. Fast kam er zu spät, um ihr Feuer zu geben, sie schien das von den Männern überhaupt und den geistlichen Herren im besonderen nicht gewohnt zu sein. Und seltsamerweise, seit sie die Zigarette in der Hand hielt, wirkte sie fraulicher. Welch ein Widerspruch, dachte Daun.

»Sind Sie verheiratet?« fragte er wie nebenbei.

»Hat man Ihnen das nicht gesagt?«

»Soviel ich mich erinnern kann, nein.«

»Und dabei lege ich Wert darauf, daß es gesagt wird. – Ich wäre Ihnen sehr verbunden, wenn Sie das bei der Begrüßung erwähnen könnten. Vielleicht, wenn Sie sagten: ›Die Frau Doktor kommt nicht, um zu Ihnen als Akademikerin zu sprechen, sondern als Ehe- und Hausfrau und als Mutter von vier Kindern.‹ – Ehefrauen scheinen gegen Akademikerinnen etwas zu haben. Ich habe eine Umfrage veranstalten lassen, und es kam heraus, daß sie Akademikerin gleichsetzen mit wenig fraulicher Praxis.«

»Einen kleinen Kognak?« fragte Daun, um nicht auf das Ergebnis der Umfrage eingehen zu müssen.

Frau Doktor zog die Augenbrauen überrascht hoch, lächelte, hatte plötzlich Grübchen in den Wangen und sagte: »Aber nicht für mich allein.«

Da hat sie nun tatsächlich Charme, dachte Daun, während er die Schwenker einen Fingerbreit füllte und sich dann den Mann der Frau Doktor vorzustellen versuchte. Vielleicht hatte der auch ein wenig Schuld, daß sie so war, wie sie war. Er kannte die katholischen Männer. Und die katholischen Ehemänner kannte er besonders gut.

Noch als Kaplan hatte er einmal eine Predigt an die katholischen Ehemänner gehalten. Er hatte gesagt: ›Ich spreche heute zu einem ganz bestimmten Mann, einem katholischen Ehemann, der seine Frau verlassen möchte.‹ Er hatte dabei wirklich nicht an einen bestimmten Mann gedacht, er hatte nur gewußt, daß das vorkam, und deshalb sprach er, als hätte er einen ganz bestimmten Mann im Auge. Die Frauen hatten bei dieser Predigt geschluchzt und die Männer manchmal kollektiv gestöhnt. Er hatte von der Liebe gesprochen, die zur Ehe führte, von der Geburt des ersten Kindes, von all dem, was eine Frau für ihren Mann tue. Und zum Schluß hatte er ausgerufen, daß sich alles noch einrichten lasse, und der Mann sollte doch zu ihm kommen, denn ein Funken Liebe müßte doch übriggeblieben sein, nicht nur für das Kind, sondern auch für die Frau. Im Laufe des Nachmittags waren dann sieben katholische Ehemänner zu ihm gekommen, die sich betroffen gefühlt hatten. – Ja, und von dem Mann der Frau Doktor erzählten vielleicht nur ihre Augen etwas. Diese grauen, kühlen, gescheiten Augen, die alles sahen, vielleicht die Minuspunkte etwas größer als die guten Seiten.

»Noch einen?« fragte Daun.

»Ach bitte, ja.«

Die Frau Doktor hatte vier Kinder und sicher einen katholischen Mann, und er arbeitete vielleicht bei einer katholischen Firma, und die zahlte nicht gut. Deshalb mußte sie eine Betriebskanone sein und ihre Kinder allein lassen, und deshalb nahm sie vielleicht auch den zweiten Kognak an, weil sie daheim nicht genug Zeit und Muße oder auch nicht das nötige Geld hatte, um hin und wieder einen Kognak zu trinken.

»Welchen Beruf hat eigentlich Ihr Mann?« fragte Daun beiläufig.

»Er ist Lektor in einem katholischen Verlag«, sagte die Frau Doktor, »genauer gesagt, in jenem Verlag, der der Diözese gehört.«

Daun nickte, und zu sich sagte er: Du hast gar nicht übel geraten. Ich wußte ja, daß er unterbezahlt ist. Und es fiel ihm ein, daß noch das Honorar für den Vortrag der Frau Doktor zu erlegen sei. Er verdoppelte den Betrag, den man ihm genannt hatte, fand ihn noch immer schäbig genug und gab noch etwas drauf, dann entschuldigte er sich, ging zur Kasse, stopfte die Scheine in einen Umschlag, setzte eine Quittung auf und bat um eine Unterschrift.

»Sie geben mir viel zuviel!« rief die Frau Doktor.

»Nein«, sagte Daun.

»Sie wissen nicht, was das Geld wert ist, wie alle Pfarrer«, rief die Frau Doktor.

»Ich habe Geld nicht im Priesterseminar einschätzen gelernt«, entgegnete Daun, »sondern in einer Bank.«

»Sie beschämen mich«, sagte sie nun und war plötzlich ein kleines Mädchen, das vier Kinder und einen Mann zu versorgen hatte.

»Ich müßte beschämt sein«, widersprach Daun, »beschämt darüber, daß ich anscheinend der erste Katholik bin, der Ihnen unterkommt und bereit ist, eine geistige Leistung nicht nur mit einem schäbigen Honorar und mit den üblichen Dankesworten zu würdigen, sondern sie auch ihrem Werte nach zu bezahlen.«

Die Frau Doktor steckte mit hochrotem Gesicht den Briefumschlag mit den Banknoten in ihre etwas zu groß geratene Handtasche und murmelte nochmals einen tonlosen Dank. Dann räusperte sie sich und stellte eine Frage, die sie noch nie vor einem ihrer Vorträge gestellt hatte. Sie fragte: »Haben Sie vielleicht einen besonderen Wunsch, Hochwürden? Irgendeinen Punkt, den ich in meinem Referat berühren soll?«

»Eigentlich nicht«, sagte Daun schnell, vielleicht etwas zu schnell, denn er fügte dann hinzu: »Höchstens einen kleinen Wunsch. Vermiesen Sie den Frauen den Mixer oder die Waschmaschine nicht. Ich kenne Kollegen, die sprechen über diese Dinge, als kämen sie aus dem Konstruktionsbüro des Teufels.«

»Gut«, zeigte sich Frau Doktor Frimin einverstanden.

»Und dann noch eines: Vermiesen Sie den Frauen nicht das Geld zu sehr. Sie haben es sowieso nicht zu dick. Es ist keine darunter, die überflüssiges hat. Ich kenne Brüder im Amt, die können ganze Predigten lang über das Geld schimpfen, und zum Schluß sagen Sie: ›Und nun spenden Sie reichlich für den Kindergarten oder die Orgel oder den Marienaltar!‹«

»Sie meinen, ich soll differenzieren?«

»Ungefähr«, sagte Daun. »Differenzieren etwa so verstanden, ob ich mit einem Betrag einen Düsenjäger kaufe oder zehn Herz-Lungen-Geräte. Sie können das Beispiel natürlich auch mit kleineren Beträgen bringen.«

»Ich verstehe.«

»Und dann noch etwas. Wenn man katholische Zeitschriften liest, entsteht leicht der Eindruck, daß eine Mutter, die arbeiten geht, keine gute Mutter ist, hingegen eine Mutter, die nicht arbeiten geht,

allein deswegen schon eine gute Mutter sei. Ich könnte das mit Bei-
spielen belegen. Wenn Sie da ein wenig Klarheit schafften. Sonst
habe ich keine Wünsche.«

»Gut«, sagte Doktor Frimin.

»Dann fiele mir nur noch eines ein. Wenn Sie das Wort Übersexualisierung möglichst übergehen könnten.«

»Aber sehen Sie sich die Illustrierten an!« rief Doktor Frimin.

»Haben Sie in letzter Zeit Illustrierte angesehen?«

»Nein«, gestand die Frau Doktor.

»Sehen Sie. Ich muß gestehen, ich habe es getan. Und was fand ich?
Verführerische Farbfotos von diversen...«

»Also doch Übersexualisierung!« rief die Frau Doktor.

»...von diversen europäischen und überseeischen kulinarischen
Genüssen«, setzte Daun fort. »In jedem Heft, mit jedem Rezept.
Und in keinem versäumt man, etwas aus der katholischen oder
evangelischen Sphäre zu bringen, und in einem Blatt gibt's sogar
eine Bildpredigt. Was mich dabei stört, ist lediglich das Bild des lächelnden Bildpredigers.«

»Aber Sie können doch die Übersexualisierung nicht einfach weg-
leugnen. Die Inserate...«

»Sehen Sie«, sagte Daun, »das ist ja unser Fehler. Wir machen ihn
schon lange, und wir werden einfach nicht gescheiter. Wir stürzen
uns auf ein Schlagwort, wettern dagegen, was wir können, und machen damit die ganze Sache populär. Das war seinerzeit bei Lippenstift und Nagellack so. Das war bei diversen Filmen so. Ach«, lachte
er, »die Reihe ist lang.«

»Und was soll man Ihrer Meinung nach tun?«

»Die Antwort ist einfach, fast zu einfach. Statt daß wir dauernd gegen diverse Werke des Teufels anrennen – ich bitte Sie, wer dreht
sich heute noch nach einer Frau mit einem rotgeschminkten Mund
um? –, sollten wir endlich einmal die Leute zu Christen machen,
und auch vor allem durch unser Beispiel, worauf sich die verschiedensten Probleme, unter anderem auch das Sexualproblem – an
dem, liebe Frau Doktor, so mancher von uns und vor uns nicht ohne
Schuld ist – von selber lösen würden. Aber was machen wir nun
wirklich? Zuerst redeten wir von der Sexualisierung, und jetzt, weil
einfache Worte auch für uns nicht mehr ausreichen, von der Übersexualisierung. Und was erreichen wir damit? Wir machen unsere
Zuhörer zu umfassenden Kennern der gesamten Materie.«

»Ich wollte etwas gegen die Antibabypillen sagen«, gestand nun Frau Dr. Frimin etwas hilflos.

»Da haben wir's. Die haben nämlich auch Geistliche sämtlicher christlicher Konfessionen populär gemacht. Die kommen mir manchmal wie mein lieber Katechet in der Volksschule vor, der uns einmal sagte, wir sollten diese Woche nicht die Kinoschaukästen in dem und dem Kino ansehen. Mit welchem Erfolg, glauben Sie?«

»Ich kann's mir vorstellen.«

»Die ganze Klasse ging geschlossen hin. Und wissen Sie, was zu sehen war? Ballettänzerinnen in badetrikotähnlichen Kostümen. Was sie vielleicht ein wenig aufreizender machte, war die gute Frisur oder waren die goldenen Stöckelschuhe, die sie anhatten. Mehr war es nicht.« – Daun sah auf die Uhr und sagte: »Jetzt müssen wir hinaufgehen, die Frauen warten sicher schon.«

»Jetzt«, fragte die Frau Doktor, »wo Sie mich unsicher gemacht haben?«

»Danken Sie dem lieben Gott, daß Sie noch so lebendig sind«, sagte Daun.

Im Saal stellte er dann die Frau Doktor vor. Daun verriet, daß er schon ein wenig mit ihr geplaudert habe und daß sie nicht nur vier Kinder, sondern auch einen Mann habe, daß sie ihre Weisheit daher nicht nur aus Büchern schöpfe, sondern auch aus der Praxis, worauf die Frau Doktor beschämt den Kopf senkte und fast die charmante Bitte Dauns überhörte: »Frau Doktor, darf ich bitten?«

Als sie vor dem kleinen Rednerpult stand, stellte Dr. Frimin für sich fest, daß sie unsicherer war als sonst. Sie fragte sich, ob es vielleicht die zwei kleinen Kognaks gewesen seien, oder die zweite Zigarette, die sie gleich nach der ersten noch geraucht hatte. Und weil sie ein leichtes Schwindelgefühl befiel, ein Gefühl ganz bestimmter Art, fragte sie sich weiter bang, ob sich am Ende gar schon das fünfte Kind anmeldete. Es fiel ihr ein, daß sie dann gar keinen Anhaltspunkt für den Tag der Entbindung hätte. Und dann sah sie den lächelnden Pfarrer, der die Arme vor der Brust verschränkt hatte und mit dem rechten Mundwinkel lächelte, und sie begann, wie sie immer begonnen hatte:

»Liebe katholische Frauen und Mütter!« – Und in der Gedankenpause dachte sie: Welch scheußliche Anrede, ›Frauen und Mütter‹, es klang ein bißchen nach den verflossenen tausend Jahren, und es lag so wenig Freundlichkeit darin und soviel tierischer Ernst. Aber was hätte sie sonst sagen sollen? ›Meine lieben Damen‹ etwa oder ›liebwerte Hausfrauen‹ oder gar ›Schwestern in Christo‹ oder ganz einfach ›Meine lieben Zuhörerinnen‹?

Ob sie wollte oder nicht, sie mußte weitersprechen, schließlich hatte sie das Honorar schon in der Tasche, und die Tasche lag auf dem freien Stuhl neben dem Stuhl des Pfarrers. Wie gut, daß sie unter Katholiken war und deshalb während ihrer Rede nicht auf die Tasche achten mußte. Zuerst hatte sie damit gerechnet, für das Honorar Michael Schuhe kaufen zu können, und jetzt konnte sie Elisabeth auch noch Schuhe kaufen und vielleicht bunte Söckchen dazu. Und da fiel das erste Schlagwort. ›Konsumgesellschaft‹ hieß es, und das nächste Schlagwort folgte: ›Reklametrommelfeuer‹. Das übernächste ließ nicht lange auf sich warten: ›Signallandschaft‹. Und in der Signallandschaft befand sich ein Signal und stellte die Bahn frei für die ›Übersex...‹ Ach, so war es nun mit den Schlagworten. Man sagte sie ganz gedankenlos. Sie sah erschrocken zum Herrn Pfarrer, dem sie versprochen hatte, dieses Schlagwort nicht zu gebrauchen. Was machte sie mit dem ›Übersex‹, der nun in der Luft hing, hängte sie noch schnell die ›ualisierung‹ dran, oder verbesserte sie sich und sagte etwas über die Übersechzigjährigen? Sie entschloß sich für das letztere und meinte, daß erst die langsam zur Ruhe kämen.

Daun hatte das Kinn auf die Brust gedrückt, weil er sich so am besten des Lachens enthalten konnte.

Von den Übersechzigjährigen flüchtete die Frau Doktor in das nächste Schlagwort, und das war die ›Nestwärme‹. In der Nestwärme tobte sie sich aus, das war beinahe unverfänglich, und hier konnte sich auch keiner irgendwie verletzt fühlen. Sie erzählte, wie wichtig die Nestwärme sei, und wie man sie am besten erreiche. Sie erschütterte die Zuhörer mit der Geschichte von den Versuchsratten, denn sogar diese bedurften der Nestwärme. Ja, man hatte herausgefunden, daß junge Ratten, die von ihren Ratteneltern getrennt worden waren, eingingen, selbst wenn sie sorgsam gefüttert wurden, und man war darauf gekommen, daß nur die jungen Ratten weiterlebten, die hin und wieder von den beobachtenden Wissenschaftlern gestreichelt wurden. Und nun kam eine schwierige Stelle, sie sprach davon, daß die Aufgabe der Frau Heim und Herd und die Erzeugung von Nestwärme sei. Früher war ihr das alles viel flinker über die Lippen gegangen. Auch die nach außen weisenden primären Ge-

schlechtsmerkmale des Mannes, die diesen geradezu prädestinier-
ten, daß er außerhalb der Wohnung seinen Geschäften nachgehe,
während die nach innen weisenden primären Geschlechtsmerkmale
der Frau nach innen, also auf Herd und Küche hinwiesen.

»Früher«, sagte sie, »hatten die Kinder diese Nestwärme.« Und sie
sprach davon, wie gut früher alles war, und sie wußte nicht, woran
es lag, daß ihr gerade heute die alte Frau Kainz einfiel, die Wäsche
waschen und Boden schrubben ging und mit ihr sämtliche Bediene-
rinnen, deren Kinder nichts von der Nestwärme hatten und doch
brave Menschen geworden waren.

»Auf dem Lande«, sagte sie. »In der gesunden Bauernfamilie.« Und
später sagte sie: »Die moralische Wiedergesundung muß vom
Lande kommen.« Und ihr fiel die Bauernfamilie Schüller ein, und
daß die Kinder den ganzen Tag unbeaufsichtigt waren, weil die Frau
mit auf das Feld mußte, und es fiel ihr das Herumgeschrei und Her-
umgeplärr der Frau Schüller mit ihren Kindern ein, und es fiel ihr
ein, daß die Magd ein Kind vom Bauern bekam, und daß dies beinahe alle in Ordnung fanden. Hätte denn die Magd etwa von einem
fremden Bauern ein Kind bekommen sollen?

Was rede ich? fragte sie sich, während sie redete, und was weiß ich?
Wer, auch in der Kirche, hat sich schon aufgeregt, als Frauen niedere
Arbeiten verrichten mußten? Und ist dieses ganze Gerede nicht erst
entstanden, als die Frau daranging, den Herrn der Schöpfung aus
seinen angestammten Positionen zu verdrängen? – Sie brachte nun
das beliebte Gleichnis vom Obst im Zusammenhang mit der Ge-
schlechtsreife. »Unreif gepflücktes Obst ist noch nicht süß«, sagte
sie, »wir wissen das selber noch. Am süßesten schmeckten die Äpfel
dort, wo wir nicht hinkonnten, und wo sie daher ausreifen durften.«
– Sie hatten gar keine Äpfel daheim, auch keine Kirschen, sie hatten
überhaupt keinen Garten gehabt. Und dann mußte sie denken, je
reifer so ein Apfel wird, um so leichter fällt er vom Baum, und diese
Äpfel verderben dann schnell, sie beginnen dort zu faulen, wo sie
auf der Erde aufprallen. – Sie wußte, sie war heute schlecht. Sie
konnte sich heute nicht konzentrieren. Und zudem war plötzlich der
Pfarrer verschwunden. Sie sah nur seinen leeren Stuhl und ihre
Handtasche auf dem Stuhl daneben. Und sie sah die Gesichter der
Frauen, die Augen, die an ihren Lippen hingen. Ach, sie wünschte,
sie wäre weit fort gewesen oder sie hätte einen anderen Text auf Lager. Sie war keine Betriebsrakete mehr, nicht einmal mehr eine Be-

triebskanone. Sie sprach nun davon, wie Frauen zu ihren Männern zu sein hätten, und sie fragte sich: Bist du so zu ihm? Unterwirfst du dich ihm oder läßt du ihn fühlen, daß du ihn – ehrgeiziger als er war – überhaupt zum Doktor gemacht hast? Wie oft im Monat wirfst du ihm sein geringes Gehalt vor, und ist es nicht eine Art Mord, mit der du ihn zu schlafraubender Nebenbeschäftigung hetzt? Er mußte Artikel schreiben und übersetzen und sie in katholischen Zeitungen unterbringen, die sie schlecht bezahlten. Hundemüde durfte er dann ins Bett kriechen, daß es ihr im Augenblick fast unglaubhaft schien, daß sie schon vier Kinder von ihm hatte, vielleicht sogar fünf.

Und da saß der Pfarrer plötzlich wieder auf dem Stuhl, und er hatte wieder die Arme verschränkt, und sie beeilte sich, die unfruchtbaren Tage der Frau so schnell wie möglich hinter sich zu bringen, um zum Schluß zu gelangen. Sie fühlte es, auch der Schluß war nicht gut. Gar nichts war heute gut. Sie war unruhig, und nicht nur der Pfarrer hatte sie beunruhigt, der den Wert des Geldes kannte. Es beunruhigte sie mehr. Sie würde für längere Zeit kein Referat übernehmen können, sie hatte sich müde geredet. Es ermüdete sie, sich immer wieder reden hören zu müssen, schließlich war sie kein Mann.

Sie verneigte sich, während die Hausfrauen und Mütter applaudierten, und dachte noch: Eigentlich ein schönes Geräusch. Man tat es doch immer wieder, um auch dieses Geräusch zu hören. Und dann fragte sie den hochwürdigen Herrn Pfarrer: »Nun?«

Daun rieb mit dem rechten Zeigefinger den rechten Nasenflügel und sagte: »Das, was Sie von der Nestwärme sagten, das mit den Ratten, das wurde tatsächlich versucht?«

Sie bestätigte es ihm.

»Da fällt mir ein«, sagte Daun und rieb sich wieder die Nase, »es wurde angerufen. Ich sagte, daß ich Sie leider nicht an den Apparat holen könne, und so soll ich es Ihnen ausrichten. Es war Ihre Frau Nachbarin. Und die Nachbarin sagte, Ihre Kinder seien weinend zu ihr, der Frau Nachbarin, gekommen.«

»Meine Kinder? Ist etwas geschehen?« rief die Frau Doktor erschrocken.

»Nein«, sagte Daun, »sie weinten nur, weil sie Hunger hatten.«

Die kürzeste Predigt Dauns:

»Es hat schon jetzt dreißig Grad im Schatten.
Gott schenkt uns einen Badesonntag.
Liebt Gott.
Liebt Jesus Christus, seinen Sohn.
Und liebt die Menschen. Auch im Schwimmbad.
Wenn Ihr das tut, wird der Himmel so voll sein wie heute die Bäder.
Amen.«

Daun empfand immer wieder Freude, wenn Wittmann auf ihn zukam. Er konnte diese Freude nicht näher definieren, trotzdem empfand er sie. War es deshalb, weil Wittmann eine ebenso erfreuliche wie seltene Type in seiner Pfarre war? Oder war es deshalb, weil Wittmann wie ein Mann auf ihn zukam, der eben auf einen Mann zukommt?

Ganz klar wurde diese Empfindung Daun erst, als er in Wittmanns Wohnung als harmloser Fernseher der Überreichung päpstlicher Orden im Erzbischöflichen Palais via Bildschirm beiwohnen konnte.

Diese kurze Sendung des aktuellen Dienstes lieferte genug Material, um »das Verhalten katholischer Funktionäre in der Nähe kirchlicher Würdenträger« erforschen zu können. Daun dachte sich gut gelaunt einen dicken Band dieses Titels, der in einzelne Kapitel streng wissenschaftlich unterteilt war. Und eines dieser Kapitel müßte lauten: »Die Annäherung katholischer Funktionäre an kirchliche Würdenträger.«

Da war zunächst der Politiker. Er schritt mit herabgezogenen Mundwinkeln und ausgesprochener Beerdigungsmiene, mit gesenktem Kopf, die Pupillen nahe dem oberen Lidrand, auf den Erzbischof zu, deutete schlampig einen Ringkuß und ein gebeugtes Knie an, wirkte dadurch komisch, was am besten daran zu erkennen war, daß die drei kleinen Wittmanns aus vollem Halse lachten.

Die Annäherung Numero zwei vollführte ein am Schreibtisch etwas aufgequollener Beamter. Er ging zwar mit dem Knie ganz auf die Erde, bedurfte aber zur Wiederaufrichtung seiner Körpermassen der Hand des Bischofs, der von Natur aus leider nicht das nötige

Körpergewicht mitbrachte, um ein Gegengewicht zu den Bestrebungen des Beamten bilden zu können, so daß es etwas länger den Anschein hatte, der Beamte ziehe den Bischof zu sich herab und nicht der Bischof den Beamten zu sich auf.

Erfolg: Die kleinen Wittmänner lachten und klatschten vergnügt in die Hände.

Der nächste Herr war vom Aussehen her ein Gegner des Ringkusses und der Kniebeuge – aber war es die Ausstrahlung des Erzbischofs oder die Ausstrahlung der Scheinwerfer? – er versuchte es im letzten Augenblick doch. Es wurde ein verschämter, mädchenhafter Knicks daraus. Die jungen Wittmänner brüllten, ihre Mutter, die bis dahin ernst geblieben war, biß die Lippen aufeinander.

Der vierte Herr, der eine Auszeichnung erhielt, kam aus der Geschäftswelt und so sichtlich mit der Absicht, möglichst lange im Bild zu bleiben, daß diese Absicht zu erkennen war. Er eilte zunächst mit zwischen den Schultern eingezogenem Kopf und vorgestrecktem Oberkörper, als wollte er einen Stier in einer spanischen Arena imitieren, auf den Oberhirten zu, schon fürchtete man, er suche sich an dessen Brust ein Ziel, um dort anzurennen, da bremste er gerade noch rechtzeitig ab, ergriff dafür mit beiden Händen die dargebotene Bischofshand und schüttelte sie und schüttelte sie, bis ein Filmschnitt anzeigte, daß er sie noch immer schütteln würde, hätte die Cutterin nicht herzlos sein Händeschütteln in den Kübel geschmissen.

Die Blicke Dauns und Wittmanns trafen sich, und die Miene Wittmanns bestätigte Daun, daß er ungefähr das gleiche dachte. Das war also das Bild, das der Welt von tüchtigen katholischen Männern gegeben wurde.

Etwas später fragte Georg seinen Vater: »Waren das beim Bischof alles Männer?«

»Ja«, sagte Wittmann.

»Auch der Bischof?« fragte Michael.

»Natürlich.«

»Und warum haben sie die Orden bekommen?« fragte Georg.

»Das hat der Sprecher gesagt.«

»Warum also?« beharrte Georg.

»Ich hab' nicht genau hingehört«, gestand Wittmann.

»Weiß der Bischof, warum sie die Orden kriegen?« fragte Michael.

»Hoffentlich«, sagte Wittmann.

»Und warum kriegt man Orden?«

»Das weiß der liebe Gott«, sagte Daun. »Ja, ich glaube, der dürfte es am besten wissen.«

»Kommt man mit einem Orden in den Himmel?« meldete sich Michael zu Wort.

»Nein, eigentlich noch nicht«, sagte Daun. »In den Himmel kommt man deswegen noch lange nicht.«

»Wozu kriegt man dann den Orden?« fragte Wolfgang vollkommen ernst und ohne jede Spitze.

Wittmann stieß mit seinem Fuß an Dauns Fuß an. »Also«, bat er, »sagen Sie es ihnen.«

»Was hast du gefragt?« fragte Daun, um Zeit zu gewinnen.

»Wozu man die Orden eigentlich bekommt?«

Daun dachte lange nach, dann sagte er: »Du hast recht, wozu eigentlich?«

Das war so sichtlich keine Antwort, aber zur Entschuldigung Dauns sei hier angeführt, daß ihn etwas anderes beschäftigte. Nämlich die Frage Georgs: »Waren das beim Bischof alles Männer?«

Natürlich wußte Daun, daß es Männer waren, aber andererseits schien es ihm doch bemerkenswert, daß Georg sich ausdrücklich danach erkundigt hatte. Natürlich wußte er, daß sich Männer im allgemeinen vor der Kamera ungeschickter benehmen als Frauen, aber es schien nun auch nicht allein an der Kamera zu liegen. Er sah es selbst immer wieder, wie Männer die Kirche betraten. Sie kamen herein, verloren ihre natürliche Haltung, nahmen eine Scheinhaltung an, von der sie meinten, daß sie damit der Weihe des Hauses gerecht würden, und waren erst draußen wieder ganz sie selbst. Selbstverständlich gab es auch überspannte Frauen, die kein Maß in der Kirche fanden, aber das waren immerhin überspannte Frauen. Und wenn die Männer nach vorn zur Kommunionbank kamen, dann sah er oft und oft hinter dem Erwachsenen das Kind, den kleinen Buben, wie er einstens von zischenden oder psst-machenden Katecheten mit einer Schar anderer Kinder in die Kirche geführt wurde, an einen Ort der Qualen, weil hier alles vorgeschrieben, alles verboten und nichts erlaubt war. Vorgeschrieben war das Stillsitzen, das Mundhalten, bisweilen sogar der Winkel der nebeneinanderstehenden Füße, die Haltung der Arme und der gefalteten Hände, und so mußte man eine kindliche Ewigkeit lang verharren. Wenn der Knabe sich umwandte, wurde er vom Katecheten oder einem kinderlosen Fräulein, das ihn inzwischen in ihre Obhut übernommen hatte, zurechtgewiesen. Möglicherweise zunächst sanft und ohne Worte, später, im Wiederholungsfalle, schon mit gefährlich geweiteten Augen und mit einer zwischen geschlossenen Zähnen hindurch geflüsterten Mahnung, die sich bis zur gefährlichen Drohung steigern konnte.

Daun sah sich selbst als kleinen Knaben so in der Kirche stehen. Und er sah jenes sanfte, blonde Fräulein mit wasserhellen Augen, dem in der Meinung der Leute der Himmel gewiß war, weil außer dem geknoteten, blonden Haar und der hohen Stimme es so gar nichts anderes als weibliches Wesen auswies, auf sich zukommen. Und er zog jetzt noch den Kopf ein, weil er fast körperlich fühlte, wie sie erfüllt von christlichem Sadismus und zur höheren Ehre Gottes seine Ohren zu einer flammenden Spirale oder die Haare an der Schläfe zu einer kunstlosen Strähne drehte. Möglicherweise in dem gleichen Augenblick, da vorne der Priester in süßen Worten vom lieben Jesulein sprach, von dem lieben Jesulein, von dem ein Knabe so ganz und gar nicht die Vorstellung haben konnte, daß es einmal auch ein Knabe war, wie später der Jüngling nicht viel davon hörte, daß es ein Jüngling war, und der Mann, daß dieser Jesus Christus vor allem ein Mann war.

Freilich, das Süße war nach und nach verschwunden, aber die Gesten, das anerzogene Verhalten war zu einem Großteil geblieben und wurde weitergegeben. Er hatte in einem Film amerikanische Neger während einer katholischen Messe gesehen, die hatten sich ein ihnen wesensfremdes Verhalten nicht aufzwingen lassen, sie waren, obwohl seit Generationen in Amerika, Afrikaner. Wie unkompliziert benahmen sich die Italiener in ihren Kirchen, wie bewegt ging es manchmal in den Kirchen Englands oder Hollands, die er kannte, zu. Nur im deutschen Sprachraum führte man die Kinder wie Untertanen in das Haus der obersten Obrigkeit.

»Woran denken Sie?« fragte Wittmann.

»Sie werden lachen«, sagte Daun, »im Grunde immer noch an die erste Frage Ihres Sohnes.«

»Und zu welchem Schluß sind Sie gekommen?«

»Ich frage mich«, sagte Daun, »was wir tun können, daß die Söhne Ihrer Söhne, wenn sie ähnliches im Fernsehen sehen wie wir heute, ihre Väter nicht mehr fragen müssen, ob das beim Bischof alles Männer waren.«

Ich war schon dreimal hier«, sagte Daun, »aber ich hatte leider immer Pech.«

»Und ob es ausgerechnet ein Glück ist, daß Sie mich heute treffen, ist fraglich«, erwiderte der Mann. Dann aber bat er Daun in seine Wohnung, führte ihn in eine Art Herrenzimmer, bot ihm einen Sessel an und fragte, womit er aufwarten dürfe. Er zählte verschiedene Getränke auf, erwähnte scherzweise auch das Mineralwasser, wofür sich Daun sofort entschied.

»Tja«, sagte der Mann, »falls es Sie interessiert, mein Ellbogen ist längst in Ordnung. Wenn Sie nun über die Sache als einen Fingerzeig Gottes sprechen wollen, bitte, Sie haben das Wort.«

»Ich bin nicht der Ansicht, daß Gott allein deshalb mit dem Finger gezeigt hat, weil ein Autobuslenker eine Stoptafel übersah«, widersprach Daun. »Ich halte auch vieles, was Menschen verhindern oder beseitigen könnten, nicht für eine Prüfung Gottes. Nicht jede menschliche Nachlässigkeit ist auch von Gott gewollt.«

»Es tut mir übrigens leid«, sagte der Mann, schlug die Beine übereinander und verschränkte die Hände auf den Knien, »daß Sie gestern, nein, es war schon vorgestern, nicht hier waren. Ich hatte Gäste, sie waren in der Mehrzahl genau solche Protestanten, wie ich ein Katholik bin.« Er lehnte sich zurück, lächelte versunken und sagte: »Ich war geradezu ein glühender Verteidiger der Kirche. Was mir alles an Argumenten einfiel, wundert mich heute noch. Ich war über mich selbst so frappiert, daß ich mich, während ich mit den anderen redete, fragte: Gibt es nun einen Heiligen Geist oder nicht?«

»Sie erwarten darauf sicher keine Antwort von mir.«

»Eigentlich nicht, aber es ist lieb von Ihnen, daß Sie das annehmen. Nein, mich beschäftigt in diesem Zusammenhang noch eine ganz andere Frage. Angenommen, meine Gäste wären überzeugte Katholiken gewesen, meine Argumente hätten sich dann ganz und gar anders angehört. Sie können sich wohl vorstellen, wie?«

»Ungefähr«, gestand Daun. »Man bekommt mit der Zeit eine gewisse Vorstellungsgabe.«

»Jetzt frage ich mich«, sprach der Mann mit sich selbst, »warum machen sich das Geistliche nicht zunutze; dadurch, daß sie immer nur pro sprechen, wecken sie ja geradezu den Widerspruch einer ganzen Reihe von Leuten.«

»Sie könnten beispielsweise annehmen«, sagte Daun, »daß bei vielen Psychologie nicht die stärkste Seite ist, ja, daß man sie oft gera-

dezu sträflich vernachlässigt. Erst vor kurzem fand eine Seelsorge-
tagung statt, und ich erinnere mich, für wie kühn sich der Leiter dieser Tagung hielt, weil er einen Psychologen als Referenten eingeladen hatte. Daß der Psychologe, was sich erst nachträglich herausstellte, evangelisch war, hielt er allerdings für sich persönlich für einen faux pas.«

»Trotzdem«, sagte der Mann, »denken Sie, welch ein Fortschritt.
Man lädt jemanden ein und fragt ihn nicht nach seiner Gesinnung.
Ich will doch hoffen, daß dies nicht nur aus purer Vergeßlichkeit ge-
schehen ist.«

»Sehen Sie«, sagte Daun. »Wir haben Punkte, wo wir sogar die gleichen Hoffnungen haben.«

»Genauso wie ich hoffe, daß es nur ein kleiner Scherz des Diözesan-
jugendseelsorgers war, als er bei der Eröffnung Ihrer nun so schönen Pfarrbibliothek die Bücher, die Sie mit soviel Mühe zusammen-
getragen haben, mit einer Handbewegung wegwischte und meinte,
was brauche denn die Jugend und auch der Erwachsene schon andere
Bücher als die Heilige Schrift?«

»Das haben Sie erfahren?« sagte Daun und lächelte. »Leider muß
ich Sie da enttäuschen, er meinte es durchaus ernst. Ich hatte schon
vor ihm gesprochen und konnte ihm daher nicht mehr widersprechen. Unter den vielen Männern, die dann noch sprachen, wagte es
letzten Endes eine Frau, die Dinge wieder ins rechte Lot zu bringen.« Daun schwieg einen kurzen Moment und fragte dann bedeu-
tungsvoll: »Haben Sie die Bibliothek schon gesehen?«

»Leider nein. Nur die Bibliothekarin. Aber wenn die Bibliothek so
hübsch ist wie die Bibliothekarin...«

»Sie gibt ihr den ihr gemäßen Rahmen. Sie ist übrigens eine junge
Lehrerin.«

»Eine katholische sicherlich?«

»Eigentlich nicht sehr. Ich fragte lange katholische Lehrer und Lehrerinnen, fand da aber nicht den rechten Anklang. Sie selbst sagte
mir dann, daß ich es falsch mache. ›Sie suchen immer nur unter den
besonders katholischen Kollegen‹, sagte sie, ›das machen Sie falsch‹.
– ›Ja, wen soll ich denn fragen?‹ fragte ich sie. Da sagte sie: ›Fragen
Sie doch einen Büchernarren.‹ – ›Gut‹, sagte ich, ›können Sie mir einen verraten?‹«

»Und sie sagte: ›Ja, mich.‹ – Nicht?«

»Das haben Sie vorzüglich erraten.«

»Und natürlich macht man Ihnen nun zum Vorwurf, daß die Bibliothekarin hübsch ist.«

»Nur ein paar ältere Damen. Unter der männlichen Jugend hingegen, wobei ich die Festlegung der Altersgrenze nach oben hin nicht engherzig vornehme, ist die Lesewut ausgebrochen.«

»Und der Kindergarten?«

»Ach«, sagte Daun, »der kommt schon.«

»Stimmt es, daß man Ihnen Vorwürfe macht, weil Sie vorher nicht allzu viel und allzu lange gefragt haben, und daß man Sie nun ganz gern in der Patsche sieht?«

»Was die Leute so reden, wundert mich eigentlich nicht, aber wie kommt das Gerede zu Ihnen?«

»Ich habe eine Zugehfrau«, erklärte der Mann. »Sie verehrt Sie und sie leidet mit Ihnen. – Stimmt das Gerede also?«

»Möglicherweise«, sagte Daun. »Nehmen Sie an, wir haben noch weitere Pläne, und wir möchten uns bei einem Vorhaben nicht zu sehr belasten.«

»Sie meinen den Steinfußboden in den Seitenschiffen?«

»Das zählt eigentlich nicht zu meinen Plänen.«

Der Mann erhob sich und trat an das Fenster. »Haben Sie eigentlich Ihre Kirche aus dieser Sicht schon einmal gesehen, Hochwürden?«

»Nein«, sagte Daun, »aber ich kann sie mir lebhaft vorstellen.«

»Und welche Summe würden Sie benötigen, damit der Kindergarten eröffnet werden könnte?« fragte der Mann vom Fenster her.

»Ach«, sagte Daun. »Es ist nicht mehr allzu viel, nur wir sind eben im Moment erschöpft. – Warum fragen Sie?«

Der Mann stand noch immer am Fenster. Er sagte: »Möglicherweise kann ich Ihnen helfen. Ich habe einiges Geld, und ich hänge nicht sehr daran, und außerdem wüßte ich vielleicht gewisse Kreise«, er wandte sich bei diesen Worten um und lächelte, »gewisse Kreise, die Geld für solche oder ähnliche Zwecke parat haben.«

Daun betrachtete eine Weile sein Gegenüber. »Und warum würden Sie das tun?«

»Vielleicht, weil Sie darum nicht gebeten haben. Nein, nicht deshalb«, nahm er sofort seine Worte zurück, »sicher nur, weil es um einen Kindergarten geht. Vielleicht sublimiere ich auf diese Art meine bisher unterdrückten Vatergefühle, vielleicht ist es auch etwas anderes«, sagte er nachdenklich. »Aber als ich von Ihren Schwierigkeiten hörte, habe ich mir sofort den Kopf zerbrochen, wie man dem abhelfen könnte.« Er kehrte wieder vom Fenster zurück, setzte sich und lächelte. »Haben Sie keine Angst, den Himmel möchte ich mir damit nicht erkaufen.«

»Wirklich nicht?« fragte Daun.

»Ich habe mir das erst vor kurzem überlegt. Stellen Sie sich vor, alle die religiösen Eiferer, die hier unten manchmal so fleißig verehrten, sind dort, nein, dann lieber nicht.«

»Wer weiß, ob die allzu eifrigen dort zu finden sind«, sagte Daun.

»Und all die sympathischen Erscheinungen, die vielleicht nur in sittlichen Dingen etwas zu laxe Anschauungen haben, fehlten. Ich träfe dort nur solche Seelen, wie ich sie – noch mit dem Körper verbunden – von meinem Fenster aus sehen kann, und die Verwaltung läge sicherlich ausschließlich in den Händen farbentragender katholischer Akademiker. Nein.«

»Ihre Phantasie ist bemerkenswert«, sagte Daun, »aber Sie dürfen sich die Insassen des Himmels schon etwas anders vorstellen als die des Autobusses, der mit Ihrem Wagen karambolierte. Ich habe den Leuten nachher klargemacht, daß das, was sie da unternommen hatten, ein kirchlicher Gefolgschaftsausflug und keine Wallfahrt war. Das war nicht Besinnung und Einkehr, sondern eine Art Halleluja-Tourismus. Aber das ist ja nicht Ihre Sorge, sondern meine«, lächelte Daun. »Erzählen Sie mir lieber etwas von Ihren.«

»Ich habe keine persönlichen Sorgen«, sagte der Mann, »außer vielleicht der, daß ich für jemanden, den ich nun aufrichtig liebe, zu alt bin. Das ist aber eine Sorge, die nicht behoben werden kann.«

»Und sonst?« fragte Daun ernst.

»Mein Gott«, sagte der Mann. »Ich sorge mich weniger, ich ärgere mich mehr. Es gibt genug Dinge, die einen ärgern.«

»Nach dem Zusammenstoß hatten Sie sich aber sehr in der Hand.«

Der Mann machte eine wegwerfende Handbewegung. »Ich habe eigentlich auch keinen persönlichen Ärger«, sagte er, »höchstens einmal im Jahr, wenn die Steuervorschreibung kommt. Aber auch da nur flüchtig, wenn ich sehe, wie man meine Vorauszahlungen wieder hinaufgeschraubt hat. Da leben wir in einem christlichen Land, erhalten Aufrufe zur Mäßigung von den verschiedensten Seiten, die Kirche sagt, man solle nicht nach Besitz haschen, obwohl sie denen, die bereits genug erhascht haben, nie ernstlich böse ist, ja sich sogar ziemlich gut mit ihnen stellt, aber eine Sparte der staatlichen Verwaltung zwingt uns geradezu, mehr zu erhaschen. Warum erhalten nicht einmal die Finanzämter Aufrufe zur Mäßigung, beispielsweise auch einmal von kirchlicher Seite? Vielleicht würde sich dann die Rascherei nach Geld etwas legen, vielleicht würde Besinnung einkehren. – Aber wie die Dinge jetzt liegen, können sie gar nicht aufhören zu haschen. Wir sitzen nicht in einem Bummelzug, der das Pflücken von Blumen während der Fahrt erlaubt.«

»Ich höre Ihnen zu«, sagte Daun. »Ich höre Ihnen gern zu.«

»Ein paar Gassen weiter lebt eine ledige Frau«, sagte der Mann, »eine fromme ledige Frau. Weil sie auf den Rat des Geistlichen gehört hat, dem sie sich anvertraute, ist sie allein geblieben. Der einzige Mann nämlich, mit dem sie sich ein Zusammenleben vorstellen konnte, dieser einzige Mann war evangelisch. Der geistliche Herr hat sie geradezu bestürmt, diesen Schritt nicht zu tun. Er malte die diesseitigen und besonders die jenseitigen Folgen in den düstersten Farben.«

»Sie haben Ihre Geschichte so angelegt, als ob sie eine Pointe hätte.«

»Die Geschichte hat eine Pointe«, gab der Mann zu, »nämlich die, daß ich unlängst durch Zufall im Diözesanblatt, ich lese es sonst nicht, einen Artikel dieses geistlichen Herrn fand, in dem er um mehr Verständnis und Liebe für die Christen anderer Konfessionen warb, ja die kleinbürgerliche Engherzigkeit gewisser katholischer Kreise anprangerte und verurteilte.«

»Wenn Sie es hören wollen«, sagte Daun, »auch mir tut diese Frau leid.«

»Ein anderer Ärger ist, und ich habe ihn immer wieder, diese naive, in die Hände klatschende Freude: ›Unser Glaube deckt sich mit wissenschaftlichen Erkenntnissen.‹ – ›Seid beruhigt, sogar als Akademiker könnt ihr glauben, die Naturwissenschaften bestätigen dies und das.‹ Lange nicht alles, aber einiges. – Das ist doch gar nicht notwendig!« rief der Mann. »Ich teile nicht den Jubel, daß heute kein ernstzunehmender Historiker mehr bezweifelt, daß Jesus Christus wirklich gelebt hat. Ich brauche keine Belege von Tacitus, Sueton und Plinius, ich bin überzeugt, daß die Worte: ›Wer von euch ohne Schuld ist, der werfe den ersten Stein‹ keine Erfindung sind. Überlegen Sie doch, wodurch das Christentum unglaubhaft wird oder glaubhaft würde.«

»Sie meinen, durch die Christen?« sagte Daun.

Der Mann nickte und sagte: »Ich war in einem katholischen Hotel.

Wenn Sie diese Atmosphäre dort erleben, brauchen Sie keine Naturwissenschaftler, keine Historiker, keine Archäologen, ja nicht einmal Theologen, um das Christentum massiv untermauert zu bekommen. Dort erleben Sie, und das ist das Bemerkenswerte, wie sich Glaube und Leben haarscharf decken, so daß sie nicht mehr zu trennen sind. Und das ist es, was fasziniert. Wenn ich Pfarrer wäre, würde ich Möglichkeiten schaffen, wo man so leben kann wie dort. Warum sieht man noch immer nicht ein, daß in dieser Welt ohne Vorbilder das Vorbild die größte Wirkung hat? Die einfachen Leute sind auch gegenüber wissenschaftlichen Befunden skeptisch. In einer Welt, in der alles gegen Geld zu kaufen ist, halten sie auch wissenschaftliche Erkenntnisse für erkaufbar, Beispiele, Vorbilder hingegen nicht. Man lebt nicht beispielhaft gegen Bezahlung.«

»Sie haben sicher noch mehr Ärger«, sagte Daun.

Der Mann nickte. »›Im Leben der Kirche‹, sagte vor kurzem einer unserer Bischöfe, ›hat Feudales oder Barockes keinen Platz mehr.‹ Ein schönes Wort, finden Sie nicht?«

»Doch, es ist zu unterschreiben.«

»Es hat nur den Fehler, daß der Bischof sich nach wie vor in einer motorisierten Staatskarosse fahren läßt, die allerdings auf jeden barocken Schnörkel verzichtet, ihn aber doch in die Nähe des Feudalen bringt. Wo das Geistige präsent ist, oder sein soll, muß man nicht repräsentieren. – Aber hören wir auf«, sagte der Mann, »das wird man nicht ändern, man wird lieber weiter wissenschaftliche Erkenntnisse zitieren, als diese Dinge zu ändern. Man wird weiterhin kleine Übel bekämpfen und große schweigend hinnehmen. Wollen Sie nur ein Beispiel dafür? Nur noch dieses eine letzte?«

»Ich bitte darum«, sagte Daun.

»Wenn ein katholisches Land, dessen Politiker sich damit nicht abfinden können, daß es keine Großmacht mehr ist, an einer Wasserstoffbombe bastelt – keine Aufregung. Wenn aber ein Mädchen mit nacktem Oberkörper bei San Francisco in den Pazifik steigt, schlägt das Wellen bis in den *Osservatore Romano*.«

Daun erhob sich, ging einige Male auf und ab, blieb vor dem Fenster stehen und sah hinüber zu seiner Kirche. »Schade«, sagte er, »wirklich schade, daß Sie draußen stehen und nicht drinnen. – Und Sie hätten es so nah.«

Einmal im Jahr«, sagte Daun, »sollte sich auch der Pfarrer eine Predigt halten.«

Und er sprach:

»Der gute Hirt sorgt sich um seine Schafe.

Er weiß, daß die Herde nicht für ihn da ist, sondern daß er für die Herde da ist.

Der gute Hirt sagt nicht, ›die Schafe haben sich zu kümmern, daß sie bei der Herde bleiben‹, sondern, ›ich muß darauf achten, daß die Schafe sich nicht von der Herde verlaufen‹.

Der gute Hirt sieht nicht nur jene Schafe, die seine Knie umdrängen, er sieht auch jene, die weit draußen an den Rändern der Herde noch immer zur Herde gehören.

Der gute Hirt kennt kein Lieblingsschaf.

Er hat alle Schafe zu hüten, und er muß auf sie alle achten, denn ihm ist nicht ein Teil der Herde, sondern die ganze Herde anvertraut.

Wenn aber die Herde sich verläuft und kleiner wird, ist es dann die Schuld der Schafe? Ist es nicht vielmehr die Schuld des Hirten, der sie nicht beisammen halten kann?

Darf dann der Hirt die Schafe schelten? Oder muß nicht vielmehr der Hirt gescholten werden?

Die Herde ist nicht Eigentum des Hirten, sondern das Eigentum seines Herrn. Der Herr besitzt, und der Hirt hütet. Der Hirt kann Schafe verlieren, aber sie bleiben Besitz seines Herrn.

Es ist nicht die Aufgabe des Hüters zu strafen, sondern die seines Herrn. Und es ist nicht das Amt des Hirten, mit dem Herrn zu drohen.

Der gute Hirt darf den Herrn nicht zum Wolf machen.

Er darf aber aus ihm auch kein Schaf machen.

Und er darf nicht aus dem Herrn einen Hirten machen.

Denn der Herr steht über dem Wolf, dem Schaf und dem Hirten.

Der gute Hirt quält seine Schafe nicht. Er verlangt von ihnen nicht mehr als der Herr.

Der gute Hirt ist gerecht. Er wird die schwachen Schafe vor den starken Schafen schützen. Er wird trachten, daß die Schafe in seiner Herde gleich stark sind.

Der gute Hirt lebt inmitten seiner Herde. Er braucht nichts außer ihr.

Der gute Hirt lebt in Furcht vor dem Herrn.

Es gibt ein Gesetz für die Schafe. Und es gibt ein Gesetz für den Hirten. Aber es gibt nur ein Gesetz des Herrn.

Die Schafe, die sich verlaufen, wird der Herr aufnehmen, da sie ja *seine* Schafe sind.

Den Hirten aber, der die Schafe verlor, wird er strafen. Darum betet für den Hirten.

Amen.«

Auf Dauns Tisch standen Blumen. Und diese Blumen hatte er von einer jungen Frau bekommen. Nun schenken selbst junge Frauen ihrem Pfarrer nicht so ohne weiteres Blumen. Warum Daun die Blumen geschenkt bekommen hatte, ist eine Geschichte, und die Geschichte begann schon lange, bevor das Kind weinte. Daß das Kind aber weinte, ist, wenn man es recht überlegt, der Schluß.

Seiner Mutter wegen weinte nämlich das Kind gewiß nicht. Obwohl einige Übelwollende das aussprengten. Und sie sprengten das aus, weil die Mutter hübsch war. Es gibt eben eine Menge Leute, die hübschen Müttern nicht zutrauen, daß sie auch gute Mütter sind. Es gibt außerdem eine ganze Reihe von Menschen, die der Ansicht sind, eine Mutter mit rauhen Händen pflege ihr Kind besser, sei zu ihm zärtlicher und aufopfernder als eine Mutter mit gepflegten Händen. Einige von diesen scheinen auch für katholische Zeitschriften zu schreiben. Dabei bleibt unverständlich, warum kluge Menschen eine gewisse Vernachlässigung des Äußeren als Beweis für guten Charakter oder gar christliche Gesinnung ins Treffen führen, weiß doch jeder, daß ein schmutziger Hals nicht unbedingt die Garantie für eine reine Seele sein muß.

Um es daher noch einmal deutlich zu sagen: Die Mutter des Kindes war hübsch. Sie hatte die Modeschule absolviert, ging immer gut gekleidet, auch zu Hause, wirkte gepflegt, hatte ein dezentes Make-up und war praktizierende Katholikin. Die Zeiten, daß Katholiken, wie seltsamerweise in diesem Fall auch ihre Gegner, diese jedoch aus ganz anderen Motiven, die erwähnten Eigenschaften dieser Frau für unvereinbar hielten, sind zwar noch nicht überall, aber im großen gesehen immerhin doch schon vorbei.

Die junge Frau hatte Sorgen, von denen Daun wußte. Und daß sie Sorgen hatte, muß gesagt werden, weil viele Menschen der Ansicht sind, daß hübsche Frauen keine Sorgen haben, und hätten sie schon

Anlaß zu Sorgen, so gestatte es ihre Oberflächlichkeit nicht, sich wirklich Sorgen zu machen.

Dennoch, die junge Frau war tief besorgt.

Ihr Mann war Chemiker in einem großen Laboratorium. Und das war aller Wahrscheinlichkeit nach der Grund, daß im Röntgenbild seiner Lunge einige Schatten zu erkennen waren. Der Arzt empfahl einen Kuraufenthalt im Gebirge, und die Krankenkasse machte bei der Übernahme der Kosten keine Schwierigkeiten. Ein Umstand, der die junge Frau noch besorgter machte, weil die Krankenkasse nicht gerade in dem Ruf stand, auf diesem Gebiet verschwenderisch zu sein.

Ihr Mann ließ sie zum erstenmal in ihrer Ehe allein und fuhr schweren Herzens zur Kur ins Gebirge.

Er ließ auf dem Bahnsteig eine Frau zurück, die unter Tränen lächelte und die in den folgenden Tagen zuweilen der Verzweiflung nahe war. Sie war bedrückt ob der Erkrankung ihres Mannes, gequält von der Ungewißheit ihres Ausganges, von dem schließlich die berufliche Zukunft ihres Gatten abhing. Sie war verzagt, weil sie allein war, und nicht zuletzt deshalb, weil sich keine fromme Seele finden ließ, um am Sonntagvormittag auf das Kind zu achten, für die kurze Zeit, da sie selbst zur Kirche ging.

Eine Frau, auch eine sehr hübsche Frau, hat aber gerade dann, wenn ihr Mann krank ist, einen doppelten Grund, zur Kirche gehen zu wollen.

Was blieb ihr anderes übrig, als ihren kleinen, getauften Sohn vorsorglich einzupacken, denn unsere Geschichte spielt sich im Spätherbst ab, und ihn in die Kirche zu tragen. Sie war keine Riesin, ihr kleiner Sohn gewiß auch nicht, aber der Weg von zwanzig Minuten machte eine solche Last schwerer, als sie ist. – Mit dem Kinderwagen zu fahren wagte sie nicht, denn wo hätte sie den gelassen? Um die Kirche herum gab es zwar Parkplätze für Autos zur Genüge, auch einen Ständer für Fahrräder hatte man angeschafft, an Abstellmöglichkeiten für Kinderwagen hatte jedoch niemand gedacht.

Vor der Kirche traf sie freundliche Leute, die sie anlächelten und nickend grüßten. Und einige ältere Männer richteten sich auf und blickten stolz um sich, als wollten sie sagen: Seht, es ist doch gar nicht wahr, daß nur alte Frauen zur Kirche gehen. Hier kommt eine hübsche und junge!

Niemand, auch keine ältere Frau, sah die junge Frau etwa mit neiderfüllten oder gar mit abschätzigen Blicken an. Nein, davon konnte wirklich keine Rede sein, denn sie befand sich unter gottesfürchtigen Christen.

Auch in der Kirche fühlte die junge Mutter jenen Hauch von Sympathie, der tröstlich ist, besonders, wenn man immerzu an gewisse Schatten in der Lunge eines Menschen denken muß, den man liebt.

Und welch artiges kleines Kind das war, das da stillhielt, wenn die Orgel gespielt wurde, Gesang erscholl und silberne Glocken erklangen!

Es war ein friedliches Bild: Die junge Mutter, das kleine Kind, seine großen Augen, in denen sich Lichter spiegelten.

Doch plötzlich lief eine leichte Trübung über das Gesicht des Kleinen. Seine Stirn umwölkte sich. Die Augen wurden unruhig. Die Lippen zogen sich nach unten. Ein Weinen stieg herauf. – Was wissen wir Großen, warum kleine Kinder weinen? Nichts ist so wenig berechenbar, so unvorhersehbar, so gar nicht hinauszuschieben und so schwer abzuwenden, wie das Weinen eines Kindes.

Unser kleiner Christ weinte.

Niemand, nur eine Mutter, die ein weinendes Kind in der Kirche hält, weiß, wie einem zumute ist, wenn das eigene Fleisch und Blut die Andacht der anderen zu stören beginnt.

Zunächst setzte bei der so unangenehm Betroffenen eine der schönsten christlichen Tugenden, die Hoffnung, ein. Nämlich die Hoffnung, daß das Weinen des Kindes bald vorübergehen werde. Und die junge Mutter war eine gute Christin, daher gab sie die Hoffnung nicht so schnell auf. Auch nicht, als die ersten Zischer laut wurden. Ja, auch dann noch nicht, als unterdrückte Rufe erschollen: »Das ist ja empörend!« – »Was man sich heute alles bieten lassen muß!« – »Verantwortungslos, ein Kind mitzunehmen!«

Die junge Mutter versuchte drei Tätigkeiten, deren jede einzelne viel Konzentration erfordert, zu vereinen. Sie versuchte das Kind zu beruhigen, den aufkeimenden Zorn andächtiger Christen zu beschwichtigen und selbst andächtig zu bleiben. Sie sandte flehentliche Blicke aus, doch – und diesmal wirklich um Gottes willen – nicht böse zu sein. Aber diese Blicke prallten ab an einer Mauer von Nichtverstehen und Unduldsamkeit.

Kein freundliches Lächeln wurde ihr mehr zuteil, nicht die kleinste Geste wissenden Verstehens. Nein, die junge Frau starrte fassungslos in böse gewordene, versteinerte Gesichter, hinter denen sich Gedanken verbargen, die erschreckend waren. Die Männer sahen weg, die Frauen hielten schmallippig und entschlossen ihren Blicken stand.

Und dann war die Geduld zu Ende, eine Frau – ein Mann hat meist nicht den Mut dazu – fauchte: »Wann gehen Sie endlich?«

Da begannen in den Augen der jungen Frau die Gesichter zu verschwimmen, und die schmalen Flammenzungen der Kerzen am Altar wurden zu gefransten Lichtklecksen. Sie erhob sich, preßte ihr weinendes Kind an sich und lief den Mittelgang entlang vom Altar weg, zurück zum Ausgang. Und das Kind weinte lauter als je zuvor, als wüßte es, wie ungeliebt es von seinen erwachsenen christlichen Brüdern und Schwestern war.

Und da, auf halbem Weg zwischen ihrer Sitzbank und dem Kirchentor, geschah es. Daun rief sie zurück.

»Gehen Sie nicht fort«, sagte er, »bitte bleiben Sie. Uns stört nicht das Weinen eines Kindes.« Er ging mit seinem Blick von Gesicht zu Gesicht, sah die junge Frau zaghaft nach vorn kommen und fuhr fort: »Wir wären nicht andächtig, wenn wir durch das Weinen eines Kindes gestört werden könnten. Und wir wären auch keine Christen, wenn wir nicht Verständnis für die Tränen eines Kindes aufbrächten. Kommen Sie ruhig näher. Und lassen Sie das Kind weinen, wer weiß, warum es weint. Vielleicht weint es um uns.«

Und da hörte das Kind zu weinen auf und blieb still. Auch ein paar falsche Töne der Orgel konnten ihm keine Träne mehr entlocken.

Daun aber beeilte sich, nach der Messe auf den Kirchplatz zu kommen, und hielt dort die junge Mutter so lange auf, bis er einen Autobesitzer gefunden hatte, der die Frau und das Kind nach Hause brachte.

Vorher jedoch erfuhr er noch, warum die Mutter das Kind hatte tragen müssen, und er verfügte, daß man nunmehr Kinderwagen im linken Seitenschiff der Kirche abstellen dürfe. Am Nachmittag noch schrieb er selbst ein kleines Plakat, das auf diese Möglichkeit hinwies. So dringlich schien ihm der Hinweis. Und er freute sich, als er am nächsten Sonntag die ersten Kinderwagen in der Kirche sah.

So und nicht anders war Daun zu den Blumen gekommen, und sie freuten ihn und machten sein Zimmer warm.

Draußen lag der erste Schnee.

Der Pfarrer im Radio sprach am frühen Morgen davon, daß Advent sei. Und er fand es sehr sinnig, daß der Advent gerade in die dunkelste Zeit des Jahres falle, und wie in der ganzen Kirche mitten in dieser kalten, unfreundlichen Zeit die Sehnsucht nach Licht und Wärme erwache.

Unser Mann hörte sich diese Predigt wie die meisten morgendlichen Radiopredigten an, während er sich rasierte. Er war friedlich gestimmt und fragte daher nicht den Prediger im Radio: Und was würdest du im Advent südlich des Äquators sagen? – Er war es gewöhnt, daß im deutschen Sprachraum Weihnachten mit Gefühlswerten überlagert war, und daß dabei die dunklen Tage einerseits, der schweigende Tann und der fallende Schnee andererseits eine allzu große Rolle spielten. Weihnachten am 24. Juni wäre hier nie populär geworden.

Nach dem Prediger kamen die ersten Wetternachrichten. Sie verhießen nichts Gutes. Durch eine ungünstige Konstellation von Bodentemperatur und Niederschlägen konnte es verbreitet zu Glatteisbildung kommen.

Unser Mann beschloß daher, seine Vorhaben für diesen Tag einzuschränken, den Wagen in der Garage zu lassen, denn ein Unfall im Jahr genügte ihm. Und obwohl kaum zu befürchten stand, daß am heutigen Tag christliche Wallfahrer unterwegs waren, wollte er allen Eventualitäten ausweichen und der Sicherheit den Vorzug geben.

Als er die Krawatte bindend am Fenster stand, hörte er die Zugehfrau die Wohnungstür aufschließen und freute sich, daß er in wenigen Minuten sein Frühstück haben würde.

Drüben vor der Kirche streute ein Mann Sand aus einem Eimer auf den Gehsteig. Erst beim zweiten Hinsehen erkannte er in dem Mann den Pfarrer Daun, dachte sich, »der nimmt den Kundendienst ernst«, und dachte sich, »warum fällt das keinem anderen Pfarrer ein?«, und dachte sich, »wieviel Überzeugungskraft geht von einem Mann aus, der sich nicht scheut, den Eimer in die Hand zu nehmen und Sand aufs Glatteis zu streuen«.

Und um zu zeigen, wie er diese Arbeit eines geistlichen Herrn schätze, öffnete er das Fenster und applaudierte in den noch dunklen Morgen hinaus.

Daun hielt in seiner Arbeit ein, sah zu ihm hinauf, winkte mit der Hand, lächelte, weil ihm ein Einfall kam, und streute auf dem kürzesten Weg von der Kirche zum Haustor herüber eine weiße Spur auf den dunklen Asphalt. Und als er unter den Fenstern des Mannes stand, lachte er noch einmal und rief: »Für Sie, falls Sie davon Gebrauch machen wollen.« Und, schon etwas weiter entfernt: »Aber Sie sollen nicht meinetwegen kommen.«

Unser Mann nickte lächelnd und schloß das Fenster wieder. Er mochte Männer im allgemeinen nicht, und vor allem vor Priestern empfand er eine Art dumpfer Abneigung im vorhinein. Daun aber mochte er. Seine Worte »Aber Sie sollen nicht meinetwegen kommen« waren typisch für ihn und machten ihn liebenswert. Daß er in seinem Bereich an einem Glatteistag Sand streute, erklärte seine Wirkung und seine Anziehungskraft, zwar nicht allein, aber zumindest zu einem Teil. War dies der Grund, warum Daun Handwerkern, die beim Bau des Kindergartens mitgewirkt hatten, nachlaufen mußte, um endlich die Rechnungen von ihnen zu erhalten, und sie unter den verschiedensten Vorwänden dann doch nicht bekam? Leute, die sonst keineswegs im Ruf standen, beim Eintreiben ihnen zustehender Beträge säumig zu sein? War das der Grund, warum Männer ohne Aufforderung den Bauschutt des Kindergartens weggeräumt, Frauen Fußboden gewaschen, Türen und Fenster geputzt hatten, ohne daß er sie darum bitten mußte? – War es der Grund, daß der Platz nach der Sonntagsmesse überquoll, wo vorher ein Sechstel des Platzes genügt hätte?

Die Zugehfrau betrat das Zimmer und brachte das Frühstück. Sie strahlte. »Haben Sie gesehen, was unser hochwürdiger Herr Pfarrer tut?«

»Ja, Frau Weber, ich sah es«, sagte der Mann. »Und um auch das zu sagen, ich bin sehr angetan davon.«

Er war fröhlich an diesem Tag wie seinerzeit im Hotel bei den Schwestern. Sein Magen machte ihm keine Beschwerden, eine Reihe seiner Vorhaben ließen sich telefonisch erledigen, und längst fällige Post wurde aufgearbeitet. Knapp vor Mittag klingelte das Telefon, und es meldete sich jene Stimme, die er liebte und die ihm abging, wenn er sie nicht hörte. Er dachte, wie lustig sie vom Glatteis erzählte und wie sie den Tag warm machte mit dem Vibrieren ihrer Stimmbänder, und wie glücklich es ihn machte, wenn er sie atmen hörte. Nur am Telefon. Aber es war ihr Atmen, er kannte es, und er wußte, wie sie tiefer Luft holte, ehe sie wieder zu sprechen begann. Er fragte: »Kommst du heute?«

Und sie sagte: »Ja, ich komme.«

Und nur sie wußten, was diese Worte bedeuteten, was sie bargen, was sie verschwiegen und was sie verhießen. Sie war bereit zu kommen, und er bedauerte, daß es noch mehr als fünf Stunden waren, die er zu warten hatte.

»Arbeite«, sagte sie.

Er lachte. So viel Arbeit hatte er nicht.

»Dann geh ein wenig spazieren«, schlug sie vor. »Durch die Gärten. Ich hab' es heute morgen gesehen. Manche Zweige sind wie in Glas getaucht.«

»Das werde ich tun«, versprach er.

»Hoffentlich ist das Eis an den Zweigen inzwischen nicht geschmolzen.«

»Und wenn es geschmolzen ist, werde ich es mir genauso vorstellen, wie du es mir gesagt hast.«

»Wirst du brav essen?« fragte sie besorgt.

Er versprach, brav zu essen, zumal Frau Weber glacierte Kalbsleber angekündigt hatte.

Und dann beendete sie das Gespräch, kurz, ohne Pathos. Und er wartete noch das Knacken ab, das ihm verriet, daß sie den Hörer tatsächlich aufgelegt hatte.

Eine Weile stand er noch am Fenster, dann deckte die Zugehfrau den Tisch, er genehmigte sich zum Essen einen Schluck Rotwein und nach dem Essen eine Stunde Schlaf. Nachher bereitete er sich, da Frau Weber inzwischen gegangen war, eine Tasse Kaffee, aß zwei Zwieback mit Honig dazu, tat ein paar Züge aus seiner Pfeife, die er eigentlich nur rauchte, weil ihm der süße, schwere englische Tabak einen Duft ins Zimmer zauberte, den er liebte. Ja, er stopfte sich gegen seine sonstige Gewohnheit noch eine zweite Pfeife, die er stehend am Fenster rauchte. Draußen nieselte es wieder etwas stärker. Das Dach der Kirche glänzte, die Goldkreuze auf den Kuppeln und Türmen schimmerten, und wenn er der Allee, die rechts an der Kirche vorbeiführte, folgte, konnte er am Geäst der Bäume feststellen, wie dicht das neblige Gespinst war.

Er holte einen sportlichen Wintermantel aus dem Schrank, wählte einen schwarzen Hut mit dunkelgrünem Band, nahm die gefütterten Lederhandschuhe und verließ die Wohnung und das Haus.

Sein Weg führte ihn die Allee entlang, vorbei an vor Nässe triefenden Bäumen, an den Gärten der Siedlung, an kahlen Flieder- und immergrünen Ligusterhecken, an Häusern, die ernst und verschlossen wirkten und deren gequälte Proportionen durch kein sommerliches Grün und keine blühenden Rabatten gemildert waren. Schmalbrüstige Fichten standen viel zu dicht in den Vorgärten, ihre Nadeln wirkten von Schmutz, Ruß und Nässe schwarz.

Er atmete gern diese feuchte, kühle Luft. Schon als Kind hatte er dieses Wetter geliebt, wenn er der silbernen Fahne seines Atems nacheilte. Auch jetzt atmete er tief durch den Mund ein und aus, sah dem Hauch seines Atems nach, der sich im dürren Heckengeäst verflüchtigte, und sagte dann: »Du lebst.«

Es war kühl, doch es fröstelte ihn nicht ein bißchen. Er hatte genau die richtige Kleidung getroffen, und seine Hände in den gefütterten Lederhandschuhen waren trocken. Er haßte es, wenn seine Hände in Handschuhen feucht wurden, und mochte seit seiner Kindheit Leute nicht, die feuchte Hände hatten.

Er kehrte um, schlenderte den Weg zurück, freute sich, daß er Nuß- und Kirschbäume auch ohne Blätter und Früchte erkennen konnte, und kam wieder auf die Allee, die zur Kirche führte. Rechts von ihm lag die Kirche, links auf der anderen Seite der Allee stand der Pfarrhof, und hinter der Kirche stand das Haus, in dem er wohnte. Und hinter dem Pfarrhof lag der neue Kindergarten. Was mochten sie dort singen? Häschen in der Grube saß und schlief? – In der Grube, dachte er. Als Kind war ihm nie aufgefallen, welch verschiedene Deutungen man dem Wort Grube geben konnte.

Aber im Kindergarten sang man zur Zeit nicht. Die Kinder waren auf Spaziergang, und sie kamen eben links hinter der Kirche hervor. Am Gehsteigrand hielt die eine Schwester die Gruppe auf, wartete ein Auto ab, das vorüberfuhr, ging dann in die Mitte der Straße, streckte beide Arme von sich, stand da wie ein Verkehrspolizist oder wie ein schmales schwarzes Kreuz, und die ersten Kinder betraten die Straße, um zum Pfarrhof hinüberzugehen. Da hörte er hinter sich ein Auto kommen, genauer gesagt, er hörte das Geräusch der Reifen auf dem nassen Asphalt. Er wandte sich um und sah, daß der Wagen viel zu schnell fuhr, und mit einer erneuten Kopfwendung, wie die Ordensfrau entsetzt die Hände hochriß. Der Lenker des Autos mußte verrückt sein und überall hinsehen, nur nicht auf die Straße. Und da blieb unserem Mann nichts übrig, als auf die Straße zu springen, die Arme warnend zu bewegen, und er sah nichts als die schreckgeweiteten Augen des Fahrers hinter der Windschutzscheibe, und diese Augen kamen plötzlich auf ihn zu, ganz nah. Und dann sah er nichts mehr. Er hörte nicht mehr die Schreie der zwei Schwestern, das Weinen der Kinder, das Dröhnen des Blechs an der Kirchenmauer. Er lag da, und seine Hände in den gefütterten Lederhandschuhen waren noch immer warm und nicht feucht.

Er lag da, als Daun kam, und er lag noch immer, als der Arzt kam, er lag, als der Kaplan eintraf, das Unfallkommando, der Sanitätswagen. Aber der Unfallarzt ließ ihn liegen und fuhr mit dem leeren Wagen zurück. Und Daun holte eine Decke und deckte ihn zu, obwohl der Mann nicht mehr fror.

Der Platz füllte sich. Es dämmerte. Irgendwer begann zu beten, und die Menge betete mit.

Daun stand da, mit schmalem Mund, eng ineinandergepreßten Händen und aufgewühlter Brust. Noch heute morgen hatte er dem Mann eine helle Spur gestreut und hatte nicht geahnt, daß er einen anderen Weg nehmen werde. Er sah Waser kommen, der bestürzt war und fragte, ob etwas zu tun sei. Und er sah viel später ein Mädchen kommen, das sich durch die Reihen drängte und die Decke vom Gesicht des Toten hob, das Gesicht wieder zudeckte, zur Mauer der Kirche wankte und dort mit großen leeren Augen stehenblieb.

Erst viel später weinte sie, und sie lehnte noch immer an der Backsteinmauer, die im Licht der Laterne vor Nässe glänzte.

»Wer ist denn das junge Mädchen, das so weint?« fragte Daun den neben ihm stehenden Waser.

Der Herr Amtsvorstand war konsterniert. »Ich verstehe es selber nicht«, antwortete er. »Es ist meine Tochter.«

Der Dechant war ein geselliger Mann. Er zählte zu jener Generation geistlicher Herren, die dem Bergsteigerischen besonders zugetan war und, mehr urwüchsig als intellektuell, diesem Stand die letzten Originale stellte. Er vermochte jetzt, in seinem Alter, eine gewisse Ruhe und Gelassenheit um sich zu verbreiten, dem aber keineswegs im Wege stand, daß er stille Frühmessen in Rekordzeiten zelebrierte. Unter Alters- und bergsteigerischen Gesinnungsgenossen galt er als der Schnellste in dieser Beziehung, und es war von ihm bekannt, daß er seine Messe unter besonderen Bedingungen (das Taxi wartete mit laufendem Motor) in genau hundert Sekunden mehr als einer viertel Stunde zum guten Ende gebracht hatte.

Seinen geistlichen Rang repräsentierte nach außen hin ein wunderschöner fuchsbrauner Langhaardackel. Der war äußerst verfressen auf Süßigkeiten und ließ diese süßen Dinge nur dann unbeachtet, ja, wand sich scheinbar in Ekel vor ihnen, wenn man – was man ihm in Zeiten beigebracht hatte, da man wesentlich weniger ökumenisch dachte – ihm mitteilte, die Süßigkeiten stammten von Protestanten. Ansonsten war dieser Hund ein gar treues Geschöpf, in dessen Leben es nur einen Kummer zu geben schien, nämlich den, daß die katholische Kirche so engherzig war und sogar dem Dackel eines Dechanten den Zutritt in die Dekanatskirche verwehrte.

So spielten sich vor der Sakristeitür herzzerreißende Abschieds- und Wiedersehensszenen ab, wobei die Abschiedsszenen natürlich um einige Grade herzzerreißender waren, so daß Kenner des Dechanten und seines Dackels hierin einen Grund für das schnelle Zelebrieren des Dechanten sahen.

Daun hatte es selbst des öfteren erlebt, wie das arme Tier zitternd vor schmerzlicher Erregung, winselnd und heulend vor der Sakristeitür saß, zutiefst darunter leidend, daß ihm der Eintritt in die sakralen Räume verwehrt war. Ein Anblick, der Daun sehr zu denken gab.

Der Dechant hatte die Pfarrer seines Dekanats in den Tagen zwischen dem Weihnachtsfest und Neujahr eingeladen. Seine verwachsene, aber ungemein tüchtige und saubere Haushälterin – ihr Haar hätte einen Tizian beeindruckt – hatte üppig gebacken und sorgte dafür, daß an diesem Nachmittag auch der Kaffee nicht ausging.

Daun, der als letzter eintraf, begrüßte der Dechant scherzend mit den Worten: »Nun, du Homöopath Gottes?«

»Wie meinst du das?« fragte Daun lächelnd zurück.

»Als ob du das nicht wüßtest«, sagte der Dechant, »und du weißt auch, daß ich es gut meine. Unsere Zeit kennt keine Roßkuren mehr, auch keine religiösen.« Er betrachtete das Glutende seiner Zigarre, dann das feuchte andere Ende und blies ein Tabakkrümelchen von seinen Lippen. »Und wie geht's dir sonst?« fragte er mit Wärme.

»Mich beschäftigt noch immer sein Tod«, sagte Daun.

»Wir haben vorhin auch über ihn gesprochen«, gestand der Dechant, »lediglich Mader sieht eine Strafe Gottes darin – und nicht mehr.« Wieder betrachtete der Dechant seine Zigarre. »Ein Pfarrer«, sagte er dann, »muß nicht unbedingt ein Geistesheroe sein, aber ein Pfarrer, dem das Herz zu schmal geraten ist...« Wieder blies er ein Tabakkrümelchen von seinen Lippen.

»Ich muß immer daran denken, daß es sein Geld war, das uns die Eröffnung des Kindergartens ermöglichte, und ich erinnere mich noch, wie er sagte, warum er es tue. Vielleicht sublimiere er damit seine unterdrückten Vatergefühle, aber vielleicht sei es auch etwas anderes. Ich würde gern wissen, was er mit dem anderen gemeint hat.«

»Ich denke immer«, sagte der Dechant, »wir wissen gar nichts von den Reserven, von den christlichen Reserven, die in denen stecken, die nicht praktizieren. Daß man neuerdings Verbindung zu nicht christlichen Religionen sucht, gut und schön, aber wir dürfen doch die nicht abschreiben, die uns den Rücken kehren, nur weil sie die Überzeugung gewonnen haben, daß wir ziemlich viel falsch gemacht haben oder machen, oder daß das Christentum anders aussehen müßte.«

»Daß du das sagst, finde ich schön«, sagte Daun. »Es gibt mir Hoffnung.«

»Hoffnung auf was?«

»Daß die christliche Zeit erst kommt. Wir haben, vielleicht noch nicht alle, aber doch so viele wie nie sonst, wieder die Liebe gefunden. Klingt etwas pathetisch, nicht?«

»Komm endlich herein«, sagte der Dechant.

Daun konnte nun die anderen begrüßen. Da war zunächst der stiernackige Mayer, von dem man im Ordinariat erzählte, man könne seine Predigten auch hören, wenn man in der Straßenbahn an seiner Kirche vorüberfahre.

Diese Feststellung soll sogar bis zum Erzbischof vorgedrungen sein. Und der Erzbischof, so erzählt man sich, habe auf die Mitteilung hin überrascht gefragt: »So, predigt der Mayer so laut?« Worauf sein Sekretär geantwortet haben soll: »Und so kurz auch.«

Mayer kam auf Daun zu, hieb seine Pranke auf die rechte Schulter Dauns und fragte laut: »Wie geht es dir?«

Daun fühlte sich gezwungen, wie ein artig erzogenes Kind »danke gut« zu sagen.

»Wenn ich dir einen Rat geben darf«, flüsterte Mayer und zog Daun zur Seite.

»Ja?« fragte Daun unsicher, in der Meinung, er habe einen Fehler begangen und Mayer wolle ihn warnen.

»Die Nußtorte«, sagte Mayer, »wenn du auf mich hörst. Halt dich an die Nußtorte. – Und noch einen Rat.« Mayer zog Daun in einen Winkel hinein. »Wenn du einen guten Stand beim Dechanten haben willst, gib dem Ewald ein Stück Torte. Ein ganz kleines Stück.«

»Welchem Ewald?« fragte Daun.

»Seinem Dackel. Der Röder von St. Gertrud, von Mader ganz zu schweigen, die sind bei ihm unten durch. Ich meine beim Dechanten. Die haben seinem Dackel noch nie etwas gegeben.«

»Nur deshalb?« fragte Daun.

»Schau, er hat ja sonst niemanden«, entschuldigte Mayer den Dechanten. Und noch leiser fuhr er fort. »Man erzählt sich, daß er dem Dackel seine Predigten vorliest. Und ist der Dackel mißgelaunt, dann setzt er sich hin und geht sie noch einmal durch.« Er boxte Daun anschließend in die Seite. Sie lachten und gingen auseinander.

Der nächste, den Daun begrüßte, war Röder. Röder machte immer einen etwas leidenden Eindruck. Das erstemal dachte Daun, er hätte Magengeschwüre. Als er ihn dahingehend vorsichtig gefragt hatte, verriet Röder, daß er einen sehr gesunden Magen habe. Einen Saumagen gewissermaßen, sonst wäre er wohl nicht mehr Pfarrer. Auch sonst, versicherte er, sei er gesund. Und trotzdem sah er leidend aus. Er lächelte, wenn überhaupt, immer nur ganz schmal mit einem Mundwinkel und entblößte damit zwei Millimeter Goldzahn.

Diesmal ging er mehr aus sich heraus. »Nun?« fragte er, »hast du Ewald schon deine Reverenz erwiesen?«

Daun gestand, daß er noch nicht dazugekommen sei.

»Vorhin hat mich das Biest wieder gebissen«, eröffnete ihm Röder.

»Ist doch nicht möglich!« rief Daun.

»Doch.« Röder schob sein rechtes Hosenbein hoch, zog den Wollsocken herunter und zeigte die Bißstelle. Ein kleiner roter Fleck war zu sehen.

»Tatsächlich«, sagte Daun kopfschüttelnd.

»Und weißt du, was er gemacht hat?«

»Der Dackel?«

»Nein, der Dechant.«

»Was?« fragte Daun.

»Gelacht hat er. Schallend. Und als ich ihm sagte, es wäre besser, den Hund zurechtzuweisen, hat er gesagt: ›Ewald, friß mir nicht die

Pfarrer weg. Die schmecken nicht.‹ Und er hat ihm ein Keksstück gegeben.«

Daun versuchte ernst zu bleiben.

»Und dabei herrscht Hunger auf der Welt«, sagte Röder. »Hunger, und hier bekommen Dackel Keks und Torte.«

Daun wurde plötzlich ernst. »Da hast du recht«, sagte er. »Erst vor kurzem hab' ich eine Bildreportage gesehen, aus Südamerika.«

»Und?« fragte Röder.

»Nichts«, sagte Daun, »man sah nur ausgehungerte südamerikanische Kinder, außerdem sah man, wie ein südamerikanischer Bischof, zum Glück war es ein schlanker Bischof, lebt. Roh verputzte Wände, Holzkisten als Möbel, ein Strohsack als Bett, ein Maultier als Fortbewegungsmittel.«

Röder beobachtete Daun mißtrauisch. »Willst du damit etwas sagen?«

»Was?« fragte Daun.

»Etwa, daß unser Bischof auch auf einem Maulesel reiten soll?«

»Das gerade nicht«, antwortete Daun und begrüßte Kudinsky, der einsam und nachdenklich in einer Ecke stand.

»Was brütest denn du aus?« fragte ihn Daun.

Kudinsky streifte die Asche von seiner Zigarette und sagte, als wäre der Weltuntergang nahe: »Daß man hier nicht kegeln kann, sehe ich ein. Aber glaubst du, einer von denen spielt Schach?« Als Daun diese Frage unbeantwortet ließ, berichtete er freudestrahlend, daß ein Wirt in seiner Pfarre eine neue Kegelbahn gebaut habe. »Nach internationalen Maßen«, erläuterte er. »Man könnte geradezu internationale Wettkämpfe auf der Bahn austragen.«

»Und? Will etwa keiner?«

Kudinsky schüttelte den Kopf. »Die lachen mich ja aus, wenn ich so etwas sage.«

»Findest du niemand anderen?«

Kudinsky winkte ab. »Hör auf«, sagte er. »Unlängst hab' ich mit einem gespielt. Ein phantastischer Kegler. Ein netter Sieger. Ein fairer Verlierer. Du hast wunderbar mit ihm sprechen können, über alles. Ein paar Tage später bekomm' ich einen Brief vom Ordinariat.«

»Mit dem Vermerk ›zur Kenntnisnahme‹?«

»Wieso weißt du das?« fragte Kudinsky überrascht.

»Man bekommt solche Briefe«, sagte Daun.

»Hast du etwa auch mit einem Kommunisten gekegelt?«

»Nein«, sagte Daun überrascht, »wieso?«

»Nun, mein netter Partner soll ein Kommunist gewesen sein. Ein stadtbekannter, wie man dem Ordinariat mitteilte.«

»Und was machst du jetzt?« fragte Daun.

»Das frag' ich dich.«

»Ich weiß nicht«, sagte Daun. »Vielleicht würde ich überlegen, wer wen in seinen Anschauungen gefährdet.«

»Meinst du?« fragte Kudinsky froh, weil er eine Lösung sah.

»So lange man es dir nicht verbietet«, sagte Daun und ließ ihn stehen. – Haunold, ein Pfarrer ohne Haare und mit Kirche ohne Turm, wie er selbst über sich sagte, hatte andere Probleme. Er stand kurz vor einer Theateraufführung und fand keinen geeigneten Mann für eine Großvaterrolle.

Irgendwie hatte Daun ihn in Verdacht, daß er sich nicht sehr bemüht hatte, einen Großvater für sein Stück zu finden, weil Haunold selbst leidenschaftlich gerne Theater spielte. Und nun wollte er von Daun wissen, ob es anginge, daß er einen Großvater mit drei Töchtern und einer unbestimmten Anzahl von Enkelkindern spielen könne.

Hätte Daun keine Briefe bekommen, hätte er ohne Bedenken sofort ja gesagt. Aber jetzt war er unsicher. Wenn Haunold so gut spielte, daß einige primitive christliche Gemüter Schein und Wirklichkeit vergaßen, wenn er so gut spielte, daß weniger primitive Gemüter auf den Gedanken kommen konnten, so gut kann das wirklich nur einer machen, der drei Töchter hat (hielt doch eines von Dauns Pfarrkindern einen Filmschauspieler für fromm, weil es ihn öfter in Pfarrerrollen beschäftigt sah), so konnte das zu peinlichen Mißverständnissen führen.

Daun gab ihm daher den Rat, im Ordinariat, wo man ja seine Theaterbegeisterung kannte, nachzufragen. (Er fragte dann tatsächlich an und bekam die Erlaubnis, für zweieinhalb Stunden auf der Bühne den Großvater spielen zu dürfen.)

Mader, den Mayer den Medizinmann nannte, stand bei den Büchern und gab sich, zwei Finger an die Schläfe gepreßt, wissenschaftlich. Er machte auf Daun auch sonst einen etwas verbissenen Eindruck und trug den Asketen etwas zu auffällig zur Schau. Mader rauchte nicht, hatte Torte und Kuchen zurückgewiesen und nahm nicht einmal Kaffee an. Er schien sich auch jeder Art von Lächeln enthalten zu wollen, was ihn Daun nicht gerade verdächtig, aber doch sehr fremd machte. Haunold nannte ihn »das Jammertal«, weil das Maders stehender Ausdruck für diese Welt sein sollte. Er hatte Daun schon vor längerer Zeit mitgeteilt, daß Maders Spezialität die Worte »Heulen und Zähneknirschen« seien. Er könnte sie so aussprechen, daß einem unter Garantie die Gänsehaut über den Rücken laufe. Und Haunold konnte Mader so gut imitieren (und nicht nur ihn), daß sich die Gänsehaut bei der bloßen Imitation einstellte.

»Störe ich?« fragte Daun, weil Mader, obwohl er ihn bemerkt hatte, seinen Blick weiterhin angestrengt in das Buch gehefet hielt.

Mader stieß die Luft durch die Nase aus und überließ die Deutung dieser seiner Handlung seinem Gegenüber. Daun durchforschte Maders Gesicht, die glatte, dünne Haut mit nur wenigen Rasurstellen über den Wangen, die lange schmale Nase, den fast lippenlosen Mund und die Augen, die hinter den randlosen Gläsern stark vergrößert wirkten.

»Ein interessantes Buch?« fragte Daun.

»Märtyrerprozesse«, sagte Mader leise.

Da Daun keine Bemerkung dazu einfiel, zog er die Stirn in Falten.

»Genau nach den Prozeßakten«, erklärte Mader.

»Du willst doch sicher etwas mit deiner Lektüre andeuten?«

»Ja«, sagte Mader spitz. »Die Märtyrer stehen im Bücherschrank, und hier wird gequalmt, Kaffee getrunken und genascht.«

»Du meinst, daß einer, der raucht, Kaffee trinkt und ein Stück Nußtorte verzehrt, nicht fähig zum Martyrium ist.«

»Ungefähr so«, sagte Mader.

»Ein bißchen streng, deine Ansicht, nicht?«

Mader schüttelte den Kopf.

»Ich habe das im Krieg erlebt«, sagte Daun. »Die Exerzierplatzhelden haben beim ersten Angriff in die Hosen geschissen. Und viele von den sogenannten unsoldatischen waren plötzlich tapfer.«

»Du meinst also, abgesehen davon, daß ich deine Wortwahl mißbillige, der Genuß von Zigaretten, Kaffee und Torte befähigte zu besonderem Martyrium?«

»Nicht gerade das. Ich würde nur einen Märtyrer, der auch auf einige irdische Genüsse verzichtet, ein wenig höher einstufen als einen, der den Leib sowieso schon abgetötet hat.«

»Ich möchte weiterlesen«, bekundete Mader sein Mißfallen und steckte die Nase wieder ins Buch.

Daun stand eine Weile ratlos, da legte der Dechant die Hand auf seine Schulter und sagte: »Komm, die Marie hat frischen Kaffee gebracht.« Der Dechant drückte ihn in einen Sessel und setzte sich in den nebenstehenden. Da Daun der einzige war, der ein Stück Torte auf dem Dessertteller hatte, setzte sich Dackel Ewald ganz dicht vor ihn und fixierte abwechselnd den Teller, Dauns Hand, die die Kuchengabel hielt, und Dauns Mund.

Erst als Daun den Dechanten fragte, ob er dem Dackel ein Stück Torte geben dürfe, fiel ihm die Empfehlung Mayers ein.

Der Dechant strahlte. »Er hat zwar schon genug gehabt«, sagte er. »Aber wenn du ihm ein kleines Stück gibst... Er soll nicht von dir denken, daß du neidig bist.«

»In Südamerika«, begann da Röder, der sich betroffen fühlte, »hungern Kinder. Katholische Kinder.« Er wies mit dem Kopf zu Daun und setzte fort: »Er hat mir gerade von einer Reportage in einer Zeitung erzählt. Der Bischof hat nur ganz grob verputzte Wände und reitet auf einem Maultier.«

»Na«, sagte der Dechant, »das wäre ein Spaß, wenn der unsere einmal auf einem Maultier...« Er lachte Daun an. »Du hättest sogar Platz und könntest das Maultier im Pfarrgarten weiden lassen.«

»Verzeih«, sagte Röder, »aber das sind doch keine Witze.«

»Warum soll man nicht darüber reden?« rief Mayer.

»Willst du also tatsächlich, daß unser Bischof hier auf einem Maultier reitet?«

»Vielleicht wäre ein Jeep besser für ihn«, sagte der Dechant nachdenklich, »ich meine für den südamerikanischen Bischof. Ist es dort gebirgig?«

Weil Daun bejahte, begannen seine Augen zu leuchten. Er schickte sich an, von seinem Lieblingsthema zu sprechen, vom Rückgang der Gletscher in den Alpen. Seinerzeit hatte er von einer bestimmten Hütte aus nur einige Schritte zum Gletscher gehen müssen. Ja, er, der Gletscher, war so nahe gewesen, daß er seine Verpflegung in ihm aufbewahrte. Jetzt, vor drei Jahren, war es von der Hütte ein Weg von fünfundzwanzig Minuten. »Oder ein anderes Beispiel:...«, fuhr der Dechant fort.

»Dieses Südamerika«, unterbrach ihn Kudinsky, der die Beispiele des Dechanten auswendig kannte, »ich hab' unlängst einen Brief von einem Missionar bekommen. Er hat darin seine Behausung ›Rattengebärklinik‹ genannt, meine Herren. Und dann schreibt er, daß sie für die Schule, die sie dort haben, die Bleistifte, die wir hinüberschicken, in vier Teile zersägen. Damit sie mit den Bleistiften auskommen und jedes Kind in der Schule einen Bleistift hat.«

»Da seht ihr!« sagte Mader. »Und hier wird geschlemmt!«

»Hast du schon etwas hinübergeschickt?« fragte ihn der Dechant.

»Nein«, sagte Mader.

»Also haben die Armen dort nichts davon, wenn du hier keine Torte ißt.«

»Und der Bischof dort auf einem Maulesel?« fragte der glatzköpfige Haunold.

»Warum bringt ihr immer den Maulesel ins Gespräch?« rief nun Röder ärgerlich. »Soll das ein Vorwurf für den unsrigen sein? Gönnt ihm einer das Auto nicht? Seht euch einmal die Autos der Herren Gewerkschaftsvertreter an!«

»Das ist eine Sache, mit der die Gewerkschaftler fertig werden müssen«, sagte der Dechant.

»Und der Wagen vom Bischof?« bohrte Mayer.

»Damit muß er fertig werden«, sagte der Dechant.

»Und wir leider auch«, fügte Mayer hinzu.

»Ihr gönnt ihm keinen Wagen«, rief Röder.

»O doch«, widersprach Haunold, »wir gönnen ihm ganz gewiß einen Wagen, aber vielleicht einen etwas kleineren. Stellt euch vor, wieviel das in Bleistiften umgerechnet wäre. Oder hast du dir noch nie etwas in dieser Richtung anhören müssen?«

Es war plötzlich sehr still geworden. Sie hatten alle ihre Gedanken. Mayer, sonst radikal (»am liebsten würde ich fünfzig Betschwestern hinausschmeißen, damit ich dafür hundert junge bekomme, die von den Betschwestern vertrieben worden sind«), schlug vor: »Reden wir von etwas anderem.«

»Warum?« fragte der Dechant, und zu Daun gewandt fragte er: »Was hältst du davon?«

Daun sagte: »Es wird Bischöfe geben, die vielleicht einen Hubschrauber brauchen, andere brauchen ein Motorboot oder, wie du gesagt hast, einen Jeep.«

»Dann braucht eben unserer ein Auto!« rief Röder dazwischen.

»Das streitet ja keiner ab«, sagte der Dechant. »Ich weiß nicht, warum du dich so echauffierst. Noch bist du ja nicht Bischof.«

»Die Frage ist ja nur«, erklärte Mayer, »ob er unbedingt das Auto braucht, das er hat.«

Haunold sagte wie zu sich selbst: »Da soll man fromme Slogans laut Hirtenbrief verbreiten. ›Bei achtzig Kilometer steigt Sankt Christophorus aus.‹ Ich bitte euch, was ist das schon für ein Schutzpatron, der bei achtzig Kilometer aussteigt? Entweder glaub' ich an einen Schutzpatron, dann bin ich aber sicher, daß er auch noch bei hundertdreißig neben mir sitzt, oder ich glaub' nicht daran, dann bin ich sicher, daß er nicht einmal mitfährt.«

»Und?« rief Röder spitz.

Mayer rief: »Als ob man nicht mit sechzig fahren könnte wie eine Sau.«

»Nein, nein, das wollte ich gar nicht damit sagen«, meldete sich wieder Haunold. »Was ich sagen wollte, ist das: Wir sollen davon reden, daß bei achtzig der Sankt Christophorus aussteigt, und jeder Knirps weiß, sogar ein weiblicher, wenn er den Wagen des Bischofs gesehen hat – selbst erlebt, meine Herren –, der fährt gut seine hundertsiebzig.«

Nun meldete sich Kudinsky zu Wort: »Da hätte ich noch eine Frage. Was sagt ihr einem Pfarrkind, das zu euch kommt und sagt: ›Ihr wettert immer so gegen den Lebensstandard, daß man alles haben will und so. Gut und schön. Aber unlängst habe ich bei einem katholischen Kongreß einen Kardinal reden hören, der hat ganz furchtbar gegen den Lebensstandard gewettert, er hat ihn dezidiert zum Teufel des zwanzigsten Jahrhunderts erklärt.«

»Ist dagegen etwas einzuwenden?« fragte Mader, der sein Buch zugeschlagen hatte und kalkweiß im Gesicht war.

»Nein«, sagte Kudinsky, »durchaus nicht, wenn der Kardinal nachher auf sein Fahrrad steigt und wegfährt.«

»Fahrrad!« rief Röder und sah sich nach Zustimmung für seine Entrüstung um.

»Aber!« rief Kudinsky. »Seine Eminenz haben sich in einen Dreiliterwagen mit höchsteigenem Schofför begeben und sind mit Polizeieskorte abgerauscht. In einem Gefährt des Teufels des zwanzigsten Jahrhunderts!«

Der Dechant hatte sich eine neue Zigarre angezündet und murmelte: »Da hat er halt für seine Person den Lebensstandard verchristlicht.« Er blies den Rauch aus. »Nein«, sagte er, »die Sache ist zu ernst, als daß man Witze darüber machen dürfte.«

»Das meine ich auch«, sagte Mader. »Ein Kardinal ist ein Kardinal.«

»Und natürlich auch ein Christ«, fügte Kudinsky hinzu, »aber ich frage mich, wieviel Energie müßt ihr, müssen wir alle verschwenden, um diese Diskrepanz, ich meine, diese Diskrepanz zwischen Gesagtem und Gelebtem zu entschärfen? Und wie oft fühlen wir, daß wir dabei unaufrichtig sind? Hätten wir nicht viel wichtigere Dinge zu verteidigen als den Lebensstil des hohen Klerus?«

»Als ob sich die Leute etwas abgehen ließen«, sagte Röder. »Ich könnte dir erzählen, was die sich alles gönnen.«

»Weiß ich doch«, rief Kudinsky, »nur sagen sie nicht Teufel zu ihrem Lebensstandard.«

»Da fällt mir ein«, sagte Daun, »mein Mann, ich meine den Toten, der hat gesagt, wir würden keine wissenschaftlichen Beweise für den Glauben brauchen, würden die Christen den Glauben besser beweisen. Er sagte, was das Christentum so unglaubhaft macht, das sind die Christen.«

»Bla, bla«, rief Mader, »daß du ausgerechnet einen zitierst, dem Gott gezeigt hat, wie er solche Leute straft.«

»Ich bitte dich«, rief Mayer, »fang nicht wieder an. Du ermüdest. Weil X am Sonntag gearbeitet hat, ist er bei einem unbeschrankten Bahnübergang verunglückt. Weil Y nicht die Kirche besucht, hat er sich mit dem Motorrad das Genick gebrochen, weil Z...«

»Ich glaube nicht«, unterbrach ihn Daun, »daß Gott die Erfindung des Benzinmotors nur deshalb zugelassen hat, um ein neues Strafmittel in die Hand zu bekommen, und ich halte es für ungeschickt, diesen Gott, den wir lieben sollen, zu einem gehässigen Scharfrichter zu machen.«

»Schließlich sind wir nicht Medizinmänner, sondern Priester«, ließ sich Mayer vernehmlich hören. »Und genauso ist es meines Erachtens ein Fehler, wenn du jede Rettung aus Bergnot als ein Wunder hinstellst, als ein besonderes Zeichen der Liebe Gottes. Laß doch den Bergrettungsmännern auch ihr Verdienst.«

Der Dechant unterbrach das Streitgespräch, ehe Mader erwidern konnte, indem er bei den Bergrettungsmännern einhakte und von seinen Bergtouren zu erzählen begann.

Später, als der Dechant Daun wieder allein für sich hatte, sagte er: »Maders Unglück ist, daß in seinen Kaplanszeiten auf dem Land ein Bauer gegen ihn die Hand aufgehoben hat. Am nächsten Tag kam der Mann mit einer Hand in die Häckselmaschine. Mader bildet sich ein mit der Hand, die der Bauer hochgehoben hatte. Für ihn war das ein Gottesgericht, und seitdem ist er so, und das ist kein Glück für ihn und keines für uns.«

»Und du glaubst«, nahm Röder das alte Gespräch auf, indem er Kudinsky fragte, »du glaubst, daß das die Leute in die Kirchen treiben wird, nur deshalb, weil der Bischof einen Wagen fährt, der um die Hälfte billiger ist?«

Kudinsky schüttelte den Kopf. »Ich glaub' nur, daß die Leute uns dann mehr oder eher glauben würden. Und der Bischof würde mir viel Gerede ersparen.«

»Damit du mehr Zeit zum Kegeln oder zum Kartenspiel hast«, sagte Mader.

»Nein«, rief Kudinsky scharf, »aber ich würde mich leichter beim Predigen tun.«

»Da hast du recht«, stimmte ihm Daun zu, »wie reden wir alle von Genügsamkeit, Bescheidenheit, daß der Erfolg nicht alles ist, und dann sieht man den Bischof auf dem Bildschirm, nicht einmal selten, aber es ist, als wäre der Teufel im Spiel, wir sehen ihn kaum unter Genügsamen, Bescheidenen, Erfolglosen, ja selbst wenn die Streifen aus seinem Palais kommen, ist es so.«

»Jetzt willst du ihm das auch vorwerfen?« fragte Röder.

»Du mußt dir denken, daß die Leute wissen, was wir reden, und wenn sie die Bilder sehen, machen sie sich ein Bild.«

»Allzu scharf packst du deine Leute ja nicht an«, sagte Mader zu Daun, »von genügsam, bescheiden und so weiter redest du ja nicht viel. Du erzählst Geschichten. Deine Predigten sind keine Predigten, sondern bestenfalls Belletristik.«

»Vielleicht hast du recht«, sagte Daun, »aber ich möchte die Leute in die Kirche hineinpredigen und nicht hinaus.«

Mayer sprang von seinem Sessel auf und rief: »Vielleicht siehst du einmal im Neuen Testament nach, wer mit dem Geschichtenerzählen begonnen hat. Und wieviel Ironie steckt in mancher, zum Beispiel in der vom barmherzigen Samaritan. Falls du dich erinnerst, sie ist den Pharisäern erzählt worden.«

Haunold sagte: »Das mit den viergeteilten Bleistiften ist ja auch eine Geschichte. Und wenn du sie erzählst, wirst du die Leute nicht hindern können, daß sie uns da und dort vorrechnen, wieviel Bleistifte wir beim Fenster hinausschmeißen.«

»Ich muß auch die ganze Zeit daran denken«, sagte Kudinsky, »und seid mir nicht bös, wir wären irgendwie Schweine, wenn nicht jeder etwas auf den Tisch legt, damit wir Bleistifte hinüberschicken können. Wenn ich mir so denke, wie sich die kleinen Indios, oder was sie halt sind, freuen, wenn sie plötzlich einen ganzen Bleistift bekommen.«

»Wir können uns ja auch nach dem Bischof erkundigen«, sagte der Dechant, »ich meine den mit dem Maulesel...«

»Das einzige Verkehrsmittel, das ihr einem Bischof zubilligt«, warf Röder bissig ein.

»Du hast uns falsch verstanden«, rief Daun, »ich habe betont, daß ich mir vorstellen kann, daß Bischöfe einen Hubschrauber oder ein Motorboot brauchen.«

»Sie sollen haben, was sie brauchen«, sagte Haunold, »das ist unter anderem etwas, was ich dir mit dem Bleistift vorrechnen kann.«

»Also diesen Bischof suchen wir uns«, sagte der Dechant, »vielleicht kann man ihm helfen.«

»Ja, aber zuerst einmal die Bleistifte«, bettelte Kudinsky und legte eine Banknote auf den Tisch, und alle, außer Mader, der kein Geld bei sich hatte, paßten, nur der Dechant stach.

»Das war eine meiner schönsten Tarockpartien«, grinste Kudinsky und holte einen Zettel aus seiner Brieftasche. »Hier, Dechant«, sagte er, »hast du die Adresse.«

Als Daun den Heimweg antrat, hatte die Temperatur wieder angezogen. Er spürte es in der Nase. Es mochte minus zehn Grad haben, und er dachte, daß es wenig Aussicht auf Schnee gebe.

Nach dem schweren Zigarrenrauch beim Dechanten freute ihn die frische Luft, und er beschloß, nicht den kürzesten Weg nach Hause zu gehen. Er hatte Zeit, und er ging gern.

Und er mußte noch immer an den Mann denken, der nun steifgefroren unter der Erde lag.

Und er mußte an die Lebenden denken, an die vielen Gesichter, die ihm mit der Zeit vertraut geworden waren. Junge Gesichter, alte Gesichter, Gesichterpaare, einsame Gesichter.

Gewiß, er donnerte in der Kirche nicht, er erzählte Geschichten. Er wußte, daß diese Welt nicht die beste der Welten war, aber er wußte auch, daß sie fähig war, sich zu bessern. Er gab nicht, wie viele seiner Amtsbrüder, den zwei Kriegen, den zwei Nachkriegszeiten, der Weltwirtschaftskrise, Hitler, Stalin, der Hochkonjunktur und der Motorisierung die Schuld, daß eine große Zahl von Menschen der

Kirche fremd geworden war. Er suchte die Schuld in der nächsten Umgebung, und vor allem bei sich selbst.

Christus war nicht unmodern, aber manche Pfarrer waren es. Sie redeten, als wären die letzten fünfzig Jahre spurlos an der Menschheit vorübergegangen. Gewiß blieb der Unterschied zwischen Geschöpf und Schöpfer gleich. Aber hatten die Erkenntnisse der Wissenschaftler nicht den Schöpfer größer gemacht und mit ihm seine Geschöpfe? Der Mensch, der künstliche Landschaften schuf, Land aus dem Meer hob und Täler unter Wasser tauchte, der das Atom spaltete und die Rückseite des Mondes fotografierte, der die Blitze enträtselte und das Wetter voraussah, dieser Mensch durfte seinen Kopf stolzer tragen.

Dieser Mensch dachte nicht mehr in engen Vaterländern, sondern ordnete sich Kontinenten zu, ja, griff schon über die Kontinente hinaus. Dieser Mensch erkannte die Gemeinschaft aller Getauften und suchte das Größere auch im Glauben. Dieser Mensch durfte sicher sein, eines Tages wieder die Quellen gefunden zu haben.

Als Daun seinen Pfarrhof betrat, war er ihm nicht mehr fremd. Hier also würde er weiterleben dürfen, denken dürfen, handeln dürfen, ein Gewissen haben dürfen.

Er war noch immer am Anfang, wie die Kirche noch immer am Anfang war. Was sich erneuern konnte, war nicht am Ende. Was sich bewegte, war nicht tot. Wer ein Ziel hatte, war auf dem Weg.

Als Daun die Tür aufschloß, fiel ihm ein Brief vor die Füße. Es war ein Expreßbrief. Er hob ihn auf, öffnete ihn und las ihn in seinem Zimmer, noch ehe er den Mantel auszog.

Lieber Herr Pfarrer!

Ich denke mir, Sie haben diese Anrede lieber als Hochwürden. Habe ich Sie doch als unkonventionellen Menschen, aus der Entfernung zwar, aber doch immerhin kennengelernt. Ich möchte Sie mit diesem Brief nicht belästigen. Nein, nein, ganz gewiß nicht, fürchte aber, daß ich es doch tue, tun muß, denn Sie sind meine letzte Hoffnung.

Ich weiß auch nicht, ob Sie mich dem Namen nach kennen, Herr Pfarrer. Ich fürchte nicht. Aber Sie haben mich bestimmt schon in der Kirche gesehen. Ich kam zwar erst einige Zeit, nachdem Sie unsere Pfarrei übernommen hatten, zum erstenmal, aber dann regelmäßig. Ihre Predigten sprachen mich nämlich an, oder besser gesagt, etwas in mir. Sie, die Predigten, waren in ihrer Einfachheit wie geistiges Brot für mich, und das kann man nicht von vielen Predigten sagen.

Wenn ich einen Vergleich hier einfügen darf: Manche Prediger kommen mir vor wie Schlagersänger. Die verlassen sich nämlich auch auf das Mikrofon. Ein Mikrofon macht jedoch keine Predigt. – Erinnern Sie sich? Einmal sprachen Sie von der Herde und dem Hirten. Und ob man der Herde die Schuld geben dürfe, wenn sie auseinanderfalle und kleiner werde. Ich erlebte an diesem Tag etwas, was ich bisher sehr selten, um nicht zu sagen, nie an einem Priester erlebt hatte: öffentliche Selbstkritik. Und bei dieser Predigt, Herr Pfarrer, lächelten wir einander einen Wimpernschlag lang zu. Ich schien der einzige zu sein, der Sie verstanden hatte. Sie dürften dieses Gefühl gehabt haben. Und ich habe es auch gehabt. Es war das erste Mal, daß wir einen Kontakt über viele Köpfe hinweg gefunden hatten. Seit damals unterstützte ich Sie, Herr Pfarrer. Und jetzt glaube ich fast, müßten Sie mich erkennen. Ich begann mich nämlich als Gebetsbremse zu betätigen.

Mir ging schon immer das Vaterunser nicht mit jener wieselflinken, Worte verstümmelnden, mechanischen Behendigkeit von den Lippen, die damals noch in unserer Pfarre gang und gäbe war, und die auch Sie schmerzte. Jawohl, ich merkte es. Und so begann ich gegen den Strom zu beten. Es war eine mühsame Sache, aber sie lohnte sich. Trug sie mir zunächst so manchen Puffer christlicher Nächstenliebe ein, so manchen Zischer, der Höllenfeuer zum Verflackern gebracht hätte, und Blicke erst, die Gott gewiß im Zorn nicht fertigbringt, eines Tages, Sie wissen es, war ich nicht mehr der Nachhall der Masse, nicht mehr der einsame, zu spät beim »Amen« Ankommende; eines Tages war die Sucht, das Vaterunser in Rekordzeit zurückzulegen, zu Ende; eines Tages war plötzlich die Würde des Gebetes und der Betenden wiederhergestellt.

Kennen Sie mich nun? Ich hoffe, ja. Denn ich brauche Sie. Ich bin in großer Not. Und nur Sie können mir helfen.

Es begann damit, daß Sie am ersten Adventssonntag von dem ganz anderen Weihnachten sprachen, das wir endlich wieder einmal feiern sollten. Sie sprachen davon, daß wir uns endlich wieder einmal selbst überraschen sollten, beziehungsweise, daß wir uns von uns selbst überraschen lassen sollten. Sie fanden, wenn wir in dieser Zeit unser Leben nach Christus ausrichteten, ihm wirklich nacheiferten, dann würden wir manches Mal von uns diese Überraschung erleben.

Ich gestehe hier gern, daß ich es versucht habe. In meiner Familie zunächst und im Büro, und ich habe damit wirklich so manche Überraschung ausgelöst. Ja, ich bin nicht nur von den anderen, sondern sogar von mir überrascht worden. – Sieh, dachte ich mir, so einfach ist das, wenn man sich immer nur kurz überlegt, was würde *er* in meiner Situation getan haben. Ich war seltsam glücklich dabei, Herr Pfarrer. Ich kam mir fast wie ein guter Mensch vor. Etwa so wie damals, als ich ein Junge war und Überzeugungen hatte. Aber leider, es kam anders, als ich dachte. Es konnte nicht gutgehen. – Ich hatte mit den anderen nicht gerechnet, mit den Normalen nicht, und nicht mit den Anständigen. Ich habe das Mittelmaß überschritten und muß nun dafür büßen.

Es war am Vormittag des Heiligen Abend, an dem ich die Geschenke für meine Frau, meine Kinder und meine Mutter besorgen wollte. Ja, ich dachte sogar, entfernt zwar, aber doch immerhin auch an Sie. Ich dachte an ein Geschenk für Sie, das Sie nicht beleidigen konnte. Denn zufällig hatte ich im Vorjahr gesehen, was man Ihnen so allgemein zugedacht hatte. Als wären Sie ein Vielfraß und Quartalssäufer. Um es genau zu sagen, ich wollte ein Buch für Sie erstehen. Es ließ sich nicht finden, zumindest in zwei Buchhandlungen nicht. Denn ich hatte mir eingebildet, Ihnen ein katholisches, heiteres Buch mit Niveau zu schenken. Aber das ist nicht meine Misere, deretwegen ich Ihnen jetzt schreiben muß. Sie erinnern sich sicherlich, daß wir in diesen Tagen Temperaturen hatten, die weit unter dem langjährigen Durchschnitt lagen. Mein Außenthermometer hatte an jenem Morgen um sechs Uhr dreißig minus achtzehn Grad gezeigt. Und es hatte mindestens minus zwölf, als ich mit dem Wagen losfuhr. Man hört das auch am Motor. Es dauert geraume Zeit, bis sich der Zeiger des Autothermometers von der Vierzig-Grad-Grenze zu lösen begann. Kurzum, unbestritten ist, daß es ein kalter Tag war, und daß ich noch immer daran dachte, alles so zu tun, wie *er* es getan hätte. Das mögen Sie bitte nicht vergessen.

Als ich meinen Wagen abgestellt und schon einige Einkäufe getätigt hatte, fiel mir ein Hilfsarbeiter auf, der keine Handschuhe trug. Ich hatte welche, und seine Hände spielten in den Farben zwischen Blau und Violett. So schenkte ich ihm meine Handschuhe. Konnte ich nicht die Hände in die Manteltaschen stecken? Aber auch den Mantel besaß ich nicht mehr lange. Vor mir ging ein Mann in einem abgetragenen Sommeranzug. Ich schenkte ihm meinen Mantel. Etwas später bekam ein anderer meine Jacke, ich hatte doch noch einen warmen Pullover an. Ja, und als ich meinen Hut hergab, war man schon auf mich aufmerksam geworden. Mütter zogen ihre Kinder an sich, als müßten sie sie vor mir in Schutz nehmen, ja, als wäre meine Nähe gefährlich, oder nur mein Anblick. Ich stand plötzlich in einer Schar von Gaffern, zum Teil gut gekleideten, bürgerlichen, wohlhabenden Gaffern, und man wich vor mir zurück, als hätte ich den Aussatz. Ich begriff nicht, wie das so kommen konnte. Ich hatte doch nur einmal versucht, das zu tun, was *er* in meiner Lage getan hätte. Und nun war, wie ich aus den wirren Gesprächen entnehmen konnte, sogar schon die Funkstreife meinetwegen unterwegs.

Ich wurde festgenommen, Herr Pfarrer. Begründung: Ich hätte mich verdächtig gemacht. Als ich bei der Polizei zu Protokoll gab, warum ich es getan hätte, sagte ein Polizist: »Sie halten sich wohl selber für *ihn*, nicht?«

»Nein«, entgegnete ich, »ich weiß doch, wer ich bin.«

Da lachten sie mich aus.

Ich wurde dem Arbeiter, dem ich die Handschuhe, den Männern, denen ich Mantel, Rock und Hut geschenkt hatte, gegenübergestellt. Und sie wiesen mit den Fingern auf mich und sagten: »Ja, der war es!«

Was meine Lage später in einem milderen Licht erscheinen ließ, war lediglich der Umstand, daß sie übereinstimmend bekundeten, ich hätte nichts von ihnen dafür verlangt.

Dann gingen die Männer mit meinen Sachen, denn ich hielt die Schenkung aufrecht. Das erschwerte jedoch meine Lage. Ich mußte bleiben.

Ich versuchte den Polizisten mein Verhalten klarzumachen. Ich redete viel und erklärte auch, daß ich seit Johannes XXIII. es einfach nicht mehr fertigbrächte, der gleichgültige Christ zu bleiben wie bisher.

Aber das verschlechterte nur meine Lage.

»Wir sind auch von ihm angetan«, sagten die Polizisten, »oder meinen Sie, wir wären Unmenschen? Aber schenken wir deswegen unsere Mäntel her?«

Und so hörte ich es zum erstenmal. Weil sie nicht die Mäntel hergeschenkt hatten und ich schon, war ich nicht normal. Es wurde eruiert, daß in der ganzen Stadt niemand einen Mantel auf der Straße hergeschenkt habe. Also war ich verdächtig.

Man rief, und das war ein Entgegenkommen, denn es war ja Weihnachten, das Erzbischöfliche Ordinariat an, und bekam dort von einem Domvikar die Auskunft, daß selbst ein heiliger Martin nur einen halben Mantel hergeschenkt habe, und daß man die Gläubigen sehr genau darin unterweise, daß sie den Nächsten zwar wie sich selbst lieben sollten, nicht weniger, aber auch nicht mehr.

Das genügte. Ich landete dort, wo ich heute noch immer bin. In der Psychiatrischen Klinik. Man fragt mich, ob ich Stimmen höre, prüft meinen Zeitsinn und will meine Kindheitserlebnisse wissen. Ein besonders gescheiter junger Assistent hat in meiner Handlung eine gewisse Beziehung zum Märchen mit den Sterntalern entdeckt und möchte nun immer wissen, welche Assoziationen dieses Märchen in meiner Kindheit in mir hervorgerufen habe. Man möchte erfahren, wie ich zu meinem Vater und zu meiner Mutter stand und ob ich meine Lehrer gehaßt habe. Kurzum, man sucht nach komplizierten Erklärungen, wo es nur eine ganz simple gibt.

Ich wollte mich nämlich ändern. Ich wollte spontan etwas Gutes tun. Ich wollte nicht nur christliche Predigten anhören. Ich wollte Konsequenzen ziehen. Ich habe in meinem Schrank daheim fünf, sechs Mäntel hängen. Ich besitze mindestens ein halbes Dutzend Hüte. Und die Handschuhe, die ich herschenkte, waren absolut nicht neu. Und ich bekomme immer wieder Handschuhe zu Weihnachten, vom Christkind, wie man so sagt, anderes fällt meinen Kindern nicht ein. Ich hatte ein ganzes Jahr gut verdient, mehr, als ich gehofft hatte.

War, in diesem Lichte gesehen, meine Tat so abwegig?

Manche werden einwenden, und sie haben es schon getan, daß ich aus persönlicher Eitelkeit so handelte. Das stimmt nicht, denn ich wußte ja nicht, daß ich Zuschauer hatte. Ich nahm nicht an, daß man meine Tat in einer belebten Großstadtstraße bemerken würde. Ich konnte ja nicht ahnen, daß selbst die Beschenkten Mißtrauen gegen mich fassen würden.

Ich bitte Sie daher, mir zu helfen. Sie wissen, wie mein Handeln gedacht war und welche Wurzeln es hat. Denn, um es ehrlich zu sagen, ich habe das leise Gefühl, daß sogar meine Frau mich mit einem nur schwer unterdrückten Grauen betrachtet, wenn sie mich besucht. Und meine Kinder, die immer von mir forderten, ich möge endlich weniger bürgerlich sein, sind böse, weil ich ihnen durch meine Handlung den Weihnachtsabend verdorben habe. Durch meine, wie ich annehme, ganz und gar unbürgerliche Handlung, die ihnen ein durchaus bürgerliches Beschenktwerden nicht ermöglichte.

Wie dem auch sei. Es wurde wirklich ein ganz anderes Weihnachten für mich. Ich wurde überrascht. Und ich werde viel nachzudenken haben. Ich weiß nicht, ob der Rest meines Lebens noch dazu reicht.

Aber zunächst müssen Sie kommen.

Nur Ihnen wird man glauben.

Ich weiß, daß Sie von vielen erwartet werden, aber ich brauche Sie ganz besonders.

Bitte, kommen Sie! –

Werden Sie kommen?

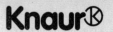
Humor

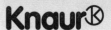

Große Unterhaltungsromane

Buck, Pearl S.:
Die Frauen des
Hauses K
128 S. Band 676

Buck, Pearl S.:
Fremd im
fernen Land
224 S. Band 1065

Buck, Pearl S.:
Geschöpfe Gottes
216 S. Band 1033

Buck, Pearl S.:
Das Mädchen von
Kwangtung
160 S. Band 812

Buck, Pearl S.:
Die verborgene
Blume
224 S. Band 1048

Michener, James A.:
Die Bucht
928 S. Band 1027

DuMaurier, Daphne:
Rebecca
397 S. Band 1006

DuMaurier, Daphne:
Die Parasiten
320 S. Band 1035

DuMaurier, Daphne:
Träum erst,
wenn es dunkel wird
144 S. Band 1070

Palmer, Lilli:
Umarmen hat
seine Zeit
304 S. Band 789

Paretti, Sandra:
Der Wunschbaum
288 S. Band 519

Paretti, Sandra:
Maria Canossa
256 S. Band 1047

Die großen Romane

Simmel – einer der beliebtesten Autoren Deutschlands

Alle Menschen werden Brüder
600 S. Band 262

Bis zur bitteren Neige
570 S. Band 118

Der Stoff, aus dem die Träume sind
608 S. Band 437

Die Antwort kennt nur der Wind
512 S. Band 481

Es muß nicht immer Kaviar sein
550 S. Band 29

Hurra, wir leben noch!
635 S. Band 728.

Lieb Vaterland magst ruhig sein
599 S. Band 209

Niemand ist eine Insel
622 S. Band 553

Zweiundzwanzig Zentimeter Zärtlichkeit
und andere Geschichten aus dreiunddreißig Jahren.
254 S. Band 819

Und Jimmy ging zum Regenbogen
639 S. Band 397

Wir heißen Euch hoffen
640 S. Band 1058

Jugendbücher

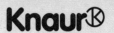

Blyton, Enid:
Diese Angeber
208 S. mit 24 Illustr.
Band 2209

Campbell, Bruce:
Das Geheimnis
der gefiederten
Schlange
192 S. Band 2211

Cesco, Federica de:
Das Jahr mit Kenja
128 S. mit 4 Illustr.
Band 2210

Cesco, Federica de:
Söhne der Prärie
127 S. Mit zahlr. Abb.
Band 2202

Cesco, Federica de:
Der Türkisvogel
170 S. Band 2204

Cesco, Federica de:
Pferde, Wind und
Sonne
174 S. 5 Fotos.
Band 747

Curwood,
James Oliver:
Neewa,
das Bärenkind
171 S. Mit 27 Abb.
Band 2205

Gast, Lise:
Reiterpension
Heidehof
125 S. Band 2201

Gripe, Maria:
Käfer fliegen in
der Dämmerung
256 S. Band 2206

Krüss, James:
Das Buch der sieben
Sachen zum Staunen
und zum Lachen
160 S. Mit zahlr. Illustr.
Band 758

Lang, O. F.:
Ein Haus unterm
Baum
119 S. Band 2207

Mark Twain:
Die Abenteuer des
Tom Sawyer
208 S. Band 634

Mark Twain:
Die Abenteuer des
Huckleberry Finn
240 S. Band 639

Obermüller, Klara:
Gaby S
128 S. Band 2203

Müller-Mees, Elke:
Die schottische
Distel
176 S. Band 2208

Simmel,
Johannes Mario:
Ein Autobus
so groß wie die Welt
144 S. Mit 21 Illustr.
Band 643

Simmel,
Johannes Mario:
Meine Mutter darf es
nie erfahren
160 S. Mit 20 Illustr.
Band 649

Simmel,
Johannes Mario:
Weinen streng
verboten
176 S. Mit 20 Illustr.
Band 652

Horst Biernath
Vater sein dagegen sehr…
Heiterer Roman.
Neuausgabe. 256 Seiten, Geb., DM 16,80.

Die berühmte, mit Heinz Rühmann verfilmte Geschichte. Wer
einen wirklich guten heiteren Roman sucht, der alle Register
liebenswert menschlicher Turbulenz zieht und auch einen Schuß
Nachdenklichkeit nicht vermissen läßt – hier findet er (oder sie)
ihn.

Edith Biewend
Gefährtin einer Sommerreise
Heiterer Roman.
Neuausgabe. 208 Seiten, Geb., DM 16,80.

Ein fröhliches Sommerbuch, eine Liebesgeschichte, in der das
Weibliche voran-, hinan- und anzieht. Unbeschwerte Lektüre
für alle, die sich zu einer turbulenten Reise in eine bezaubernde
Landschaft – Wachau, Wien, Burgenland – entführen lassen
wollen.

István Csurka
Wenn wir alle reich sind…
Eine Gaunerkomödie.
Aus dem Ungarischen von Hildegard Grosche.
128 Seiten, Geb., DM 19,80.

Der Autor gehört zu den herausragenden, zeitgenössischen ungarischen Schriftstellern. Desillusionismus, schwarzer Humor
und scharfe Beobachtungsgabe kennzeichnen seine Prosa. Hier
erzählt er von den Leuten eines armen Wanderzirkus, die alle
vom großen Geld träumen – dank der einmaligen Fähigkeit des
Clowns Luciano, Spielergebnisse vorauszusagen.

Preisänderungen vorbehalten

Ehrenwirth Verlag München